"안 놀라는 걸 보니까……
이미 알고 있었어?
아야노코지의 반 이동."

"얼마 전에."

"모리시타도 이치노세가
미리 알고 있었다는 걸 알았나 보네."

"알고 있었다는 걸 알고 있다.
모르는 사람은 이제 기억해 둬?
아주 재미있는 표현이네요."

니시카와가 시라이시의 옆에 서더니 다시 인사를 건넸다.

"정식으로, 오늘 잘 부탁해,
아야노코지. 덤으로 욧시도."

"난 덤이냐."

니시카와 료코

시라이시 아스카

Welcome to the Classroom of the Third-year

어서 오세요
실력지상주의 교실에
3학년 편 1

키누가사 쇼고 지음 / 토모세슌사쿠 일러스트 / 조민정 옮김

소미미디어

어서 오세요 실력지상주의 교실에 3 학년 편

Welcome to the Classroom of the Third-year

contents

커버, 본문 일러스트 : 토모세슌사쿠

○끝나는 일상

나는 약간 들뜬 감정을 억누르면서 평소보다 조금 이른 시간에 등교했다.

그리고 아직은 낯선 계단을 올라가 3학년 교실이 늘어선 층에 도착했다. 잠시 후 눈에 들어온 것은 『3학년 A반』이라는 문패가 걸려 있는 나의 교실이었다.

걸음을 멈추고, 깨끗하게 닦인 문패를 물끄러미 바라보았다.

"마침내 여기까지 왔어……."

아직 실감은 잘 나지 않지만, 눈앞의 상황이 꿈이 아니라는 것은 잘 알고 있다.

1학년 D반에서 3학년 A반으로.

즐거운 일과 기쁜 일도 참 많았지만, 잊어서는 안 되는 괴로웠던 경험.

여기까지 오는 길은 절대 순탄하지 않았다.

야마우치, 사쿠라 그리고 마에조노.

반을 떠난 그들의 희생을 바탕으로 이루어진 것.

그 사실을 잊어서는 안 된다.

생각해 보면 입학 초반에는 나에게 명확한 목표가 없었다.

그냥 오빠의 뒤를 따라 이 학교에 들어온 것뿐이었다.

하지만 오빠는 변함없이 거리를 두고 차갑게 밀어내기

만 했다.

그래도 학교생활을 해나가면서 나는 오빠의 진짜 마음을 알 수 있었다.

나의 가능성을 부정하고 오빠의 등만 바라보기만 해서는 안 된다는 걸 가르쳐주었다.

이제 나는 학생회에 들어갔고, 입학식 때는 축사도 읽는다.

믿을 수 없는 궤적을 그리고 있다.

그 궤적의 이면에는 아야노코지의 존재가 컸다는 사실도 잊어서는 안 된다.

만약 그가 같은 반이 아니었더라면 분명 지금의 나는 없었다.

훨씬 미숙하고, 서투르고, 아무와도 가까워질 수 없었을 것이다.

무슨 생각을 하는지 알 수 없는 태도로 사람을 당황스럽게 할 때도 있지만, 그 정도는 애교지.

좌우지간 나는 그날부터 진정한 의미로 A반 졸업을 목표로 삼게 되었다.

오빠를 위해, 나를 위해서만이 아니라.

아야노코지를 비롯한 반 아이들 모두와 기쁨을 나누기 위해.

그것이 이 A반이라는 장소.

혼자 힘으로는 결코 도달할 수 없었을 장소다.

——방심은 금물이다.

아직은 그 정상으로 가는 길이 열린 것일 뿐.

학교생활은 아직 1년이 더 남아 있다.

바로 뒤에서 류엔 반이 쫓아오고 있다.

그리고 격차가 조금 벌어져 있다고는 하지만, 이치노세의 반과 전 사카야나기 반도 무시할 수 없다.

앞으로 수단과 방법을 가리지 않고 우리를 따라잡고 추월하려고 하겠지.

반대로 우리는 격차를 더욱 벌리기 위해, 따라잡지 못하게 하는 싸움을 해나가야 한다.

숨을 토한 나는 문패에서 눈을 뗐다.

기뻐하는 것은 일단 여기서 끝.

새롭게 마음을 다잡고 가자.

그렇게 생각한 나는 교실 문을 열었다.

교실 안. 칠판을 대신하는 대형 모니터에 새로 배정된 자리가 미리 떠 있었다.

"내 자리는——."

복도 쪽에서 두 번째 줄, 앞에서 네 번째.

거기가 3학년 A반 첫날의 내 자리였다.

그리고 그 자리 옆. 첫 번째 줄 앞에서 네 번째. 거기에는 아야노코지의 이름이 있었다.

"또 걔 옆이라니……."

자리 위치야 많이 달라졌지만, 2년 전에도 우리는 옆자리에 앉았었다.

조만간 다시 자리가 바뀐다고 하더라도 이런 우연은 그다지 싫지 않다.

사소하지만 자꾸 겹치는 것이 웃긴다고 생각하면서 나는 내 자리에 가 앉았다.

아직 이른 시간에 등교하기도 해서, 아야노코지는 아직 보이지 않았다.

이 자리 배치를 보고 어떤 반응을 보일지 빨리 기분을 공유하고 싶은데.

멀리 떨어진 창문.
거기서 바깥 풍경을 바라보았다.
1학년 때와도 2학년 때와도 다소 다르게 보이는 풍경.

앞으로 1년.

앞으로 1년이면 이 학교생활도 끝을 맞이한다.

그때 이 반에서, 이 친구들과 A반으로 졸업하고 싶다.

꿈으로 끝내지 않을 것이다.

반드시—— 이뤄야 한다.

○혼란

체육관에서 개학식을 마치고 교실로 돌아온 새 3학년들.

그리고 몇 분이 지나, 곧 2교시 시작을 알리는 종소리가 울릴 무렵.

"······이상하네."

호리키타는 복도 쪽을 몇 번 쳐다보면서 고개를 갸우뚱 거렸다.

"왜 그래, 뭐 신경 쓰이는 거라도 있어?"

대각선 뒷자리에 앉은 스도가 조금 걱정스러운 듯 물었다.

"개학식 끝나고부터 아야노코지가 안 보여. 이제 시간 다 됐는데."

교실에는 아야노코지만 빼고 모두 당연하다는 듯이 자리에 있었다.

오늘은 이후에 수업이 없지만, 지금은 다 와 있어야 하는 시간. 이유 없는 지각은 학교 측에서 체크한다. 딱 한 번의 부재에 반 포인트가 몇 점씩 깎이지는 않는다는 것은 지금까지 쌓은 경험으로 호리키타도 잘 알았지만, 긴장을 늦추지 않고 임해야 할 3학년 A반 첫날이기도 하고, 옛날에 수시로 지각했던 스도와 이케 무리와는 달리 튀는 행동을 선호하지 않는 아야노코지였기에, 그의 부재가 마음에 걸렸다.

"그러고 보니 정말이네. 체육관에서 나올 때는 봤던 것 같은데?"

30분도 채 지나지 않은 기억을 떠올리며 비스듬히 위를 본 스도가 중얼거렸다.

"그렇지?"

호리키타도 아침에 등교한 아야노코지와 옆자리가 된 점에 관해 짧게나마 대화를 나눴었다. 그때 딱히 이상한 점은 없었고 평소와 똑같은 모습이었다.

"배 아파서 화장실에 틀어박혀 있는 것 아니야?"

"뭐, 그럴 수도 있겠지만."

배려라곤 없는 발언에 거부감이 느껴지긴 했어도 가능성이 없진 않다.

그래도 왠지 의아해하고 있는데 스도가 무슨 생각이 떠올랐는지 팔짱을 끼고 고개를 크게 끄덕였다.

"어쩌면 꾀병 부리는 것일 수도 있어."

"꾀병? 왜 그렇게 생각해?"

전혀 생각해 보지 못한 이유여서 되물으니, 스도는 목소리를 두 단계 낮춰 속삭이듯 말했다.

"얼마 전에 카루이자와랑 헤어졌잖아? 얼굴 보기 얼마나 껄끄럽겠냐."

"그런 것 때문에 꾀병이라니——? 아침엔 아무렇지도 않았잖아."

"막상 학교에 와보니까 의외로 보디블로처럼 타격이 있

17

었던 것 아니겠어? 나도 뭐랄까, 실연하니까 아무래도 정신적으로 좀 오더라고."

호리키타의 눈을 쳐다봤다가 민망한 듯 시선을 돌렸다.

작년 수학여행 때 호리키타에게 고백한 스도였던 만큼 실제 경험을 근거로 한 말이라는 것이다. 호리키타도 그때 스도의 심정을 떠올렸다. 정말 왠지 좀 민망했다.

"……그런 거란 말이지?"

연애에 있어 자기 입장이 위라고는 전혀 생각하지 않지만, 그래도 찬 사람과 차인 사람으로 나뉘는 현실은 어쩔 수 없다.

아직 사랑에 관한 지식과 경험이 한참 부족한 호리키타로서는 공감하기가 조금 어려웠다.

그런 부분까지 포함해서 복잡한 표정을 짓자, 스도가 당황하며 머리를 긁적였다.

"아, 나는 이제 아무렇지도 않아. 다만 의외로 아야노코지한테도 섬세한 구석이 있을지도 모른다는 얘기지. 같은 반 애끼리 사귀면 헤어진 후가 꽤 골치 아프달까. 그 왜, 카루이자와도 아침부터 대놓고 아야노코지를 피하는 것 같았잖아."

봄방학이 시작되기 전 3학기가 끝날 때까지 가까운 연인 사이에만 허락된, 제삼자는 왠지 다가가기 어려운 거리감이 두 사람에게 있었다는 것은 호리키타도 잘 알고 있다.

그런데 오늘 아침 교실에서 두 사람은 서로 전혀 가까이

가지 않았다.

물리적인 부분만이 아니라 정신적인 부분에서도.

연애가 얽히면 인간관계가 다소 복잡해지는 게 정말일지도 모르겠다고 생각을 다시 하게 된다.

"하고 싶은 말은 알겠는데, 두 사람도 그 정도쯤은 각오하고 사귄 것 아니야?"

남녀 사이에 간섭할 마음은 전혀 없지만, 모두가 원만하게 헤어지는 것은 아니다. 리스크 정도는 생각했을 거라고 중얼거렸다.

"이게 또 그렇지 않아. 누구나 처음부터 이별을 전제로 사귀는 게 아니잖아. 사귄 것까지는 좋은데 헤어지고 나면 어떻게 대해야 할지 모르겠다는 이야기를 후배들한테도 많이 듣거든?"

호리키타는 창가 뒤편 자리에 앉아 있는 카루이자와를 몰래 훔쳐보았다.

어딘지 기운 없는 모습으로 창밖을 보고 있었다.

"그 정도 리스크 관리는 했으면 좋겠는데……"

설령 사실이라고 해도 공과 사는 가려야지.

민망하다는 이유로 자리를 비우고 지각하는 것은 용인할 수 없다.

"하지만…… 그래도 둘 다 가능성이 높지 않을 것 같은데?"

배가 아프거나 차여서 충격받았다고 해도, 아까 봤던 아야노코지는 역시 평소와 다름없었다고 다시 결론을 내렸다.

그저 포커페이스를 유지하면서 잘 숨겼던 것일 수도 있지만, 아무리 생각해도 아야노코지는 그런 성격이 아니다.

"뭐, 어디까지나 그럴 가능성도 있다는 거지. 조금 늦게 와도 너그럽게 봐주라."

"한 번이라면. 자꾸 반복되면 반 입장에서 방관할 수 없는 문제지만. 좋아. 어쨌든 시간이 다 되면 알겠지."

진실이 무엇이든 무단으로 학교에서 사라질 일은 그래도 없을 거라고 호리키타는 판단했다.

1

이윽고 울리는 종소리.

호리키타가 가장 처음으로 본 것은 담임 차바시라가 당황하면서 이상하게 행동하는 모습이었다.

교실 전체를 둘러본 차바시라의 안색이 순식간에 새파랗게 질렸다.

그 평소답지 않은 태도에 주위에서도 걱정하기 시작했다. 분명 눈에 초점이 없었다.

몇 초 동안 아무 말도 없이 교단에 선 채 교실 전체를 응시했다.

아니, 보는 것 같지만 어디도 보고 있지 않았다.

눈에 힘이 실려 있지 않았고 어딘지 공허했다.

반에 이상하리만치 둔감한 사람이 있다고 해도 아마 똑같은 느낌을 받았으리라.

아야노코지가 왜 오지 않는지 바로 물어보려고 했던 호리키타였지만 도저히 말을 꺼낼 분위기가 아니었고, 아무리 생각해도 차바시라의 컨디션부터 최우선으로 챙겨야 한다고 판단했다.

"선생님, 괜찮으세요?"

호리키타보다 히라타가 먼저 나서서 차바시라에게 물었다.

차바시라는 그 말에도 반응하지 않았다.

히라타의 목소리가 귀에 들어오지 않는 것 같았다.

비교적 조용히 지켜보던 학생들도 그녀의 이상한 태도에 조금씩 초조해했다.

"저기…… 선생님?"

제일 앞자리, 차바시라 가까이에 앉은 키쿠치가 머뭇거리며 불렀다.

가장 가까운 위치에서 부르는 목소리.

거기에도 반응하지 않고 미동조차 없는 차바시라.

키쿠치는 알아차리게 하려고 자리에서 일어나 그녀의 눈앞에서 손을 흔들었다.

그제야 그 행동이 눈에 들어왔는지 차바시라가 키쿠치를 슬쩍 쳐다보았다.

하지만 곧바로 시선을 돌리더니 이번에는 호리키타를 보았다.

적어도 호리키타는 그렇게 느꼈지만, 실제로 두 사람의 눈이 마주친 것은 아니다.

어디까지나 멍한 눈으로 호리키타를 볼 뿐.

역시 히라타를 비롯한 학생들의 목소리가 귀에 들리지 않는 듯했다.

그렇다면 몸이 아픈 걸까.

개학식 전까지만 해도 겉으로 봤을 때 전혀 이상함을 못 느꼈던 만큼, 그냥 내버려둬선 안 될 것이다. 빨리 대처해야 할 질병일 수도 있다.

호리키타가 의자를 밀고 일어나 교단으로 나가려는데——.

"나는…… 괜찮아."

학생들 목소리를 듣고는 있었을까, 아니면 방금 들렸을까.

차바시라가 힘없이 중얼거렸다.

"그렇게 말씀하시지만, 딱 봐도 어디 편찮으신 것 같은데요."

일단 반응은 돌아와서 안도하면서도 히라타가 그렇게 확인했다.

"……그건…… 아니야, 정말 몸은 괜찮아. 다만……."

말을 이으려고 하면서 교단에 손을 짚었다.

그리고 다시 호리키타를 보았지만, 차바시라의 시선은 어디까지나 호리키타가 아니라 그 옆자리, 유일하게 비어 있는 아야노코지의 자리를 향해 있었다.

"아야노코지한테 무슨 일 있어요?"

아야노코지가 체육관에서 돌아오다가 크게 다쳤다거나 무슨 병이라도 났다면 차바시라의 이러한 변화도 납득할 수 있다.

무슨 일이 있었나. 그런 추측이 조금은 맞았음을 의미한다.

호리키타의 질문은 확실히 차바시라에게 닿았을 터다.

그럼에도 대답 없이 침묵이 돌아왔다는 것은 사태의 심각성을 엿볼 수 있는 대목이었다.

"다쳤어요? 아니면 어디 아파요?"

호리키타가 초조한 투로 묻자 차바시라가 고개를 작게 가로저었다.

그 생각이 틀렸다고 알려주었다.

다쳤거나 아픈 것이 아니라면 일단 긴급 사태는 아니라는 뜻.

그렇다면 왜 차바시라의 얼굴이 이토록 어두운가.

"아니, 대체 뭐예요? 아야노코지가 뭐 어떻게 됐는데요? 알려주세요."

분위기 파악을 하면서도, 차바시라의 모호한 태도에 기다리다 지친 이케가 빨리 말해달라고 재촉했다.

차바시라는 그런 이케를 슬쩍 본 다음 이번에는 반 전체를 둘러보았다.

역시 표정이 딱딱해서 절대 안심할 수 없게 만드는 분위기가 있었다.

"……솔직하게……."

입을 조금 여는 차바시라.

드디어 말해주나 싶었는데, 이번에는 눈을 감고 도로 입을 다물었다.

그렇지만 언제까지고 침묵하고 있을 수는 없다는 듯 고개를 들었다.

"너희에게 전해야 하는 얘기가 있어. 오늘 아침에——아니, 바로 조금 전에 한 학생이 프라이빗 포인트를 써서 권리를 행사한…… 듯하구나."

말이 모호했지만, 차바시라는 그렇게 학생들에게 사실을 알렸다.

"네? 무슨 말씀인지 잘 모르겠어요. 프라이빗 포인트로 뭘 했다는 거예요?"

한 학생.

프라이빗 포인트를 써서 권리를 행사.

그런 설명을 들어도, 명확한 부분이 별로 없어서 잘 모르겠다며 당혹스러워했다.

자세히 말하기 곤란한, 다른 반이 일으킨 골치 아픈 문제일까?

학생들의 머릿속에 억측만 퍼져 나갔다.

"지금, 교실에 없는 아야노코지를 말하는 거다……. 그 애가, 권리를 행사했어."

차바시라는 심각한 투로 말했지만, 설명에 두서가 없어

서 학생들이 고개를 갸우뚱거렸다.

아야노코지가 대체 무슨 권리를 행사했다는 말인가.

"……반을…… 바꿨다."

다시 질문하려는 차에, 핵심인 듯한 말이 차바시라의 입에서 튀어나왔다.

아야노코지가 반을 바꿨다.

차바시라는 분명히 반을 바꿨다고 했지만, 그건 말도 안 되는 이야기다.

A반에서 반을 바꾼다면 필연적으로 하위 반이 되기 때문이다.

애당초, 그 이전의 문제다.

"저기, 차바시라 선생님. 농담하시는 거면 재미없어요, 진지하게 듣는 저희 입장도 좀 생각해 주셔야죠?"

반을 바꾸고 싶다고 해서 쉽게 바꿀 수 있으면 누가 고생하겠는가.

학생이 다른 반으로 이동하려면 프라이빗 포인트가 2,000만이나 있어야 한다. 이는 모두가 아는 사실이자 비현실적인 이야기다.

그래서 농담으로 받아들이는 학생도 나왔다.

"저도 호리키타와 같은 의견이에요. 아니 그보다도 정말로 괜찮으신 거 맞아요?"

말에 진실성이 없고 모순에 가까운 말만 계속하는 차바시라.

역시 어디가 아프거나 아니면…….

"어떤 특별시험이 시작된 것일 수도 있지 않을까?"

호리키타와 거의 같은 시점에 스도가 팔짱을 끼고 차분하게 자기 생각을 말했다.

그렇다, 차바시라의 이러한 말과 태도를 보고 뭔가를 해독해야 하는 시험이 시작되었다는, 그런 기묘한 가능성을 진심으로 떠올릴 정도였다.

"내 말이 이해되지 않겠지. 하지만…… 정말이야."

"정말이라고 하셔도──."

"OAA를 확인해 봐라."

끝까지 거짓이라고 인정하지 않은 차바시라는 시선을 떨구며 그렇게 지시했다.

"장난이 너무 심하신 것 같은데요…….."

그렇지만 일말의 불안이 엄습했다.

이제 호리키타는 조금씩 불길한 예감이 들기 시작했다.

많은 애들이 그 말을 의심하면서도 시키는 대로 스마트폰을 켰다.

그리고 3학년 A반 일람을 열었다.

거기에는 당연히 37명 전원의 OAA가 떠야 할 것이다.

아니, 뜨지 않으면 거짓말이다.

그런데…….

호리키타는 놓쳤나 싶어서 화면을 아래위로 여러 차례 밀었다.

하지만 그 어디에도 아야노코지의 이름이 없었다.

마치 처음부터 반에 존재하지 않았던 것처럼 리스트에서 사라졌다.

그러한 OAA 갱신. 이런 광경을 몇 번쯤 본 적 있다.

카츠라기 코헤이의 반 이동 그리고 퇴학자가 나왔을 때도 이랬었다.

"바로 조금 전에 업데이트된 아야노코지의 데이터는——이동한 것으로 보인다."

"무, 무슨…… 무슨 말씀을 하시는 거예요, 선생님. 그럴 리가…… 없잖아요."

호리키타의 목소리가 자기도 모르게 떨렸다.

"아야노코지는 오늘부로…… 우리 반에서 C반으로 이동했다."

모호했던 내용이 차바시라의 입을 통해 명확하게 밝혀졌다.

아야노코지가 개학식 이후부터 보이지 않았던 것은 이 반을 떠났기 때문이라고.

"——예?"

말의 의미, 차바시라의 설명을 머리로는 확실히 알아들었는데도 그 직후 호리키타의 몸은 이해할 수 없는 사인을 보내고 있었다.

"그게 무슨 말이에요……? 아야노코지가 C반으로 옮기다니……."

"뭐예요, 하나도 재미없는 농담이에요, 선생님. 오늘 만우절도 아닌데요."

아직 많은 학생이 반신반의조차도 하지 않았다. 거짓말을 전제로 의심하고 있었다.

"저도…… 그런 농담은 싫어요."

쿵, 쿵, 쿵——.

"오늘 차바시라 선생님, 역시 좀 이상하신 것 같아요."

쿵, 쿵, 쿵, 쿵, 쿵——.

그만해요——.
호리키타는 속으로 중얼거렸다.

왜, 이렇게 심장이 빠르게, 크게 뛰는 걸까.

스스로 잘 알고 있으면서도 알고 싶지 않았다.

차바시라의 나쁜 농담에 마음이 어지러웠다.

"믿고 싶지 않은 심정인 건 나도 마찬가지야. 하지만……
틀림없는 사실이다."

쿵, 쿵, 쿵, 쿵, 쿵, 쿵, 쿵——.

"그럴 리가 없어요. 무슨 착오가 있는 거예요."

호리키타는 그렇게 대답하면서도 3학년 C반 OAA 리스트를 확인했다.

만약 반 이동이 사실이라면 여기에 아야노코지의 이름이 떠 있어야 한다.

그런 일은 절대 없을 것이다.

그렇게 생각하면서 연 OAA 일람.

아야노코지 키요타카의 이름이 그곳에 추가되어 있었다.

그것을 눈으로 확인한 순간, 더는 뭐가 뭔지 알 수 없게 된 호리키타의 사고가 완전히 멈추었다.

"거, 거짓말이죠, 선생님. 아야노코지가 갑자기 C반으로 가다니요……."

당황해서 목소리가 거칠어진, 평소답지 않은 마츠시타의 모습에 일부 학생은 놀라움을 감추지 못했다.

"사실…… 이야. 틀림없어—— 틀림없다고."

차바시라는 반복해서 태블릿을 보고 있었다.

그렇다면 거기에 학교 측의 통보가 왔어도 이상하지 않다.

시간의 흐름을 거스르고 멈추게 하고 싶었다.

아직도 이해가 따라가지 않는 호리키타.

아야노코지가 반을 옮기다니.

그런 이야기는 아무리 생각해도 받아들일 수가 없다.

말이 안 되잖아.

호리키타와 아이들은 간신히, D반에서 시간을 들여 기어 올라왔다.

그렇게 겨우 A반에 도달했다.

앞으로 1년 동안 모두 하나로 똘똘 뭉쳐 이 자리를 지킬 것이다.

그런데 C반으로 바꾸다니, 무슨 이익이 있다고?

"하, 하지만 프라이빗 포인트는요? 아무리 걔라도 2,000만이나 되는 거금을——."

"아직 자세한 건 모른다. 하지만 학교에서 정식으로 인정한 이상 그 금액을 마련했다는 건 확실하겠지."

"네? 그게 사실이라면 아야노코지…… 으엣, 어째서?"

"아니, 정말 영문을 모르겠는데요. 우리는 겨우 A반까지 올라왔잖아요? 그런데 A반으로 맞이한 첫날에 굳이 C반으로 내려가다니. 거긴 사카야나기가 빠진 상황이잖아요?"

"무슨 생각인 거야, 아야노코지 자식……? 진짜 모르겠다. 미리 뭐 들은 얘기 없어? 아키토."

"아니, 전혀……. 최근에 와서는 거리도 조금 멀어졌고. 호리키타랑 너희가 모르면 아무도 모르지 않을까?"

유키무라와 미야케 등 아야노코지와 친했던 그룹 멤버들도 이번 반 이동에 관해서는 역시 아무것도 들은 바가

없음이 드러났다.

"혹시 그런 거 아냐? 카루이자와한테 차인 게 창피해서 이 반에 도저히 있을 수 없어서?"

"설마. 그건 아니겠지. 아무리 창피했다고 해도 반 옮길 돈이 어딨어."

"부탁해서 빌렸다거나……? 아니, 그건 아무래도 아닌가."

"그러면, 우리를 배신했다는 말이야?"

"아니 하지만 윗반이 아니라 아랫반으로 갔잖아? 그게 뭐랄까, 보통은 말이 안 된달까. 사카야나기도 없는데, 이래서는 유리한 쪽에 붙은 느낌도 아니고. 카츠라기처럼 있을 데가 없어서 쫓겨난 것도 아니잖아?"

시노하라의 의문 섞인 중얼거림에 혼도가 똑같은 의문을 느끼며 대답했다.

그들이 꿈에도 생각 못 할 사실이 있다.

아니, 적어도 일부 학생을 제외하면 상상조차 해보지 않았으리라.

아야노코지가 자기 능력만으로도 반의 승패를 좌우할 만큼의 실력자라는 사실을.

아야노코지가 편하고 싶어서, 라는 발상은 가능하다.

하지만 현재 상황은 사카야나기가 빠지고 C반으로 떨어진 반으로 옮길 바에는 이 반에 계속 머무르면서 가만히 있는 편이 훨씬 승산이 크다.

"모르지. 물론 자기 의지로 아랫반에 내려가는 건 이상한 얘기지만, 프라이빗 포인트와 연관 있을 가능성은 있다고 봐. 이동하는 돈은 물론이고 앞으로 1년간의 생활비를 대가로 받는다면──."

"그거야말로 이상한데. 그 말은 곧 사카야나기 대신이란 거고, 바꿔 말하면 그 반이 앞으로 A반이 되고 승리하기 위해 거금을 내서라도 빼내 올 인재라는 뜻이잖아? 왜 그게 아야노코지인데? 물론 최근 들어 좀 눈에 띄는 활약을 하긴 했지만……."

그런 대화가 오가자, 호리키타는 숨을 삼켰다.

아야노코지가 무슨 생각인지는 모르지만, 전 사카야나기 반이 아야노코지를 가지기 위해 움직였을 가능성을 버릴 수 없다는 생각이 들었기 때문이다. 오히려 앞으로 역전하기 위해서는 그 선택지가 가장 정답에 가깝다고 할 수 있다.

그렇다고 해서 아야노코지가 그 제안을 받아들였을까 하는 의문도 생긴다.

"그럴 수 있지."

모두 동요하고 혼란스러워하는 가운데, 쿠시다가 차분한 목소리로 중얼거렸다.

"하지만──."

"그런데 말이야, 이 이야기가 사실이라고 쳐도…… 이 정도까지 호들갑 떨 일은 아니지 않아? 호리키타나 히라타가 간 거랑은 다른데."

"칸지…… 아야노코지가 없어진 건 그렇게 단순한 문제가 아니야."

"단순한 문제가 아니라고 해도 말이지? 아야노코지가 빠진다고 해서 크게——."

반을 이동한 사실을 그렇게까지 큰 문제로 보지 않는 일부 학생들.

그런 그들에게 쿠시다가 황당해하는 눈빛을 보냈다.

"미안한데 이케랑 시노하라가 생각하는 것보다 아야노코지는 훨씬 중요한 존재거든."

"중요하다고 말해도……."

"드러난 게 하나도 없을 뿐이지, 지금까지도 보이지 않는 곳에서 반에 많이 공헌했을 거야. 그렇지? 호리키타."

이 사태에도 차분한 쿠시다로부터 배턴을 넘겨받은 호리키타가 고개를 끄덕였다.

"……맞아. 아야노코지의 의사는 둘째 치고, C반이 역전하기 위해 영입한 인재로 조금도 손색이 없어. 만약 정말 빼가도 상관없는 학생이었다면 차바시라 선생님이 이러시겠어?"

차바시라는 지금도 학생들의 말을 듣고 있다기보다 망연자실한 상태가 이어지고 있었다.

시노하라와 혼도가 그런 차바시라를 쳐다보았다.

"정말 그래요?"

"호리키타가 말한 것처럼 아야노코지의 존재는 커. 만약 우리 반이 아니었더라면 지금 이 A반이란 자리는 십중팔구 없었을 거다. 물론 그것만이 A반으로 올라온 이유는 아니겠지만…… 그래도…… 빠진 구멍은 상상 이상으로── 그런데 대체 왜…….”

선생님도 학생들도, 아무도 답을 알 수 없었다.

만약 이 상황에서 모든 것을 알고 있는 학생이 있다고 한다면──.

호리키타뿐 아니라 많은 학생의 시선이 한마디도 하지 않고 있는 카루이자와에게 자연스레 향했다.

누구보다도 그의 곁에서 연인으로 있었던 카루이자와라면 어쩌면…….

그런 생각을 다들 하고 있겠지.

“카루이자와, 그 애한테 뭐 들은 얘기 없어?”

“……글쎄. 난 아무것도 몰라. 일부러 숨기는 게 아니고 정말 몰라.”

카루이자와는 이쪽을 쳐다보지도 않고 담담하게 대답했다.

표정이 어두운 까닭은 아야노코지가 반을 옮겨버려서뿐만이 아니라 자기가 헤어지자고 했기 때문이라고 생각해서일까.

아니, 지금 그런 건 상관없다면서 호리키타는 생각을 떨쳐냈다.

아야노코지가 정말로 반을 바꿨다면, 그게 중요한 게 아니다.

"반을 바꾼 게 무슨 착오가 있는 거라면 취소할 수 있죠?"

"위법한 반 이동이라면 취소될 가능성은 있지만…… 다만 그 경우에는 부정을 저지른 사람이 그에 따른 처벌을 받게 되지. 아야노코지한테도 그 화살이 돌아갈 거다."

아야노코지 주도로 이루어진 위법한 반 이동.

생각하고 싶지도 않은 가능성.

"하지만 부정을 저질렀을 가능성은 별로 없어. 이렇게 학교 측에서 정식으로 인정한 이상에는……."

"그래도, 그래도 몰라요. 협박이라도 받았다거나, 그런 어떤 예기치 못한 이유가 나중에 드러날지도 모른다고요."

그렇지 않다면 설명이 안 된다고 호리키타는 생각했다.

아무런 예고도 없이 다른 반에 가다니── 말도 안 된다.

"아니, 그건……."

"호리키타."

평정을 잃은 호리키타에게 히라타의 차분한 목소리가 닿았다.

"난 일단 현실을 받아들이는 것부터 시작해야 한다고 봐."

"현실……이라니, 무슨 뜻이야?"

"말 그대로의 뜻이야. 그 애는, 아야노코지는 반을 바꿨어. 이건 틀림없는 사실이야. 이미 학교에서도 받아들였고, 이 교실에 보이지 않는 게 그 증거야."

"하지만 그건…… 그건, 증거라고 말할 수 없어. 사실은 그냥 아픈 걸지도 모르고, 어떤 착오일 수도……."

"선생님이 설명해 주셨듯이 OAA로도 아야노코지의 반 이동을 확인했잖아. 아무리 믿고 싶지 않아도, 우선은 받아들이는 것부터 시작해야만 해."

되돌려줄 말을 잃은 호리키타와 대조적으로 담담하게 이야기를 이어 가는 히라타.

그 모습을 본 쿠시다가 살짝 흥미를 드러냈다.

"아주 이성적이구나, 히라타. 반을 바꿨든 퇴학당했든 간에 반에서 학생 한 명이 빠진 건지도 모르는데 전혀 동요하지도 않고."

지금까지 히라타는 퇴학자가 나오려고 할 때마다 마음 아파했었다.

그리고 퇴학자가 떠난 후에도 그 누구보다도 그 학생을 염려했었다.

"반 이동과 퇴학은 비슷한 것 같아도 전혀 달라. 하물며 본인 뜻이면 더 그렇고. 게다가 당황해 봐야 아무것도 변하지 않아. 우리가 아무리 소란을 피워도 아야노코지는 돌아오지 않잖아."

"그건 아니지 않아? 호리키타는 아직 착오일 가능성을 버리지 않았어. 그러면 거기에 동조해 주는 게 평소의 히라타 아니었어?"

반에서 몇 명 정도는 차분한 모습을 보였는데 그 필두가 히라타였다.

잠시 가만히 반의 상황을 지켜본 것도 그답지 않은 행동이었다.

"그래서 하고 싶은 말이 뭐야, 쿠시다?"

스도가 의자를 끌며 자리에서 일어났다.

쿠시다가 또 반을 혼란에 빠트리려 하는 것이 아닌지 의심했기 때문이다.

"아무것도 모르는 상태로 지금 이 홈룸 시간에 얘기해 봐야 방향성은 정해지지 않는다는 말이야. 그렇죠? 차바시라 선생님."

쿠시다는 이해하기 쉽도록 고개를 돌려 복도 쪽을 쳐다보았다.

다른 반은 홈룸을 다 마쳤는지, 복도가 소란스러워지고 있었다.

"……그래, 그렇구나."

교실 안은 방음이 잘 되어 있기 때문에 평범하게 말하는 목소리는 복도에 들리지 않는다.

하지만 벽 가까이 와서 문에 기대면 목소리를 일부 주워 들을 수는 있다.

좋지 않은 의도를 가진 학생이 밖에서 엿듣고 있을지도 모른다.

스도는 감탄한 듯 고개를 끄덕이더니 다시 자리에 앉았다.

"이상으로 홈룸을 마친다. 아야노코지를 비난하거나 하는 행동은 삼갔으면 좋겠구나. 현재까지 어떠한 규칙을 어긴 건 아니니까."

본인도 학생들처럼 여러 가지 의문은 들지만, 교사로서 문제 행동은 삼가라고 전달할 필요가 있었다. 어른으로서 경고하는 것을 잊어서는 안 된다.

"나도…… 차바시라 선생님과 같은 의견이야. 규칙이라는 관점에서도 그렇지만, 아직 사정을 모르는데 그 애에게 우르르 몰려갔다간 갈등만 일어나기 쉽잖아. 우선은 내가 확인할 테니까 그때까지 차분하게 행동해 주길 부탁할게."

"그래. 아야노코지한테 불필요한 접촉은 하지 말고 모쪼록 다른 반과 다투는 일이 없길 바란다. 무슨 일 있으면 반드시 선생님이나 학교를 통하고, 알겠지?"

교사로서 더는 학생들처럼 침묵하고 있어도 어쩔 도리 없다면서 차바시라는 스스로 북돋우듯 교단에 강하게 손을 짚었다.

○확인하다

본격적인 수업은 내일부터 시작하기 때문에 11시 반이 지났을 무렵 새 학년의 첫날이 끝을 맞이했다.

아니, 정신을 차려보니 어느새 끝나 있었다고 말하는 편이 나을지도 모르겠다.

아야노코지가 반을 옮겼다는 난데없는 이야기.

선뜻 믿을 수 없었고, 지금도 여전히 믿기지 않는다.

그럴 리가 없어.

그럴 리가 없다고…….

계속 같은 생각을 마음속에서 주문처럼 되풀이했다.

하지만…….

하지만…… 이건, 착각도 아니거니와 꿈도 아니다.

정말로 현실에서 실시간으로 일어나고 있는 일…….

만나고 싶다.

만나고 싶지 않다.

솔직히, 만나기에 두려운 부분이 아예 없는 것은 아니다.

거짓말이다. 너무 무섭다.

무서워서, 너무 무서워서 견딜 수가 없다.

속으로 계속 갈등하고 있는 나는 두 손바닥을 응시했다.

떨고 있었다.

상상만 해도 몸이 떨린다.

생각을 포기하고 거부하려 하고 있다.

하지만…… 하지만, 그래도—— 아야노코지의 진심을 확인해야만 한다.

단념할 수는 없다.

아직 그의 목적을 본인 입을 통해 들은 것이 아니니까.

모든 판단은 그것부터 확인한 다음에 해도 늦지 않는다.

어쩌면 그는 우리에게 말할 수 없는 뭔가를 짊어지고 있을지도 모른다.

——확인하자.

그 마음 하나에 기대면서 자리에서 일어났다.

"——호리키타."

내가 움직이기를 기다렸는지, 어느새 가까이 다가온 히라타.

스도와 다른 학생도 우리를 보고 있었다.

"미안하지만 나중에 얘기하지 않을래? 지금 그 애를 만나고 올게."

쓸데없는 잡담에 마음 써 줄 정도로 지금 나에게는 여유가 있지 않으니까.

나는 가방도 들지 않고 스마트폰만 한 손에 든 채 복도로 나갔다.

수업 시간의 끝을 알리는 종이 울리고 나름대로 시간이

지났다.

많은 학생이 이미 복도에 나와 하교하고 있었다.

나는 주위에 있는 다른 반 학생들의 분위기를 보고 바로 이상한 점을 알아차렸다.

각 반 담임이 발표했는지 아닌지는 모르겠지만, 적어도 같은 학년 모든 반 학생이 아야노코지의 반 이동을 이미 알고 있었다.

내게 보내는 호기심과도 비슷한 시선이 그렇게 말해주었다.

물론 그 시선에는 다양한 의미와 추측이 담겨 있겠지.

상대 반에 스파이로 보냈다는 설.

반에서 내쫓았다는 설.

배신당했다는 설.

아무 근거도 없이 억측만 난무하고 있을지도 모른다.

하지만 지금은 아무래도 상관없다.

남의 생각 이전에 우리 반 그리고 아야노코지의 생각을 모르니까.

예의고 뭐고, 나는 전 사카야나기 반의 교실 문을 활짝 열었다.

아직 남아 있기를——.

그렇게 생각했는데…….

그를 찾으면서 무심결에 책상 숫자도 셌다.

사카야나기가 자퇴해서 없는데도 자리는 줄어들지 않

았다.

다만, 그보다도 교실에는 남녀 몇 명이 남아 있을 뿐 아야노코지의 모습이 보이지 않았다.

"츠카사키."

제일 가까운 위치에 있던 츠카사키에게 말을 걸었다.

"나한테 무슨 용건 있어?"

"내 용건이 무엇일지는 이미 알지 않아? 아야노코지는?"

"몇 분 전에 교실에서 나갔는데. 아마도 케야키 몰에 가지 않았을까?"

"그렇구나, 고마워."

그렇다면 더는 이곳에 볼일 없다.

복도로 다시 나오니 학생 몇 명의 히죽거리는 표정이 바로 눈에 들어왔다.

우리가 논란의 중심에 있는 것은 분명하지만 불쾌했다.

빠른 걸음으로 복도를 걸으면서 나는 스마트폰으로 아야노코지에게 연락을 시도했다.

통화 연결음만 이어질 뿐 아무리 기다려도 받지 않았다.

모르는 걸까, 알고도 안 받는 걸까.

"호리키타."

현관으로 가려는 나에게 말을 건 사람은 마츠시타였다.

"미안한데 지금은 좀 급해서."

"알아. 아야노코지 만나러 가는 거지? 나도 같이 가."

걸음을 멈추지 않는 내 속도에 맞추며 마츠시타가 옆으

로 왔다.

"너는 왜?"

"……아야노코지가 반을 옮긴 이유를 알고 싶어서. 혹시 몰라서 한 번만 더 확인하고 싶은데 호리키타 네 작전은 아닌 거지?"

"유감이지만 그런 계획은 세우지 않았어. 류엔 반으로 가는 거면 전략으로 성립하겠지만, 굳이 C반으로 내려갈 이유가 없잖아. 사카야나기가 빠진 지금 그 반에 가봐야 아무 의미 없는데."

"……그렇지. 그러니까 아야노코지가 아무한테도 말하지 않고 반 이동을 결심했다는 거네."

"모르겠어. 누구한테 부탁받은 건지 아니면 협박당한 건지——."

거액을 제시받고 마음이 움직였을 수도…….

그런 몇 가지 망상을 떠올렸다가 전부 말이 안 된다는 것을 이내 머리로 이해했다.

적어도 그는 돈에 움직이는 사람이 아니었고, 그 정도의 실력자가 협박 좀 받았다고 반을 바꾸기로 결심할 리도 없다.

생각하고 싶지 않은 사실.

요컨대, 역시 반 이동은 아야노코지 혼자 생각해서 결정했다는 것.

그렇지 않을까 하는, 최악의 가정이 떠오른다.

"지금은…… 억측만 가지고 말하고 싶지 않아. 그 애한테 직접 듣기 전까지는. 그러니까 넌 기다렸으면……."

"그러면 좋겠지만, 나도 내 귀로 직접 아야노코지의 설명을 듣고 싶어. 뭔가, 내가 납득할 만한 어떤 의도가 있다고…… 그런 말을 듣고 싶어."

그래, 그렇다.

나도 납득이 가는 대답을 듣고 싶다.

그는 나에게, 아니 주변 사람에게 많은 것을 말해주지 않는다.

그래서 무능하다는 오해를 받을 때도 있고, 반감을 사기도 한다.

하지만 실제로는 다르다.

귀찮아하면서도 반을 생각하고 도움을 준다.

이제 내려갈 일만 남았을 전 사카야나기 반에 어떤 이변과 위험을 느낀 것이 분명하다.

아니면…… 어떠한 강력한 협박을 받았을 것이다.

그래서 우리한테 아무 말도 하지 않고 혼자 뛰어든 것이다.

그런── 영화 속 영웅 같은 행동.

그렇길 바라는 나의 소망도 물론 들어 있지만…….

중요한 건 그 부분만이 아니다.

의논해 주길 바랐다.

반 이동을 결정한 이유가 무엇이 됐든 간에.

아무 말도 없이 반을 떠나다니, 그런…… 그런…….

"아야노코지…… 왜…….”

——내가 그렇게 의지가 안 돼?

"……바보 같은…….”
……그래, 그렇지.
속으로 혼자 되물어도 쓴웃음이 절로 나오는 이야기야.
그 애 눈에 나는 아직 한참 어린애나 마찬가지.
어깨를 나란히 하고 설 자격은 갖추지 못했다.
의지가 될 리 없잖아.
"——호리키타, 괜찮아?”
"나는…… 괜찮아.”
소리가 되지 못한 말이 마츠시타에게 닿았는지, 걱정스럽게 나를 보고 있었다.
"그보다도 아야노코지가 중요해.”
이미 반 이동은 정식으로 결정되어 버렸다.
하지만 이게 그의 뜻이 아닐 가능성은 아직 충분히 남아있다.
그렇다면 반드시 구해야 한다.
나만이 아니야. 반 애들 모두가 그를 위해 프라이빗 포인트를 각출해야 한다.

1

나는 츠카사키의 말을 토대로 케야키 몰에 갔다.

그리고 적당한 학생을 붙잡고 물어본 이야기에 따라 카페에 도착했다.

정보대로라면 여기에 아야노코지가 와 있을 텐데…….

지금 어떤 얼굴일까.

어떤 표정을 짓고 있을까.

그리고 무슨 생각을 하고 있을까.

우리는 초조한 마음을 억누르면서 그곳으로 갔다.

카페 안쪽 귀퉁이에서 아야노코지…… 그리고 C반 학생 하시모토와 모리시타, D반 이치노세의 모습을 발견했다.

"있……네."

"어……."

그는 여느 때와 다름없이 무덤덤하게 아이들과 대화하는 것처럼밖에 보이지 않았다.

"반 바꾼 거, 아무렇지 않아 보이는데……."

불과 1시간쯤 전에 일어난 일.

그걸 마치 다 지나간 일로 여기는 것만 같이…….

"좌우지간 이야기를…… 일단은 이야기를 해보자. 모든 건 거기서부터야."

이 단계에서는 아무것도 결론 내릴 수 없다.

결론 내려서는 안 된다.

나는 감정을 죽이고, 자꾸만 무거워지려고 하는 다리를 들어 걸음을 재촉했다.

아야노코지에게 말을 걸기로 결심하고 거리도 좁혔을 때, 우리를 알아본 하시모토가 재빨리 일어섰다.

"오우, 호리키타. 우리 지금 작전 회의 중인데, 무슨 일이야?"

방해꾼이 나타났다. 그런 태도로 나올 거라는 건 잘 알고 있었다.

하지만 지금 대화하고 싶은 사람은 아야노코지뿐.

"아야노코지랑 얘기 좀 하고 싶은데."

"우리 리더 후보랑 얘기하고 싶으면 먼저 나를 통해라."

"……리더 후보……. 그것 또 참 빠른 얘기구나."

"그렇게 빠른 것도 아니야. 내내 이날만을 기다렸거든. 그렇지, 아야노코지?"

하시모토가 웃으면서 아야노코지에게 동의를 구했다.

그런 시답잖은 동의, 단칼에 부정했으면 좋겠다.

하지만 나를 보는 아야노코지의 눈을 똑바로 볼 수 없었다.

이어질 그의 말을 받아들일 자신이 없었으니까…….

"부정하진 않을게. 사카야나기가 있을 때는 이렇게 될 가능성이 전혀 없었고."

듣고 싶지 않았던 말.

그걸 일부러 무시한 나는 계속 말을 이었다.

"무슨 생각이야. 반을 바꾸다니."

"네 마음대로 이야기를 시작해버리면 곤란한데."

"미안하지만 너는 조용히 있으면 좋겠어. 난 반의 리더로서 현재 상황을 파악해야 하거든."

"아하, 반의 리더로서 말이지. 뭐, 하긴 갑자기 자기 반 애가 빠져나갔으니. 당연하다면 당연하지만, 그렇다면 더 확인시켜 줄 수 없겠는데. 너희가 곤란해지는 건 우리한테 야 좋은 기회니까."

히죽 웃는 하시모토의 생각이 옳긴 했다.

과연, 밀어닥친 나를 쫓아내는 것이 C반 입장에서는 좋은 일이 틀림없다.

"그렇게 노려보지 마라. 그런데 이 중요한 자리에 마츠시타가 동석하다니?"

하시모토가 기묘한 조합을 신경 쓰며 물었다.

그는 평소에도 방심할 수 없게 만드는 성격이었는데, 역시 성가신 부분을 짚는다.

누구랑 같이 왔든 신경 끄면 될 텐데 궁금한 척하면서 교란하고 있다.

뭐라고 대답해야 수긍할까.

그렇게 생각을 짜내려 하고 있는데 마츠시타가 옆으로 와서 나란히 섰다.

"난 그냥 따라왔어. 리더가 아닌, 그냥 반의 일원으로서 보고 들은 걸 전달하려고 같이 온 것뿐이야. 호리키타는 아야노코지한테 몰두하는 것 같지만 솔직히 우리한테는 별로 큰 문제가 아니랄까."

일부러 악역을 자처하기라도 하듯 마츠시타가 그렇게 대답했다.

그렇다면 사양하지 않고 기꺼이, 하고 나는 살짝 고개를 끄덕였다.

"그렇구나. 하긴 일부 학생을 제외하면 반을 바꾼 게 기묘하게 보이겠지. 아야노코지가 아랫반으로 내려올 이유가 없고, 무엇보다도 왜 아야노코지 같은 애를? 하는 얘기니까 말이야."

그렇다, 나와 스도처럼 아야노코지 키요타카라는 학생의 실력을 조금이나마 알고 있는 사람은 아직 그렇게 많지 않을 테니.

이 자리에 있는 마츠시타도 예외는 아닐 터——.

우리를 한 번 쳐다본 아야노코지는 다시 자리에 앉으려고 하는 하시모토에게로 시선을 돌렸다.

"방금 마츠시타가 했던 그냥 따라왔다는 말은 그냥 둘러댄 거겠지."

"……둘러대다니? 하지만 호리키타도 수긍하는 것 같았는데?"

"인식 차이야. 호리키타한테 마츠시타는 그냥 반에서 평범한 학생 중 한 사람이겠지. 그런데 실은 겉보기와 다르게 보통내기가 아니야. 호리키타와 똑같이 혹은 그 이상으로 마츠시타는 내 실력을 높이 평가하는 듯했어."

아야노코지의 그 말에 나는 마츠시타를 쳐다보았다.

그녀는 평정을 가장하고 있었지만, 살짝 동요하는 눈치였다.

예상했던 것보다도 깊이 그리고 일찍부터 아야노코지의 실력을 알고 있었다고……?

아야노코지가 하는 말을 봐서는 그런 것 같은데…….

"호리키타한테만 맡길 수 없다고 생각했겠지. 그래서 자기 눈으로 직접 나를 보고 반을 바꾼 이유, 진의를 파악하려고 온 거야. OAA와 일상생활만 보면 마츠시타는 그저 평범한 우등생 같지만, 실제로는 호리키타 반에서도 꽤 영리한 편에 속해. 평소에는 전력을 다하지 않고 철저히 뒤에 있는 타입. 지금도 여기서 호리키타보다 마츠시타가 훨씬 냉철하게 상황을 분석하고 있다고 보는 게 좋을 거야."

"어머나, 아야노코지, 나를 너무 과대평가하는데?"

부정하는 마츠시타에게 아야노코지는 멈추지 않고 말을 쏟아부었다.

"그렇지 않아. 지금까지도 가끔 내가 도와달라고 하면 뒤에서 물밑 작업을 잘해 주었던 전적이 있어. 마에조노가 퇴학당했을 때도 도와줬지. 오히려 정당한 평가라고 보는데."

그렇게 대답하는 아야노코지. 다시 마츠시타를 보자 이제는 동요를 감추지 못하는 모습이었다. 내가 모르는 데서 벌어졌을 아야노코지와 마츠시타의 협력 관계.

그것을 다른 반 학생들이 보는 앞에서 전부 폭로했다.

자신은 이제 같은 편이 아님을 각인시키기 위해…….

아니, 그에게 이 정도는 폭로에도 속하지 않을지 모른다.

이 이야기를 흥미롭게 듣던 이치노세가 자기 손바닥에 턱을 얹으며 미소 지었다.

"그 정도로 믿음직한 사람인 줄 몰랐어. 나도 아직 다른 아이들을 깊이 이해하지 못하고 있었구나. 앞으로는 마츠시타한테도 세심한 주의를 기울여야겠어."

발밑이 흔들거리는 느낌이어서 평형감각을 잃을 것만 같았다.

예전 같으면 절대 하지 않았을 생각.

이곳이 완전한 적지가 되어 나와 마츠시타를 덮쳤다.

"반을 옮긴 이유를 알아내는 건 아무 의미 없어. 내가 호리키타한테도 마츠시타한테도—— 아니 반의 그 누구한테도 이 일을 말하지 않았다는 게 전부니까. 보다시피 하시모토도 모리시타도, 이치노세도 내가 반을 바꾼 것에 놀라지 않았잖아. 이 차이를 보면 내가 하고 싶은 말이 뭔지 알겠지?"

"그건…… 카페에서 만나 말해준 것뿐일 수도…….."

"그럼 C반으로 돌아가서 반 애 하나 붙잡아서 물어보든지. 그럼 언제부터 반 이동에 관해 알고 있었는지 대답해 주겠지."

나는 할 말을 잃었다.

목구멍 밖으로 내보낼 말이 떠오르지 않았다.

"반에서 학생이 빠지는 건 참 무서운 일이야, 호리키타. 물론 우리도 카츠라기가 나가고 류엔한테 정보가 넘어간 적은 있지만, 그래도 그 녀석은 우리 반에서 겉돌았으니까…… 아니지, 사카야나기가 겉돌게 만든 거니까, 이런 비하인드 스토리는 거의 가진 게 없었거든. 하지만 아야노코지는 아니잖아? 너희 반의 핵심 인물이었으니까, 마츠시타뿐만이 아니라 그런 쪽으로 캐면 술술 쏟아져 나오겠다."

재미있다는 듯이 말한 하시모토가 테이블을 톡톡 두드렸다.

"그럼 호리키타, 이제 슬슬 용건을 말해줄래? 우리 의논해야 해서 바쁘거든."

"용건이고 뭐고…… 난, 그러니까…… 아야노코지랑 대화하고 싶어. 가능하다면 셋이서만."

"보다시피 지금 이 애들이랑 회의 중이야. 여기서 말해."

"……여기서는 말하기 힘들어. 정 시간이 안 되면, 그래, 밤이라도 좋고, 내일이나 모레라도──."

"미안하지만 앞으로 쭉 일정이 잡혀 있어서."

아무리 퇴짜 맞아도 계속 꿋꿋하게 나갈 수밖에 없다.

카페에는 많은 학생이 있었는데, 그중에는 우리 반 아이들도 보였다.

내가 여기서 경솔하게 자제심을 잃는 모습을 보인다면

앞으로 A반의 지침에도 영향을 미칠 수 있다.

"그럼, 여기서 말할게. ……너의 진심을 듣고 싶어서 왔어, 너도 알 거 아니야?"

"반을 바꾼 이유를 꼭 듣고 싶어?"

"그래. 무슨 생각으로 이런 짓을……?"

나 때문이야?

아니면 뭔가 너의 마음을 바꿀 만한 계기가 있었어?

소리가 되어 나오지 못하는 말.

마음속 절규가 정말 현실이 되어 나오지 않도록 나는 필사적으로 덮었다.

"미안한데 대답하고 싶지 않아. 다만 한 가지 확실한 건 내가 A반에서 C반으로 이동한 사실은 꿈도 환상도 아니고 진짜라는 것뿐이야."

그렇게 말한 다음 내게서 시선을 돌렸다.

이야기를 듣겠다고 했으면서, 사실상 문전박대에 가까운 성의 없는 태도로 나왔다.

"유감이지만 더는 할 말 없는데."

"아무것도 대답해 주지 않아도 정말 괜찮아? 아야노코지, 배신자가 될 텐데?"

마츠시타가 물고 늘어지듯 말했다.

"이미 반 이상은 그렇게 되지 않았나?"

앞에 있는 그는 남들 눈에 자기가 어떻게 보이든 전혀 개의치 않는다.

각오하고 안 하고, 그런 차원으로 사고하지 않는다.

"……그렇구나."

여기서 더 물고 늘어져 봐야 아무 성과도 얻지 못할 것이다.

그저 비참한 내 모습만 드러내는 것밖에 되지 않는다.

아니…… 처음부터, 이렇게 될 줄은 알고 있었다.

그래서 남의 시선이 걱정된다면 기숙사에서 만나거나 시간만 좀 늦춰도 대책이 세워졌을 것이다.

그걸 알면서도 나 자신을 억누를 수 없었을 뿐.

"이만 가자, 마츠시타. 저 애는—— 이제 적이 됐다는 걸 잘 알았어. 앞으로 적당히 봐줄 필요 없을 만큼 명확하게 말이야."

그에게서 등을 돌린 나는 다시 걷기 시작했다.

하지만 뚜렷한 감정은 여기에 남아 있지 않았던 것 같다.

두통 같기도 하고 현기증 같기도 한, 뭐라고 표현할 길 없는 불쾌감만이 계속 따라붙었다.

○새롭게 시작하는 일 년

시간은 바로 얼마 전, 개학식 직후까지 되돌아간다.

체육관에서 A반 교실로 돌아가지 않고 곧장 교무실에 가니 때마침 직원회의 중이어서, 이사장실로 가서 사실을 알리자, 다소 놀라기는 했지만, 그 남자한테 미리 들은 바가 있는지 더 깊이 캐묻지는 않았다. 그 후, 소지한 2,000만 포인트를 확인하고 그 거금의 출처 확인 등 서둘러 절차를 밟았다.

홈룸 직전에 이 사실을 안 마시마 선생님이 현실로 받아들이기까지는 시간이 좀 걸리겠지.

마시마 선생님은 곤혹스러운 기색이 남아 있는 채로 헛기침하더니 내게 시선을 던졌다.

"일단, 자기소개를 하는 게 좋을 듯한데 어떠냐."

물론 이 학교에 처음 온 것이 아니다.

지금까지 생활하면서 줄곧 반은 달랐어도 모두의 얼굴과 이름은 기억하고 있다.

그리고 C반 학생들도 모두 나를 알고 있다.

다만, 그렇더라도 형식상으로 해야 할 도리는 똑바로 지켜야 한다.

"개학식이 막 끝났는데, 조금 전 2,000만 프라이빗 포인트를 써서 이 반으로 옮긴 아야노코지 키요타카입니다. 자퇴한 사카야나기를 대신할 수는 없겠지만, 모두에게 아직 싸울 의지가 남아 있다면 크게 후퇴한 지금의 상황에서 벗어나기 위한 도움을 줄 수 있다고 확신합니다."

간략하게, 하지만 필요한 말을 빠짐없이 전달했다.

1학년 때 자기소개에 실패한 과거를 반성하면서 무난하게 고른 말.

합격점을 겨우 넘었겠지만, 그래도 학생들에게 내 뜻은 전해지지 않았을까.

모두 아무 말 없이 지켜보는 가운데 한 학생이 침묵을 깨고 박수를 보냈다.

"환영한다, 아야노코지."

C반 이동의 최대 투자자 하시모토 마사요시였다.

이를 시작으로 몇 명쯤 간간이 박수를 보냈다.

여기서 파악할 수 있는 사실은, 모두가 나를 환영하지는 않는 상황이라는 것.

보내는 시선이 따뜻하지만은 않았다.

오히려 차갑고, 사실은 환영하지 않는 학생 쪽이 다수를 점하고 있다.

물론 나 역시도 처음부터 모두에게 받아들여질 거라고는 생각하지 않았다.

아니, 오히려 받아들이는 게 반의 수준상 말이 안 되겠지.

사카야나기를 잃은 바람에 판단 능력을 상실하고 신뢰할 수 없는 용병에게 모든 것을 맡기는…… 그런 바보들만

모인 반이라고 스스로 소개하는 꼴이 되고 말기 때문이다.

경계하고, 의심하면서, 신속하고 적극적으로 결과를 원하는 정도는 되어야 한다.

하지만 학생들이 그렇게 생각하고 있을 줄 전혀 모르는 마시마 선생님은 어색한 분위기를 읽고 다시 홈룸을 진행했다.

"그럼 아야노코지의 자리는…… 음……."

여전히 당황한 기색을 숨기지 않으면서도 교실 안을 둘러보았다.

현재 이 반의 학생 수는 나를 제외하고 36명.

형태만 놓고 본다면 네 자리 정도의 공간은 문제없이 확보할 수 있으리라.

인원이 적은 넷째 줄 어디쯤이 최선 같은데——.

아니면 이 타이밍에 자리를 바꿀 가능성도 생각해 볼 수 있을까?

마시마 선생님이 답을 내리기 전에 창가 제일 뒷자리에 앉은 여학생이 손을 들었다.

"일단 제 앞자리가 좋을 것 같아요."

여기서 그런 말이 날아들 줄은 몰랐을까, 아니면 그 학생이 말했다는 점이 놀라웠을까, 마시마 선생님이 당혹감을 숨기지 못했다.

"모리시타 앞……?"

그렇다, 발언한 사람은 괴짜 모리시타 아이였다.

"네. 그 이유를 말씀드릴게요. 우선 아야노코지 키요타 카는 전학생과 비슷해요. 즉 새로운 반에 와서 아직 적응이 안 된 상태죠. 그런데 대뜸 교실 한복판 같은 곳에 자리를 배정한다면 음침한 캐릭터답게 바로 위축될 거예요. 그렇다고 해서 가장 편해 다수가 부러워하는 창가 제일 뒤쪽, 즉 제 자리를 내주는 건 과한 대우예요. 또 직전까지 적이었던 반에서 느닷없이 들어온 이물질이니까 냉정한 감시의 눈도 필요하죠. 그 모든 점을 고려했을 때, 제 앞에 앉히는 게 가장 좋겠다는 생각이 들었어요. 이 제안에 이의 있으면 지금 나서기를 부탁할게요."

그런 모리시타의 독단과 편견 섞인 발언에 학생들은 반박하지 못했다.

뭐, 내 자리가 어디든 별로 중요한 문제도 아닐 테고.

담임도 다른 학생들이 이의를 제기하지 않는 자리를 지정했다면 무조건 안 된다고 하진 않겠지.

남은 문제가 있다면 오직 하나.

모리시타 앞자리에 앉은 학생이 이 제안을 받아들일까, 그것뿐인데…….

"스기오는 그렇게 해도 괜——."

현재 그 위치에 앉아 있는 스기오 히로시에게 마시마 선생님이 동의를 구하려는데——.

"당연히 상관없습니다. 지금 당장 바꿔 주, 아니, 바꿔도 괜찮아요."

말이 끝나기도 전에 끼어들며 스스로 자리 이동을 받아들였다.

아니, 오히려 바꿀 수 있어서 기쁜 표정이었다.

"그래? 그럼 스기오는 비어 있는 줄 뒤편으로 가라."

"네!"

좋다고 대답한 스기오는 재빨리 짐을 챙겨 자리에서 일어났다.

자리 주인이 받아들였기 때문에 마시마 선생님은 바로 새 의자와 책상을 옮겨 넣었다.

"자, 그럼 아야노코지, 자리에 가서 앉도록 해라. 홈룸을 진행하지."

"알겠습니다."

나는 모리시타의 제안대로 그녀 앞에 가게 되었다.

앉자마자 뒤에서 모리시타가 말을 걸었다.

"잘 부탁해요, 아야노코지 키요타카."

"그래, 나도 잘 부탁해."

아직 C반은 전체적으로 어딘지 어수선한 분위기였지만, 그래도 익숙한 호리키타 반과 비교하면 꽤 조용했다. 미리 반 이동 소식을 알리긴 했어도 정말 실행할 줄 몰랐을 학생도 적지 않았을 텐데.

역시 학생으로서 기본적인 질은 전체적으로 높이 완성된 듯하다.

나로서도 지금 시점에 행동하기 편한 환경인 게 수고를

덜 수 있으니 고마울 따름이다.

OAA로 모든 학생의 얼굴과 이름 그리고 겉으로 드러난 능력은 다 파악했다.

하지만 나도 그렇듯, 학생 개개인의 능력은 학교 측의 조사만으로는 확인할 수 없는 부분이 많은 법.

오늘부터 하게 될 새로운 학교생활 속에서 그런 부분을 알아가는 것이 최우선 사항 중 하나가 되겠지.

학교생활은 앞으로 1년밖에 남지 않았으니 여유 부릴 수 없다.

그렇다고 해서 시간 없다며 곧바로 마음을 열고 다가갈 수 있을 리도 없다.

그 중간, 균형이 요구된다.

"무슨 생각 하나요, 아야노코지 키요타카."

등 뒤에서 모리시타가 불쑥 속삭였다.

"앞으로의 일에 대해."

"친구 백 명 만들 거?"

왜 그러는지 갑자기 리듬을 살려서 그렇게 말했다.

하긴 반 아이들을 파악하는 것은 일종의 친구 만들기와도 무관하지 않나.

"그런 건 아니고……."

본질과는 조금 달라서 부인했다.

"백 명이서 삼각김밥 먹고 싶어라, 하고 생각하지 않나요?"

"아니라고……. 대체 무슨 소리를 하는 거야. 백 명은 뭐고 삼각김밥은 뭐야."

게다가 왜 자꾸 말에 리듬을 싣는데?

"나 봐봐요."

그 말에 따라 고개를 돌리자, 모리시타가 싸늘한 눈빛으로 나를 보고 있었다.

"아야노코지 키요타카는 예상외로 바보네요."

"말이 너무 심하네."

친구를 백 명 만들어서 같이 삼각김밥 먹고 싶다는, 비현실적인 발상을 하는 쪽이 더 이상하다고 보는데.

"나의 말장난, 아니 말장난이라고도 부를 수 없는 정석 개그를 모르다니. 제정신이에요?"

"아마 아무도 못 알아들을걸."

그렇게 대답하자 한숨을 깊게 푹 내쉬었다.

"바보라기보다는 무지, 세상 물정 모르는 사람이라고 바꿔 표현하는 것이 정확할까요?"

자기 멋대로 실망한 모양인데, 무엇에 실망한 건지도 전혀 모르겠다.

친구 백 명 만들 거?

백 명이서 삼각김밥 먹고 싶어라?

다시 차분하게 생각해 보았지만 역시 의미를 모르겠다.

"됐어요. 똑바로 앞을 보고 성실하게 담임 이야기를 듣도록 해요."

자기가 돌아보라고 해놓고…….

1

마시마 선생님으로부터 내일 이후의 일정과 수업에 관한 설명을 다 들으면 오늘 학교 일정은 끝난다.

3학년은 지금까지의 2년과는 달리 시간 사용법에 큰 변화가 생길 듯하다.

인생의 분기점 중 하나인 진로 선택을 여름 무렵까지는 마치고 학교생활과 병행해 움직여야 한다. 이미 진로를 정한 사람이나, 나처럼 가만히 있어도 레일이 깔린 일부 학생과는 무관한 이야기이기도 하지만.

"특별히 질문 없으면 이만 오늘 홈룸을——."

마시마 선생님이 마무리에 들어갔다. 이 시간이 끝나면 3학년 C반으로 이동했다는 사실을 직전까지 몰랐던 여파로 호리키타를 비롯한 3학년 A반 학생들이 우르르 밀어닥칠 가능성이 있다.

그렇다고 해서 허둥지둥 도망치듯 돌아가지는 않을 것이다.

어차피 결국에는 어딘가에서 따질 게 뻔한 미래이기 때문이다.

그래도 여기서 그런 소동이 일어나면 뜻하지 않은 갈등

으로 이어질 수도 있다.

웬만하면 그렇게 되기 전에 장소를 바꾸는 게 무난하겠지.

게다가 앞으로 누구를 만나기로 하기도 했고.

홈룸이 끝나자마자 자리에서 일어나려는데, 살짝 앞서 듯 서둘러 의자를 밀고 일어난 사람은 하시모토였다.

"좋았어. 바로 본론으로 들어가겠는데, 이제부터 모두 모여 아야노코지의 환영회를 열어주는 게 어때? 케야키 몰에서 아주 화려하게 해 주자고."

반 아이들에게 그렇게 제안했다.

하지만 그 직후, 반 분위기가 싸해졌다.

나는 떼려던 엉덩이를 아무도 모르게 도로 붙였다.

교실에서 나가려던 마시마 선생님도 걸음을 멈추고 뒤돌아보며 학생들의 반응을 확인했다.

몇 초 동안 아무도 입을 열지 않는 조용한 시간이 흘렀다.

정적을 깬 사람은 요시다였다.

"미안하지만 난 반대야."

감정을 최대한 넣지 않고 무덤덤하게 거절했다.

"야, 왜 그러는데?"

기세가 꺾이자, 과장되게 어깨를 떨구는 하시모토.

"아야노코지가 새로운 반 친구로 인정도 못 받고 처음부터 따돌림당하면 어떤 기분이 들지 생각 좀 해 주라."

이게 따돌림당하는 건가?

좌우지간 어떤 기분인지 생각해 보았다.

……뭐, 적어도 좋은 기분은 아닌……가.

환영받지 못해서가 아니라, 내 화제로 교실 분위기가 나빠지면 방관자도 되지 못하고 지켜봐야 하니 답답한 면이 있다.

아무 관계도 쌓지 못한 상태에서 환영회를 열자고 제안할 줄은 몰랐기 때문에, 그런 말이 나온 이상 가만히 지켜볼 수밖에 없다.

『꼭 좀 부탁한다』라고도 『그건 거부할게』라고도 말할 수 없는 입장이기 때문이다.

개인적으로는 평소처럼만 해 주면 제일 좋은데…….

하시모토도 나를 생각해서 한 행동이기에 탓할 수가 없다.

"딱히 아야노코지를 거부하는 건 아니야. 맞이할 각오를 했으니까 다들 프라이빗 포인트를 모아 반 이동을 돕기도 했고. 하지만 솔직히 지금은 환영할 상황이 아니라는 건 너도 알잖아? C반까지 내려온 지금, 앞으로 있을 특별시험은 단 하나도 떨어지면 안 돼. 그렇다면 우선은 우리 반에 유익한 용병이라고 인정받을 수 있는 성과부터 내야지. 그게 되면 하시모토가 말하지 않아도 우린 아야노코지를 같은 편으로 인정하고 환영할 거야."

환영회를 거부한 이유를 늘어놓은 요시다가 자리에서 일어났다.

"나도 같은 의견이야. 아직 아무것도 안 했고, 어쩌면 스파이일 가능성도 완전히 배제할 수 없는데 가짜로 웃으면서 환영회를 할 마음은 안 드네."

이를 시작으로 마치다도 의견을 밝혔고, 이어서 C반 학생들이 하나둘 교실을 빠져나갔다.

"진짜…… 난감하네."

하시모토가 머리를 긁적이며 나를 바라보더니, 살짝 미안한 표정을 지었다.

나는 괜찮다는 듯 가볍게 제스처를 보였다.

잇따라 교실을 나가서 순식간에 학생 몇 명만 남았다.

지금까지 적이기도 했지만, 이 반 애들과 적극적으로 얽힌 적이 없었지. 참고로 남은 학생 중에 하시모토, 모리시타, 야마무라, 사나다가 있었다. 학교 행사 때문에 교우 관계가 조금 생긴 아이들이다.

반대로 말하자면 그 이외의 학생은 거의 다 나갔다고 할 수 있다.

"놀라울 정도로 인기 없네요, 아야노코지 키요타카. 마치 재고 상품 같아요."

"있는 그대로 환영하지 못하는 건 당연하잖아."

"그야 그럴지도 모르지만, 만약 반에 들어온 사람이 이치노세 호나미라든지 쿠시다 키쿄, 히라타 요스케 같은 학생이었어도 이랬을까요?"

"그건——."

만약 이름이 열거된 학생들이었다면, 하고 상상해 보았다.

조금만 상상했을 뿐인데 선명한 정경이 머릿속에 그려졌다.

"모두는 아니더라도, 잘 왔다면서 새 친구를 에워싸고 웃음꽃을 활짝 피웠겠죠."

"……뭐…… 그럴지도 모르고."

"그럴지도 모르고가 아니라 확실히 그래요. 살짝 보험을 까는 것도 참 짠하네요."

내가 조금이나마 기대했던, 그렇지는 않을지도 모른다는 미래를 철저하게 깨부쉈다.

"요컨대 아야노코지 키요타카가 인기 없다는 사실은 틀림없는 진실이란 얘기죠."

가혹한 비난. 부정하고 싶어도 할 수 없게 말한다.

"이 현실을 받아들이는 것부터 시작할래요?"

"그러는 편이 나아 보이네……."

뭐랄까, 살짝 센티멘털한 기분이 된 것 같기도 하다.

모리시타의 지적이 귀에 계속 남아 있는 가운데, 야마무라와 사나다도 미안해하면서 돌아갔다.

그들을 지켜본 후, 하시모토가 다가와 내 오른쪽 어깨를 톡톡 쳤다.

"미안하다, 아야노코지. 인원은 조금 줄었지만, 환영회 하자."

"누구랑?"

"지금까지 확정된 사람은 나뿐이지만."

그건 조금이 아닌데, 마땅히 거절할 이유도 떠오르지 않았다.

한 명이라도 환영해 준다면 일단은 환영받아 보기로 하자.

"아, 그렇지. 모리시타는 같이 갈 거지? 역시 여자가 없으면 밋밋하기도 하고."

두 번째 멤버를 끌어들이겠다며, 아직 남아 있는 모리시타에게 물어보는 하시모토.

그 말에 모리시타는——.

"네, 사양할게요."

바로 거절했다.

"에이, 그러지 말고. 너도 우리 쪽이잖아?"

"그만하세요. 배신자, 인기 없는 사람이랑 싸잡아 묶으면 곤란하답니다. 나는 방과 후에 모험을 떠날 예정이어서 이만 실례. 휘리릭."

얼른 가방을 들고 일어나더니 후다닥 교실을 빠져나갔다.

이렇게 해서 교실에 남아 있는 학생은 남녀 합해 정말 얼마 되지 않는다.

옆에 앉은 여학생은 우리를 보고 있었지만, 하시모토와 눈이 마주치자마자 자리에서 일어섰다.

둘만의 환영회를 피할 수 없겠는데.

"그런데 모험이라니, 뭘까."

"아아, 그 말은 신경 쓰지 마. 모리시타의 말은 반만, 아니 5분의 1만 들어도 되니까. 진지하게 받아들일수록 손해야."

어이없어하면서 내 등을 부드럽게 밀며 걸음을 뗐다.

"이 눅눅한 공기를 계속 마시면 몸 나빠져. 일단 자리를 옮기자, 응?"

하시모토가 유도하는 대로 나는 C반 교실을 뒤로했다.

2

나는 하시모토와 함께 복도로 나왔다.

다른 반은 아직 담임 선생님의 이야기가 끝나지 않았는지, 우리가 제일 빨리 하교하는 듯했다.

"반을 바꾼 첫날, 눈에 띄지 않고 하교할 수 있겠군."

"그것도 시간 문제지."

반 이동 화제로 떠드는 건 비단 원래 반이었던 호리키타 반 학생들만이 아닐 것이다.

이치노세 반과 류엔 반 학생들도 포함된다.

시간이 지날수록 점점 더 주목받을 것이고, 호기심에 말 거는 학생도 있겠지.

"귀찮아지는 게 싫으면 일단 노래방에라도…… 그런데 남자 둘이 밀폐된 공간에 있는 건 좀 그런가."

"나도 같은 생각이야. 그건 피하자."

하시모토는 진심으로 환영회를 열 작정인지 그대로 같이

현관으로 나가, 시선으로부터 달아나듯 학교 건물을 빠져
나왔다.

"그나저나 너의 그 대담함에는 진짜 할 말을 잃었달까……
우리 반으로 올 계획을 세우고 있었을 줄은 정말 몰랐어.
게다가 그 기초 자금으로 내 돈을 이용하다니."

"그 불평은 대체 몇 번째야? 정말로 마음에 안 들었나
보네."

반 이동 이야기를 하시모토에게 꺼낸 뒤 아직 시간이 많
이 흐른 건 아니지만, 틈만 나면 그 이야기를 꺼낸다.

"그야 느끼는 바가 있지 않겠냐고, 보통은. 돈은 나한테
귀한 보험이었으니까."

사방팔방으로 움직이고 급기야 사카야나기를 배신하면
서까지 손에 넣었던 거금이다.

그걸 거의 다 토해내야 했으니, 울분이 끓어오를 만큼
쌓여 있어도 이상하지는 않은가.

"만약 이동을 결정하기 전으로 돌아갈 수 있다면 없던
일로 하고 싶어?"

"그건…… 솔직히, 망설여지지 않는다고 하면 거짓말일
지도."

"그렇겠지. 자력으로 2,000만 프라이빗 포인트를 모으
는 미래도 있었을지 몰라."

내 말에 살짝 코웃음 친 하시모토는 부정하지 않고 고개
를 끄덕였다.

개인이 모으기에는 너무 힘든 여정이지만, 달성한다면 A반 졸업이 99% 확정된다.

그렇기에 그 꿈을 버리려면 용기와 각오가 필요하다.

"A반으로 졸업하려면 그만큼의 리스크는 감수해야지."

"말 한번 잘했다. 지금까지 2년 동안 나도 나름대로 위험한 다리를 몇 개나 건넜거든? 사카야나기와 카츠라기의 갈등에 뛰어들었고, 류엔과 카츠라기를 무인도에서 손잡게 했고. 게다가 얼마 전에는 사카야나기한테 활을 당겼고. 말로 다 표현할 수 없는 노력을 쌓아서 계속 결과를 냈단 말이지."

스스로 앞장서서 해온 일을 남 일처럼 말하는 하시모토.

과연 그런 행동도 리스크를 포함한 것은 틀림없는 사실이겠지.

"그럼 긍정적으로 생각하면 돼. 그 리스크를 감수한 노력이 결실을 보아서 넌 너희 반에 나를 데려오는 데 성공했어. 그건 틀림없는 성과잖아."

"뭐, 그렇긴 해."

그럼에도 하시모토가 순수하게 기뻐할 수 없고 낙관하지 못하는 건 어쩔 수 없는 일이다.

아무리 하시모토가 나를 높이 평가한다고 하지만 현재 반은 C.

기왕 반을 옮길 거라면 하시모토가 호리키타 반으로 가는 편이 단순히 승률은 더 높다.

아니면 나와 함께 류엔 반으로 가거나.

그 둘 중 하나였으면 그래도 틀림없이 받아들이기 쉬웠을 것이다.

물론 그 생각이 투명하게 다 보였기에 나는 하시모토에게 양자택일을 들이밀었다.

가진 자금을 써서 나를 영입할 것인지 말 것인지.

거부하면 졸업할 때까지 협력 관계는 없다.

반을 적으로 돌리고, 나와도 적대에 가까운 상태로 1년을 싸운다면 안전을 보장할 수가 없다. 류엔도 언제 이를 드러낼지 모를 일이고.

어느 쪽을 선택해야 더 승산 있을지 저울에 달아보게 했다.

"믿어도 되겠지, 아야노코지. 네가 앞으로 진심으로 A반을 노릴 거라고. 난 네가 질릴 만큼 아주 보란 듯이 눈에 띄게 만들 셈이거든?"

그렇게 말하면서 희망적으로 관측했다.

그 정도의 주장과 권리는 당연히 해도 된다는 생각으로 하는 말이겠지.

물론 반 이동의 어려움을 많이 덜 수 있었던 데는 하시모토의 공헌이 컸던 게 사실이다.

하지만 그렇다고 해서 그의 소원을 너무 쉽게 들어줄 수는 없다.

"반 이동 이야기를 할 때 분명히 말했을 텐데. 선택에 있어서 아무 보장도 못 해 준다고. 그저 네가 나를 믿는지 믿지 않는지를 고려해 선택할 수밖에 없다고."

나에게 A반으로 올라갈 의사가 있는지 없는지.

그럴 의사를 전제로 하고 있다고 해도, 어떤 방식으로 A반에 올라갈지 등의 전략은 고사하고 전망조차 알려주지 않았다.

그래서 하시모토는 선택지에 대해 바로 대답하지 못했고, 지금도 여전히 망설이는 면이 있다.

사카야나기를 적으로 돌린 하시모토. 그리고 결과적으로 그녀의 자퇴에 가담했다는 사실.

C반의 모든 학생이 전모를 알지는 못해도, 하시모토를 경계하고 싫어하는 학생이 적잖이 있다. 절대 마음 편히 있을 수 있는 반이 아니다. 무슨 일이 벌어지면 제일 먼저 버림받을 입장이다.

그런 반에 계속 남아서, 도움이 된다는 보장도 없는 나를 영입하는 것은 아주 큰 리스크.

"그랬지…… 응, 알고는 있어."

몇 가지 불안 요소를 품고서도 하시모토는 결국에 나를 반에 데려오기로 결심했다.

졸업 직전에 2,000만 프라이빗 포인트를 써서 확실하게 A반으로 졸업하는 이상적인 방법이 아니라, 나와 손잡음으로써 자기 힘으로 A반이 되어 졸업하는 또 다른 이상을 택했다.

아니, 본인은 이상이 아니라 현실이라고 결론을 내렸다.

"물론 난 조건을 받아들였지. 그래도 말이야, 앞으로 어떻게 할지 생각이 있다면 조금 알려줘도 괜찮잖아. 그게 동료인 건데."

내게서 밀어내는 듯한 말을 들었어도 하시모토는 꿋꿋하게 말을 이었다.

"그건 어떻게 해야 하나. 사카야나기처럼 배신당하지 않을지 걱정되는데?"

"야, 야, 그런 나쁜 농담하지 마. 지금의 난 너한테 올인해서 말 그대로 빈털터리라고. 여기서 배신해서 무슨 이득이 있는데?!"

하시모토도 당황스러웠는지 몸을 앞으로 내밀면서 손짓·발짓 다 써가며 결백을 주장했다.

"그래도 그 하시모토니까. 1%나 2% 정도는 무슨 계략을 짤지도 모르는 일이지."

"아니아니아니, 절대 아니라고. 다른 녀석들한테 의심받는 건 몰라도, 너한테만은 안 받고 싶다."

물론 내 진심은 하시모토의 배신 여부 따위 앞으로 걱정할 문제에 들어가지도 않는다.

어느 정도의 긴장감을 놓치지 않도록 하는 것이 하시모토한테는 딱 좋겠지.

"그래, 내가 말이 조금 심했어. 네 도움이 없었다면 C반으로 쉽게 오지 못했을 거야. 방침, 아니 앞으로의 계획을 제대로 설명해 줄까?"

"참나, 처음부터 순순히 그렇게 말해달라고."

나는 스마트폰을 꺼내, 답장이 온 것을 확인했다.

이후에 잡힌 약속에 하시모토를 데려가는 편이 좋을지도 모르겠군.

"지금 케야키 몰에 갈 거야."

"환영회 하자는 게 아니라 거기 가서 알려주겠다는 말이겠지?"

그렇다고 대답하자, 하시모토는 만족한 듯 고개를 끄덕였다.

"참고로—— 너는 어떻게 할 거야? 모리시타."

나는 몸을 휙 돌려서, 우리를 몰래 지켜보고 있었을 모리시타를 불렀다.

분명히 먼저 교실에서 나갔던 그녀가 뒤편에서 모습을 드러냈다.

"제법이네요, 아야노코지 키요타카. 인기는 없어도 인기척에는 민감한가 봐요."

말소리가 비슷한 인기와 인기척을 이용한 말장난인가.

이건 아까 그 친구 백 명 때와 달리 이해한 느낌이 든다.

"뭐야, 결국은 궁금했냐? 모험인지 뭔지 떠난다던 건 어쩌고."

"지금 밝히는 진실. 이게 바로 모험이랍니다. 느닷없이 나타난 비인기의 대명사 아야노코지 키요타카와 배신자의

대명사 하시모토 마사요시. 이 두 사람에게 접촉하는 것이
모험이 아니면 뭐가 모험이겠어요."

"아니 그러니까 나는…… 아, 됐다. 너한테 말을 정정하
려고 해봤자 시간만 버리는 거지."

"이제야 인정하네요. 자기가 배신자라는 걸."

"야. 그런 배신자인 나랑 같이 다녀도 괜찮겠냐? 아까는
환영회 사양한다며."

"딱히 환영회에 가려는 게 아니에요. C반의 앞날에 관해
빨리 얘기해 두는 건 반의 일원으로서 당연한 일이니까요.
아마도 지금 이치노세 호나미를 만나러 가는 거겠죠?"

생긋 웃은 모리시타가 이후의 일정을 언급했다.

"이치노세? 왜 여기서 이치노세의 이름이 나와?"

"후후후, 역시 배신자는 신뢰받지 못하는군요. 앞으로의
계획에 관해 아주 조금도 들은 바가 없나 봐요?"

도발하는 듯한 대답에, 언제나 미소를 잃지 않는 하시모
토마저 표정이 살짝 굳었다.

"설마 모리시타한테는 미리 말한 거야?"

가장 협력하고 있는 자신을 제치고? 라는 뜻이 다 보였다.

"이번 반 이동은 C반 모두의 동의가 절대 조건이었으니
까. 여러 가지로 폭탄을 안고 있는 하시모토에게는 맡길
수 없는 부분이었지. 그리고 나를 높이 평가해 주는 하시
모토와 달리 의심 많은 모리시타의 도움을 받으려면 그에
상응하는 정보를 줄 필요가 있었고."

"……그건, 뭐. 무슨 말이 하고 싶은 건지는 모르지 않지만…… 모리시타한테 졌다는 게 아무래도 찜찜한데. 뭐, 됐다, 앞으로 말해준다면 다 받아들일 수 있어."

하시모토는 한숨을 푹 내쉬면서도 더 이상 서서 얘기하는 것이 시간 낭비라고 생각했는지 앞장서서 걷기 시작했다.

조금 뒤늦게 내가 걸었고 모리시타가 옆에 나란히 섰다.

"어쩌려고?"

"뭐가요?"

"너한테는 방침을 다 설명했으니까, 굳이 오늘 같이 갈 필요는 없는데."

몰래 뒤따라왔다는 점을 봐도, 처음부터 합류할 생각이었던 것 같다.

"아야노코지 키요타카에 관해서는 그럴지도 모르죠. 하지만 이치노세 호나미는 달라요. 그 착해빠진 애들만 있는 D반이 과연 쓸모 있을지 어떨지 이 눈으로 직접 확인하기 전까지는 판단할 수 없으니까요. 적어도 내가 아는 리더 그대로의 모습이라면 그다지 기대가 안 되거든요."

이치노세를 어느 정도 믿긴 하지만 전적으로 신뢰하기는 어렵다는 것.

이치노세의 강점은 동시에 약점도 내포하고 있다.

모리시타가 생각하듯이, 이해하기 쉽게 표현하자면 리더로서는 미덥지 못한 존재.

그러니 그 자리에 같이 가서, 협력하는 것에 의미가 있는지 직접 확인하고 싶다는 이야기인가.

"그럼 마음껏 명탐정처럼 예리하게 관찰하길 바란다. 안될 것 없지."

"그렇게 말 안 해도 할 거예요."

그렇게 우리 셋은 이치노세와 미리 정한 약속 장소인 카페로 향했다.

3

카페 카운터에서 각자 마실 것을 주문했다. 반을 옮기면서 내 소지금은 0이 되었는데, 5월에 입금되면 갚겠다는 전제로 하시모토에게 2만 프라이빗 포인트를 빌렸기 때문에 결제하는 데는 문제 없었다. 영수증을 받고 커피를 기다리는 동안, 나는 카페에 붙어 있는 아르바이트 모집 포스터를 아무 생각 없이 응시했다.

카페뿐 아니라 여러 가게에 비슷한 모집 공고가 붙어 있었다.

우리 학교 학생 같은 경우 나이 조건은 만족하지만, 아르바이트 자체가 금지되어 있기 때문에 일할 수 없다. 그렇다고 교사가 아르바이트할 리도 없고. 그러면 이 포스터는 그냥 케야키 몰에서 일하는 사람을 대상으로 아르바이트 직종 변경을 기대하고 붙인 것일까.

——그런 아무래도 상관없는 생각을 하는 사이에 시간이 지나 주문한 음료가 나왔다. 하시모토가 안쪽 넓은 자리를 확보했기 때문에, 하시모토의 음료까지 받아 들고 그곳으로 이동했다.

　몇 분 정도 기다리자 가볍게 손을 흔들며 도착했다고 알리는 이치노세의 모습이 보였다.

　카페 직원과 가벼운 대화를 나눈 후 음료를 들고 다가왔다.

　"많이 기다렸지, 아야노코지. 하시모토랑 모리시타도 와 있구나?"

　이치노세는 모리시타에게도 성의 있게 인사를 건넸다. 반면 모리시타는 고개만 살짝 끄덕일 뿐 입을 열지 않아, 평소에 접점이 별로 없었다는 것을 알 수 있었다.

　"이 두 사람도 같이 있어도 괜찮지?"

　"물론이야, 전혀 문제 될 것 없어."

　짧은 대화를 들은 하시모토가 씁쓸하게 웃었다.

　"안 놀라는 걸 보니까…… 이미 알고 있었어? 아야노코지의 반 이동."

　만약 이치노세가 아닌 밤중에 홍두깨처럼 오늘 아침 학교에서 반 이동 이야기를 들었다면 당연히 놀라는 모습부터 보여야 정상이다.

　그런데 합류한 이치노세에게서 그런 모습이 보이기는커녕 반이 바뀐 것에 아무런 의문도 드러내지 않았다. 그렇다면 하시모토가 그렇게 결론을 내려도 이상하지는 않으리라.

"얼마 전에."

"모리시타도 이치노세가 미리 알고 있었다는 걸 알았나 보네."

"알고 있었다는 걸 알고 있다. 모르는 사람은 이제 기억해 둬? 아주 재미있는 표현이에요."

"뭔 소리야. 이상한 말로 대답을 회피하는 건가?"

"그럴 의도는 없답니다. 물론 알고 있었지요. 유일하게 이 자리에서 아무것도 들은 바가 없는 사람은——."

쯔쯔쯧, 하면서 짓궂게 하시모토의 눈앞에 검지를 천천히 들이댔다.

그 손가락을 가볍게 밀친 그가 원망스러운 눈빛으로 나를 보았다.

"나만 몰랐네? 두터운 신뢰 관계에 눈물이 나는구만."

"어디까지나 여기 있는 사람 중에서야. 다른 애들에게는 말 안 했어."

"우리 반도 마찬가지야. 나 빼고 모두 놀랐으니까, 아무도 몰랐던 거지."

그렇게 수습했지만, 순순히 받아들이기 어려운 게 솔직한 심정이겠지.

"위로해 줘서 고맙다. 그래도 지금부터는 나도 확실하게 껴야겠어. 왜 이치노세가 반 이동 이야기를 알고 있는지까지 포함해서 말이야."

전략과 관련 있어서, 라기보다도 그 이외의 부분에 하시모토가 눈을 부릅뜨고 압박했다.

"그런데 왜 이치노세야? 설마 카루이자와랑 헤어진 이유가 이치노세랑 사귀기 위해……서였고, 그러면서 자연스럽게 말하게 된 건 아니겠지?"

가까운 거리감을 피부로 느꼈을까, 아니면 단순한 의심일까.

하시모토가 주저 없이 물었다.

"꽤 대담한 질문이네요. 하지만 그 부분에는 나도 좀 동조하는 부분이 있어요."

두 사람의 시선이 나와 이치노세를 오갔다.

"그런 사정만으로 반 이동 이야기를 하진 않아."

"그럼 왜 이동할 반도 아닌 이치노세가 알고 있는 거야? 납득할 만한 이유가 확실하게 있는 거겠지?"

"물론이야. 앞으로 1년 동안 C반이 A반을 목표로 하려면 이치노세와 그 반의 도움이 꼭 필요하기 때문이야. 이치노세의 도움이 없었다면 난 C반으로 가지 못했을 거야."

"그거 또 굉장한 이야기인데…… 도왔다는 게 무슨 뜻?"

"이치노세 호나미 반과의 동맹—— 정말이었나 보네요."

먼저 그렇게 중얼거리는 모리시타를 보며 나는 고개를 끄덕였다.

"뭐?"

당연히, 느닷없이 동맹 같은 말을 들어도 하시모토는 입만 쩍 벌릴 뿐이다.

그다음부터는 차근차근 설명해 줄 수밖에 없다.

"정말이야. 실제로 나와 이치노세는 완전한 동맹을 맺었어. 그것도 단기간, 상황에 따른 협력이 아니라 앞으로 있을 3학년 대결 대부분을 함께 싸워 나가기 위해."

우선 간단하게 알려주려고, 하시모토가 알고 싶어 하던 전략의 핵심을 설명했다.

그러나 하시모토는 납득이 가지 않는 눈치였다.

오히려 얼굴에 실린 곤혹스러움이 더욱 짙어졌다.

"그런 전략이 성립할 수 있을 리가 없잖아? A반으로 졸업할 수 있는 건 아무리 발버둥 쳐도 한 반밖에 없어. 완전한 동맹은 성립 자체가 불가능하다고."

바보 같은 소리 또는 농담이라고 받아들였을까.

그것까지 예상 범위에 있었기 때문에, 우리가 당황하거나 강하게 부정할 필요는 없다.

"그렇지도 않아. 물론 아무 조건 없이 동맹이 성립할 수는 없지만 반 대결에서 상위와 하위로 깔끔하게 나뉘어졌다는 점. 그리고 나와 이치노세가 혼자 이기는 게 목표가 아니라는 점이 커. 그런 상황 속에서『네 반이 대등해질 때까지』라는 조건만 걸면 동맹의 관계성을 유지하는 건 어렵지 않으니까."

내가 차분하게 말하면 정말이라는 게 잘 전해지겠지.

"아니…… 잠깐만. 무리지, 그래도. 만약에 하위 반끼리 동맹을 맺는다고 해도 어떤 시험이 나올지 어떤 조합일지는 학교에서 정해주잖아. 만약 다음에 이치노세 반이랑 붙게 된다면 동맹이고 뭐고 어디 있냐. 기껏해야 퇴학자가 안 나오게 신사협정을 맺는 정도가 최선이지. 어느 쪽도 질 수는 없으니까, 협력 같은 건──."

이기고 지는 동맹이라면 그 관점에서부터 모순이 생긴다.

하지만 동맹이라는 단어가 의미하는 것은 그게 전부가 아니다.

내가 보충하기 전에 이치노세가 고개를 끄덕이며 설명에 나섰다.

"물론 조합은 우리가 어떻게 할 수 없는 경우가 많아. 그건 지금까지 2년 동안 증명된 일이기도 하고, 학교로서도 당연하다고 생각해."

균형감 있게 각 반이 경쟁하게 하고, 때로는 지목과 지정을 시킨다.

그것이 지금까지 학교생활을 해오면서 반복되었던 특별 시험의 법칙이다.

"그래서 그런 것까지 가정해서 우리는 이미 세세하게 의논을 마친 상태야. 앞으로 나와 아야노코지의 반이 일 대 일로 대결하게 된다면 『반 포인트가 1점이라도 낮은 반에 승리를 양보하기』 하는 식으로 말이야. 엄밀히 말하면 더 세세하게 정했지만, 어쨌든 내가 말하고 싶은 건 승리하는 반과 지는 반을 조건에 따라 미리 정해두면 갈등이 일어날 일은 없다는 말이지."

모리시타는 이치노세의 설명을 듣고 한숨을 푹 내쉬었다.

"진심이야? 물론 그렇게 정했다면 이해하기야 쉽지만, 내가 지적하고 싶은 건 승리를 서로 양보하는 동맹은 아무 의미 없다는 건데. 1점이라도 낮은 쪽에 승리를 양보한다고? 야, 그럼 한쪽은 반 포인트를 딸 귀한 기회를 한 번 잃게 되는 셈인데? 한 해에 횟수가 제한적인 특별시험의 일부를 그냥 날리는 거라고."

"마치 모든 특별시험을, 하시모토네 반이 우위에 설 수 있다는 듯이 말하네."

"우리는 지금까지 쭉 A반을 유지해 왔어."

"얼마 전까지야 그랬지. 사카야나기가 지고 자퇴해 버린 지금, 반의 능력이 크게 떨어졌잖아?"

"그래서 아야노코지를 데려왔잖아."

"내가 반을 옮긴 배경에는 이치노세 반과 동맹을 맺은 것도 있어."

"……어디까지나 동맹은 기정 노선이었다는 말이냐."

나와 이치노세가 거의 동시에 고개를 끄덕이자, 하시모토는 고개를 크게 가로저었다.

"만약 동맹이 전제였다고 해도 말이야……. 첫째, 승리를 양보받은 반이 다음에 승리를 양보한다는 보장이 전혀 없잖아. 바로 다음 특별시험에서 또 붙으면——."

현재 근소하게 우위에 있는 C반이 패배를 받아들여야 하게 된다.

"지난 2년 동안 이치노세가 쌓은 신뢰도. 그게 동맹을 성립하게 만드는 열쇠야."

눈을 크게 뜨고, 말문이 막힌 듯한 하시모토.

이해의 범주를 넘어선 이야기에 따라가고 싶지 않다는 걸까.

"배신만 하는 하시모토 마사요시는 전혀 상상할 수 없는 얘기인가요?"

"말 참 매섭게 한다……. 그러는 넌 이해가 되냐?"

"몇 번을 들어도 말도 안 되는 이야기라고는 생각하고 있죠."

"그렇다고 하네, 아야노코지. 모리시타도 나와 같은 의견이라고."

"같은 의견은 아니지만요."

"이럴 땐 좀 그렇다고 해 주라…… 뭐, 좌우지간. 그야 나 같은 애보다 이치노세가 훨씬 믿을 수 있다는 건 나도 알겠는데, 이건 그런 문제가 아니잖아. 아무리 생각해도 배신당할 위험이 너무 무섭다고."

"그럼 한 가지 가정을 해볼게. 다음 특별시험에서 이치노세 반과 대결하게 되었는데 현재 D반인 이치노세 반에게 승리를 양보했다고 치자. 그 후에 이치노세가 우리를 배신하고 동맹을 깰 것 같아?"

상황을 상상할 수 있게 말하자 하시모토는 팔짱을 끼고 이치노세를 보았다.

그러더니 살짝 눈을 피하면서 혼자 상상을 펼쳤다.

잠깐 침묵한 후, 자신을 똑바로 보고 있는 이치노세와 다시 시선을 맞추었다.

"뭐…… 믿을 수 없는 건…… 아닌데……."

"반신반의라도 그렇게 말해주니까 기쁘다."

기쁜 미소를 짓는 이치노세를 보고, 하시모토는 수줍은지 눈을 피하면서 볼을 긁적였다.

"남자란 참 단순하네요. 정말로 바보 같은 생물이에요."

어이없어하는 모리시타의 말에 각성하기라도 한 듯 하시모토가 다시 반론을 펼쳤지만, 모리시타는 이미 화제에 흥미를 잃어버렸는지 음료에 두 손을 얹으면서 혼자 중얼거리기 시작했다.

"하, 하지만 말이야? 그거야 이제 막 3학년이 시작된 단계여서잖아? 지금부터 몇 달간의 대결을 거쳐서 충분히 무르익으면 어떻게 되겠어. 이치노세는 신뢰할 수 있어도 그 반에 다른 애들이 배신하라고 막 부추길걸. 게다가 우리 쪽도 비슷한 일이 일어날지 몰라. 막판에는 신뢰고 나발이고 말할 상황이 아닐 거라고."

"물론 때가 되면 동맹은 끝날 거야. 하시모토가 걱정하듯 1년 내내 동맹을 맺을 수는 없겠지. 하지만 우리가 그때를 맞이하기 전 어중간한 타이밍에 일방적으로 끊어서 얻을 이익이 없어. 이제 더는 물러설 데가 없으니까 아슬아슬한 순간까지는 아야노코지와 계속 협력 관계를 유지하고 싶어."

배신해서 얻는 것보다 배신하지 않았을 때 얻는 것이 더 많다.

우리가 옛날부터 이치노세의 신뢰도를 높이 평가했듯이, 이치노세는 현재진행형으로 내 실력을 높이 사고 있다. 절묘한 균형 관계가 완성되었다는 뜻.

"……아야노코지를 아주 높이 평가하고 있구나."

"응. 하시모토랑 똑같이."

하시모토를 똑바로 보면서 망설임 없이 바로 대답하는 이치노세.

"그렇구나……. 뭐, 이치노세가 하고 싶은 말이 뭔지는 잘 알겠어. 하긴 너희가 배신해서 얻을 이익은 없을 것 같네. 그래도 우리 쪽이 이치노세를 배신하지 않는다는 보장도 없잖아? 아니면 그런 부분도 이를테면 계약서를 써서 철저하게 정했다거나? 그런 이야기라면——."

하시모토의 물음에 이치노세는 웃으면서 부정했다.

"계약서 같은 건 안 썼어. 우리는 구두 약속을 나눴을 뿐이야."

"너무 안이한데, 아무리 그래도……."

"아니야, 난 그거면 충분해. 아야노코지가 나를 믿어주었듯이 나도 아야노코지를 믿으니까."

망설이지 않고 대답한 이치노세가 이해의 차원을 넘어선 존재인지, 하시모토가 다시 머리를 싸맸다.

"모르겠다, 나는."

"배신이 전제에 깔린 사람은 알 수 없겠죠. 그런데 나도 이해는 안 돼요."

지금까지 시종일관 하시모토를 바보 취급하던 모리시타도 나와 이치노세의 계약에는 불만이 있어 보였다.

"신뢰 문제는 일단 제쳐두죠. 실제로 그 동맹 관계는 정말 큰 의미가 있나요? 전혀 효과가 없다고까지는 말하지 않겠지만, 그것만으로 A반 졸업 경쟁에 뛰어들 수 있어요?"

도무지 현실적이지 않다, 그런 논조로 모리시타가 의구심을 드러냈다.

"맞아, 나도 그렇게 생각해. 신뢰 이전에 이 동맹이 정말 키가 될 수 있어? 동맹이라지만 결국 서로 부딪혔을 때만 양보한다는 이야기잖아. 그것만 가지고 호리키타 반과 류엔 반을 따라잡지는 못할 것 같은데."

하시모토가 보기에는 반 포인트를 획득할 기회가 늘어나기는커녕 오히려 줄어드는 짓에 가깝다.

그런 식으로 이 동맹을 보고 있는 것이 틀림없으리라.

"동맹을 맺는 데는 서로 양보하고 적대하지 않는 효과만 있는 게 아니야. 완전한 아군이 되면 평소에 얻을 수 있는 정보의 양도 단순히 두 배가 되지. 이건 공부, 스포츠와 관련된 시험 때는 말할 것도 없고 다양한 상황에서 효력을 발휘한다는 뜻이야."

하나보다는 둘. 둘보다는 셋. 잘하는 사람이 모여 못 하는 사람을 도와줄 수도 있고, 자극이 생기면서 시너지 효과도 낼 수 있다. 작년과 재작년에 치렀던 무인도 시험 같은 전체 시험에서도 서로 도움이 되는 상황이 생기리라.

"그리고 반 연합은 필요에 따라 프라이빗 포인트를 서로 조율해 줄 수 있다는 뜻. 만에 하나 많은 자금이 필요하게 됐을 때 융통하기도 쉽지. 그게 특별시험에 도움이 되는 것도 충분히 생각해 볼 수 있어."

물론 그 모든 것이 꼭 필요해진다는 보장은 어디에도 없다.

열 번 중 두세 번에 불과할 수도 있다.

하지만 단일 반으로는 불가능한 일을 실현할 수 있다는 선택지는 분명 무기가 된다.

"보통은 빌릴 수 없는 힘을 빌릴 수 있으면 좋다는 건 알지만 말이야……. 아니, 하지만 동맹을 맺은 사실이 금방 드러나지 않겠어? 만약 우리가 동맹을 맺었다고 상위 두 반도 자기들끼리 손잡으면 어떡해? 방금 말했던 이익이 다 날아갈 텐데."

"그건 아직 걱정 안 해도 돼. 상위 두 반이야말로 서로 양보할 상황이 아니니까. 서로 손해도 이익도 없이 포인트를 주고받는 건 오히려 단점이 더 크기 때문이야. 그리고 호리키타는 둘째치더라도 류엔은 신뢰도가 낮아. 먼저 승리를 양보하라고 하거나 프라이빗 포인트를 빌려달라고

했을 때 조건 없이 빌려줄 관계성이 생길 수가 없지. 그렇다고 해서 호리키타도 양보하겠다는 자세로 나갈 수는 없을 테니까."

조금이라면 융통해 줄 수 있을지 몰라도, 상대가 류엔이라면 조금으로 끝나지 않는다. 무엇보다도 눈에 띄는 방식을 선호하는 류엔을 끌어들이면 큰 단점도 따라붙겠지.

"……뭐, 그건 그런가. 하지만 그래서 계약을 맺는 거잖아. 계약서가 있으면 류엔과 카츠라기가 손잡았듯 강제로 규칙을 지키게 할 수 있다고."

"물론 계약서를 제시하고 학교까지 끌어들이면 그것도 가능하지만, 만약 그렇게 된다면 우리한테는 오히려 환영할 전개야."

"동맹 맺는 게 말이야?"

"응. 상위 반끼리 손잡으면 자연스레 서로의 목을 조르게 되기 마련이거든. 서로 승리를 양보한다 등을 문장으로 묶어버리면 자기들이 반드시 승리해야 하는 상황에서도 패배를 떠안게 되기 때문이야."

묶여 있어서 절대 어길 수 없다.

"철저하게 맺은 계약은 때로는 치명적인 일격이 된다는 말이로군요."

모리시타가 잔을 들면서 혼잣말하듯 중얼거렸다.

"반면 우리는 계약서같이 쓸데없는 속박이 없어. 배신하고 말고가 아니라 임기응변, 유연하게 전세의 흐름을 살피면서 방침을 조정할 수 있지. 반 포인트에 차이가 생기면 그걸 메울 때까지 한쪽을 적극적으로 돕는 것도 가능해."

원래라면 마땅히 써야 할 계약서.

그게 없음으로써 오히려 전략의 폭이 넓어지는 선택지.

"기묘한 이야기네. 계약서가 없는 게 오히려 유리하게 작용한다니. 그런 관점을 가져본 적은 없는데…… 그러니까 마지막에 가서는 이 동맹을 깨고 대결하게 된다는 말이지?"

"이치노세도 말한 것 같은데, 그래. C반과 D반이 치고 올라가서 호리키타 반, 류엔 반과 대등해질 때까지만 끌고 가면 협력 관계는 자연스레 소멸할 거다."

이건 물론 이치노세 쪽에서 이미 받아들인 일.

그렇기에 하시모토와 모리시타도 이해하기 쉽도록 이치노세가 고개를 끄덕였다.

"일단 어느 정도 이해는 했어. 그래도 말이야, 그럼 새로운 의문이 생겨. 좀 더 자세히 묻겠는데, 왜 아야노코지와 협력하기로 생각한 거야? 나와 모리시타가 앞으로 아야노코지를 추대할 생각인 건 분명하지만, 다른 애들 대부분은 아직 받아들이지 않은 상태인데. 만약에 아야노코지가 리더로 적합하지 않다는 낙인이 찍히면 이 동맹은 의미가 사라지고 오히려 걸림돌만 될걸? 그런 리스크관리는 해놨어?"

일부러 그러겠지. 하시모토는 내가 아니라 이치노세에게 질문을 던졌다.

자신의 통찰력이라면 이치노세를 철저히 파악할 수 있

다고 판단했겠지만, 그렇게 간단한 이야기가 아니다. 예전과 지금, 분명히 변했고 성장하고 있는 상대에게 그게 어디까지 통할까.

"D반까지 떨어진 우린 더 물러설 데가 없어. 그건 너도 알지?"

"그래, 물론이지. 그러니까 동맹 같은 안이한 방식을 쓴다면 한걸음이 아니고 반걸음씩만 앞으로 나아가게 될 거야. 실제로 난 이 동맹 제안을 듣고 조바심이 날 정도니까."

"그 표현을 빌리자면 내디딜 수 있을지 없을지 모를 한걸음보다 확실한 반걸음이야. 우린 2년 동안 계속 걸어왔지만 앞으로 나아가긴커녕 뒤로 후퇴하고 말았어. 하시모토네 반과는 상황이 달라. 그래서 처음부터 순순히 받아들일 수 있었지."

긍정적인 자세를 전면에 내세우자, 하시모토가 고개를 한 번 끄덕였다.

"그러면 질문을 바꿀게. 앞으로 아야노코지가 리더가 못되면? 혹은 리더가 되긴 했지만, 반에서 수용 조건으로 D반과 동맹을 맺지 않는 게 대전제에 깔렸다면? 그때는 이 관계에서 순순히 물러나 준다고 생각해도 돼?"

하시모토가 우려하는 것은 어중간한 협력 태세.

또는 이치노세 반이 일방적으로 우리에게 의존하는 것이다.

"기분 상하지 말고 들어줬으면 좋겠는데, 나는 이게 솔

직히 족쇄가 될 것 같아. 우리 반과 이치노세 반. 어느 쪽
이 주도권을 쥘지 너무 뻔히 보여. 그런데도 동맹을 맺자
고 한다면 일단은 서로 입장이 대등해질 수 있게 어떤 대
가를 원하기 마련이잖아?"

"대가? 어떤 대가를 원하는데?"

이치노세는 무조건 거부하는 게 아니라 일단 하시모토
의 제안을 이끌어냈다.

"부끄러움도 모르는 남자네요. 이치노세 호나미에게 뭘
시키려는 거예요?"

"네 멋대로 내용 추측하지 말라고."

"하지만 그래도 된다고 하면?"

"그러면…………………… 아니, 그런 게 아니라니까."

"방금 그 정적이 모든 걸 말해줬네요."

얘기에 끼어들지 말라면서, 하시모토가 모리시타를 손
으로 세게 밀치는 척했다.

"뭐, 많잖아. 프라이빗 포인트를 준다거나——."

"미안하지만 하시모토, 어디까지나 내가 이익을 얻고 싶
은 동맹은 종속적인 관계가 아니라 대등한 관계야. 어설픈
상하 관계가 생기는 건 오히려 단점이 더 커."

의견이 갈리거나 했을 때, C반이 우위인 입장을 자연스
레 이용해 따르라고 압박하는 전개도 예상할 수 있다. 그
건 피하고 싶다.

"한 가지 안심해 줬으면 하는 건 만약 아야노코지가——

아니, C반에 누구 한 사람이라도 반대한다면 받아들일 각오가 되어 있다는 거야."

"아하? 그때는 동맹 제안을 파기해도 된다는 거지?"

"그래. 하지만 그럴 걱정은 없다고 봐."

"그건 또 왜."

"아야노코지가 한 제안이니까."

올곧은 눈동자가 하시모토를 관통했다.

"난 그걸 믿기 때문에 이 이야기가 깨질 일은 없다고 봐."

"……그렇군."

"미안한데 일단 이 이야기는 중단하자."

"왜요?"

내가 이해하기 쉽게 한 방향을 쳐다보자, 하시모토와 모리시타도 덩달아 시선을 옮겼다. 아직 상황을 받아들이지 못한 호리키타와 마츠시타가 그곳에 있었다.

"뭐, 당연히 찾아오겠지. 내가 상대할게."

"동맹 얘기는 숨겼으면 좋겠다. 지금 저 두 사람은 우리가 동맹 맺을 가능성을 예측할 수 없는 상황이야. 이 단계에서 알려줄 필요는 없어."

"나도 알아. 이렇게 일찍부터 밝힐 필요 없지."

아마 하시모토의 해석과 내 의도는 일치하지 않을 것이다.

"동맹을 들키는 것 자체는 솔직히 오늘이든 내일이든 상관없어."

"뭐? 그런 거야?"

"동맹을 계속 숨기는 것에 큰 의미가 없고 오히려 알려주는 게 강한 효력을 발휘하기 때문이야. 하지만 지금 저 애들은 내가 반을 옮겼다는 사실만으로 크게 타격을 받았어. 여기서 더 혼란을 일으킬 동맹 이야기를 하는 건 너무 쓸데없어. 반을 옮겼다는 사실, 그 상처가 조금이라도 아문 다음에 아는 게 좋아. 그래야 상대가 더 깊이 상처 입거든."

"……그렇겠지. 봐줄 생각이 조금도 없는 모양이네."

이건 어디까지나 하시모토와 모리시타, 이치노세에게 하는 립서비스다.

호리키타 반이 무너지면 그걸로 좋은 남들은 경외심과 동시에 안도감이 들겠지.

그러나 내 목적은 호리키타를 무너뜨리는 게 아니다.

성장으로 이어져야만 한다.

반 이동도 모자라 동맹이라는 예상도 못 한 위협이 닥친다면 심적 부담이 상당해질 것이다.

물론 호리키타의 마음은 이후에 더 깊이 상처받게 될지도 모른다.

하지만 걱정하지 않는다.

지난 2년이 있으니까. 호리키타와 반 아이들이 그간 쌓은 관계성이 있으니까.

그것이 호리키타를 다시 일으켜 주리라는 믿음이 있기 때문이다.

4

호리키타와 마츠시타는 내 직설적인 말에 조용히 물러 났다. 그 후 이치노세도 친구들을 만나, 우리 세 사람에게 손을 흔들며 떠났다. 그녀의 뒷모습을 지켜본 하시모토가 한숨 돌렸다.

"두 사람의 그 반응…… 충격 많이 받은 것 같던데."

"아하. 아야노코지 키요타카가 굳이 당일에, 그것도 개 학식이 끝나길 기다렸다가 반을 옮긴 건 A반이 최대한 많 이 동요하게 만들기 위해서였던 거네요?"

"만약 전날에 반 이동을 마쳤다면 학교 측의 통보 또는 담임 등에 의해 소문이 퍼졌을 가능성도 없지 않지. 그럴 바에는 빨리 끝내는 게 최선이야. 시간으로 따지면 오차는 1시간도 채 되지 않아. 하지만 개학식 전에 같은 교실에 있 었고, 개학식 때도 있었지. 당연하다는 듯 시작한, 지금까 지 그래왔듯 같은 반 친구들과 함께 내딛는 걸음. 마지막 1 년을 그 애들은 무의식적으로 그렇게 느꼈을 거다."

그 옅은 희망과 기대를 이상적으로 베는 것. 그 타이밍 을 계산했을 뿐.

"거기까지 계산했다고? 진짜 피도 눈물도 없네. 우리가 뺏은 입장이긴 하지만, 솔직히 그 애들의 울 것 같은 얼굴 은 보고 있기 괴로웠어. 그런 점에서 아야노코지는 동정심도 망설임도 없어 보여."

"있을 리가 없지. 있어서도 안 되고. 내가 C반에 온 건 남은 1년 동안 확실하게 A반을 빼앗을 수 있는 위치까지 끌어올리기 위해서야. 반을 옮기는 것도 제일 효과적인 순간에 써먹는 건 아주 당연한 전략이야."

만약 미련이 남아 있다면 C반 학생들이 받아줄 리 없다.

그런 사람에게 리더를 맡길 수는 없으니까 말이다.

"같은 편이 돼서 정말 든든하다."

현재까지 반 포인트 차이는 크다.

강제로 퇴학자를 만든다고 하더라도, 그 방법은 몇 번씩 빈번하게 쓸 수 있는 것이 아니다.

우리의 승률을 올리려면 조금의 낭비도 허용해선 안 되는 상황이다.

"동맹에는 반신반의하는 부분이 아직 남아 있지만, 일단 받아들일게."

"나도요. 그런데 문제는 산더미처럼 쌓여 있답니다, 아야노코지 키요타카. 아직 반의 다수로부터 리더로 인정받지 못한 상황에서 동맹을 맺으려 하고 자기 마음대로 일을 진행하려 한다는 사실을 알면 반 내부의 반발이 더 강해질 거예요."

"당연히 그렇겠지. 늦든 빠르든 나에 대한 의견을 낼 학생이 나올 테니까."

반 아이들은 불만이 있어도 일단 가만히 지켜볼 수밖에

없다.

반에서 나를 빼 오기 위해 프라이빗 포인트를 십시일반 모아 쏟아부었으니까.

흔히 말하는 콩코드 효과다.

간단히 설명하자면 투자한 비용을 손해 보는 것을 받아 들이지 못하는 심리다.

그래서 비판은 하면서도, 투자한 만큼의 성과가 나오길 기대하며 반드시 유예기간을 준다.

언뜻 무모하게만 보이는 동맹 전략도 우선은 지켜보는 방향으로 타협할 수밖에 없도록 애초부터 짜여 있다.

이는 그 누구보다도, 나에게 프라이빗 포인트를 쏟아부은 하시모토가 좋은 본보기다.

"그럼 우선 반에서 인정받는 게 급선무네요."

"특별시험이 있으면 얘기가 빠른데 말이야."

의자를 밀며 일어난 모리시타가 하시모토를 슬쩍 쳐다보았다.

"글쎄 그건 어떨까요?"

"무슨 의미야."

"당신은 아직 검증되지 않은 학생에게 특별시험 방침을 아무 조건도 없이 맡길 수 있어요?"

"그건——."

"만약 이번 아야노코지 키요타카 영입에 관여하지 않았다면, 당신은 분명 반발하는 측의 필두 후보였을 걸요. 아니면 한 글자로 완벽하게 반론해 봐요."

"한 글자는 무리잖아……."

"홋."

하시모토에게서 완벽한 반론이 나오지 않는 것을 본 후 모리시타도 자리에서 멀어져갔다.

"저 녀석이랑 엮이면 피곤해진다니까."

"내가 모리시타와 말하게 되기 전부터 저런 느낌이었어?"

"변한 게 없어. 다만, 누군가와 적극적으로 어울리는 애가 아니었던 건 분명해. 그런 의미에서는 저 녀석한테도 네가 특별한 존재인 거지."

순수하게 기뻐해도 되는 건지, 조금 복잡한 심경이었다.

5

하시모토와 함께 기숙사 로비로 돌아오니 우리를 본 한 학생이 자리에서 일어났다.

말을 걸려고 다가오는 것을 알아차린 하시모토가 나서려고 해서 나는 그럴 필요 없다며 말렸다.

"먼저 돌아가."

"오케이. 쌓인 얘기 있으면 천천히 해라."

딱히 해가 되는 상대가 아니라는 것은 하시모토도 잘 알았기 때문에 가볍게 웃은 후 엘리베이터 버튼을 눌렀다.

그 학생은 하시모토가 엘리베이터에 탈 때까지 기다렸다가 평온한 태도로 입을 열었다.

"괜찮으면 장소를 좀 바꿀 수 없을까? 여기서 얘기하면 사람이 모여들 것 같은데."

"요스케가 괜찮으면 난 그래도 상관없어. 방으로 갈까?"

"거기보다는 바깥이 좋을 것 같아."

바라는 대로 해 주려고, 요스케와 로비에서 나와 기숙사에서 멀어졌다.

하지만 그렇게 바라던 대로 둘만 있기는 쉽지 않았다.

모두 귀가할 저녁 무렵, 때마침 돌아온 호리키타 반 학생 몇 명과 필연인지는 몰라도 맞닥뜨리고 말았다.

"히라타…… 아야노코지."

살짝 당황하면서도 그렇게 중얼거린 사람은 스도였다.

그 옆에는 이케 그리고 평소 보기 드문 조합이라고도 할 수 있는 케세이에 아키토까지 있었다.

"아까 스즈네를 만나서 짧게나마 얘기 들었어……. 진짜로 작전 같은 게 아니라 네 의지로 C반에 갔다며?"

그 호리키타는 아직 기숙사에 돌아오지 않았는지, 아니면 이미 돌아와 있는지 잘 모르겠다.

"그래. 미안하다."

"이유가 뭔데."

비통한 표정을 지으면서 스도가 내게 다가오자, 요스케가 그 사이에 끼어들었다.

"스도. 여기서 이야기 계속하면 사람이 점점 모여들 거야."

"그렇……겠네, 미안."

"할 말 있으면 다 들어줄게. 일단 장소를 좀 바꿀까."

나도 요스케에 맞춰서 그렇게 대답했고, 우리는 기숙사 뒤편으로 가기로 했다.

스도뿐 아니라 나머지 세 사람도 머뭇거리지 않고 뒤를 따랐다.

잠시 후 기숙사 입구에서 사각지대인 곳까지 가자, 더는 참을 수 없었는지 스도가 다시 입을 열었다.

"이유가 뭐냐고, 아야노코지. 왜 반을 옮겼어? 겨우 A반까지 올라왔는데, C반으로 내려갈 필요는 없잖아?"

"하하, 역시 카루이자와가 원인이라거나?"

농담하려던 건 아니었겠지만 이케의 입에서 그런 말이 튀어나왔다.

"야, 이케……!"

"하지만 그것 말고는 이유가 없잖아. 차여서 창피하기도 할 테고."

"그래. 그것도 이유 중 하나일지 모르겠다."

"이것 봐! 맞혔지?!"

맞혔다! 하고 손뼉 치며 기뻐하는 이케의 등을 때린 스도가 버럭 화냈다.

"야 이건 아야노코지의 거짓말이지, 당연히."

"아야. 본인이 그렇다는데도 거짓말이라고 단정 짓는 게

난 더 아니라고 보는데…….”

아픈 등을 문지르며 이케가 얼굴을 구기고 스도를 노려보았다.

“진짜 이유가 뭐야.”

아키토가 살짝 화를 억누르는 듯한 말투로 물었다.

그 질문에 대답해 주는 것은 간단하지만, 그럴 수도 없는 사정이 너무 많다.

“이유? 대답해도 의미 없을 것 같은데.”

“의미 있지. 우리가 지금 어떤 기분일 것 같냐? 조금 전까지 하루카랑 있었는데 계속 우울해하더라. 자기 때문인지도 모르겠다는 말을 자꾸만 되풀이했어. 자기 편하자고 화해하려 했던 게 키요타카한테는 부담이 됐던 거 아니냐면서.”

그러고 보니 학년말 특별시험 전에 하세베와 대화할 기회가 있었던가.

하긴 반 이동과 관련해서 그때 한 말이 영향을 줬다고 상상해도 이상하지는 않다.

“그 애는 오늘 사건이 일어나기 전부터 계속 고민했었어. 키요타카한테 도움받았던 거, 고맙다는 말을 제대로 못 전했다고.”

그런 아키토의 호소에 케세이도 고개를 끄덕였다.

“나도 전에 아야노코지한테 정신적으로 도움을 받았어. 만약 아야노코지가 도와주지 않았다면 분명 이 학교에 남아 있지 못했을 거야."

요스케도 비슷한 생각을 했던 것 같다.

누군가가 상처받는 것을 두려워하는 요스케는 지금까지 반에서 세 명의 학생이 퇴학당하면서 마음이 많이 다쳤다. 내가 잡아주지 않았다면 무너졌을 거라는 사실은 부정할 수 없겠지.

"그래서 난 너의 강한 면을 존경하고, 같은 반이어서 든 든하다고 생각했어. 하지만 만장일치 특별시험이랑 학년 말 특별시험 때 함께 싸우던 과정에서 도저히 소화가 안 되는, 아니 받아들일 수 없는 부분이 있었어. 물론 나한테 더 힘이 있었으면 좋았다는 건 부정하지 않을게. 하지만 너한테 적잖은 불신감을 느꼈어."

봄방학의 끝. 호리키타가 기획한 승리 축하 파티 때도 그런 뉘앙스를 풍겼었지.

그때부터 명확하게 이름이 아닌 성을 부르게 된 것이 마음에 좀 걸렸었는데, 오늘도 그런 태도였던 것을 생각해 보면 무의식중에 거리를 두고 싶었던 것인지도 모른다. 나도 관계성의 변화에 따라 성과 이름을 의도적으로 구분해 서 쓰듯이.

"여기 있는 우리만이 아니야. 반 애들 모두 정말로 걱정 하고 있고 혼란스러워해."

이 자리에 있는 모두가 이유를 알고 싶어 한다.

어쩔 수 없는 사정 때문에 한 이동이었다는 확답을 받아내고 싶은 것이다.

"걱정과 혼란이라. 뭐, 그렇겠지. 난 그렇게 되길 원해서 아무것도 알려주지 않고 반을 옮긴 거거든."

"……그게 무슨 뜻이야?"

순간 뇌가 이해하기를 거부했는지, 케세이가 안경테를 바로 고치면서 다시 한번 말해 달라고 했다.

"말 그대로 받아들이면 돼. 아무것도 안 알려준 건 반을 곤란하게 만들기 위해서였어. 그리고 너희가 알고 싶어하는 이유 말인데, 그냥 단순해. 사카야나기가 빠지면서 C반이 힘들어졌잖아. 그래서 내가 프라이빗 포인트를 대가로 받는 조건에 반을 옮겨서 도와주는 쪽을 선택했지."

인위적.

그리고 이기적.

오직 자신을 위한 반 이동이었음을 강조해서 알려주었다.

일부 거짓도 포함되어 있지만, 틀림없는 사실.

"무, 무슨…… 진심으로 하는 말이야……?"

그것은 스도의 말이었는데, 아키토와 케세이도 같은 생각이었으리라.

내 차가운 말에 비슷한 반응을 보였다.

그러나 요스케만은 미동도 보이지 않았다.

"저기 말이야, 아침부터 쭉 궁금했는데, 어째서 그렇게 되는 거야?"

흐르는 긴장감 속에서 이케가 고개를 갸웃거리며 깍지

낀 두 손을 뒤통수로 가져갔다.

"사카야나기가 없어져서 위기인 건 알겠는데, 2,000만이나 되는 거금을 써가며 빼 온 상대가 아야노코지라니. 정말 영문을 모르겠는데? 우리 A반을 약체화시키고 싶어서 그런가 본데 일반적으로 생각하면 얼마든지 더 원하는 학생이 있을 것 아니야?"

이건 어떤 의미로는 당연한 의문이리라. 이 자리만 해도 요스케와 스도를 제외하면 나를 빼간 이유를 진심으로 이해하지 못하고 있을 터다.

"나도 처음부터 그렇게 생각했어. 그래서 더, 반 이동에 어떤 이면이 있지 않을까 궁금했던 거야. 진실을 말할 생각이 안 드냐?"

케세이가 이케의 이야기에 동조하면서 뒤에 숨겨진 이야기를 알고 싶어 했다.

"진실이고 뭐고, 방금 말한 게 다야. C반이 거금을 마련하면서까지 빼낼 가치가 있는지 어떤지 지금 단계에서는 증명하기 어려워. 다만 그것도 시간 문제라고 생각해."

"아니, 아무리 봐도——."

이케가 따지려고 하는데 스도가 이케에게 바싹 다가가 어깨를 움켜잡았다.

"이건 큰 문제야, 칸지."

"뭐, 뭐가……?"

"아야노코지의 반 이동 말이야. 넌 몰라……."

"그럼 켄은 안다는 거야?"

"아야노코지는—— 아니, 나도 전부 다 아는 건 아니지만……."

"뭐야, 그게?"

"그래도 아야노코지는 반에서 중요한 존재라고!"

거친 목소리로 화내는 스도에게 요스케가 다가가 진정시켰다.

그리고 조용히 내 쪽으로 몸을 돌렸다.

"내가 오늘 확인하고 싶었던 것 중 하나는 네가 무슨 의도로 반에서 나갔는가, 그것뿐이야. 만약에 반을 생각해서 한 행동이라면 나를 포함해서 그 누구도 오해하게 만들고 싶지 않았기 때문이야."

"그런 거라면 안심해도 돼. 순도 100%, 완전히 나를 위해서 한 이동이니까."

"……그래 보인다."

겉으로만 그렇고 속은 다를지 모른다. 그런 생각은 지금 히라타에게 없는 듯 보였다.

반의 갈등에 남들보다 훨씬 민감한 그니까.

내가 반을 이동했다는 걸 알았을 때도 그 정도로 심하게 동요하지는 않았으리라.

장단점을 다 가지고 있는 나란 존재. 그런 내가 사라지면 사라진 대로, 반을 안정적으로 운영해 나갈 수 있다.

"그래 보이네, 라니 그 말로 끝내도 되냐, 히라타. 이대로 아야노코지를 보내도!"

"좋든 나쁘든 아야노코지가 한 선택이잖아. 게다가 실수도 아니고, 학교 측의 절차도 다 끝났어. 만약에 우리 반으로 다시 데리고 오려면 똑같은 프라이빗 포인트가 필요하겠지. 도저히 당장 마련할 수 있는 금액이 아니야."

"아야노코지가 나간 걸 후회한다고 하면 난 가진 돈 다 낼 수 있어. 그렇지, 얘들아!"

이케를 포함해서 이 자리에 있는 남학생 모두와 뜻을 합치려 하는 스도였지만, 이케는 물어볼 것까지도 없고 아키토와 케세이도 바로 고개를 끄덕이지는 않았다.

내가 이렇게까지 차가운 태도로 나오면서 내 의지로 나갔음을 어필하고 있는 이상 반으로 다시 불러올 수 있다고 생각하지 않을 테고, 그럴 마음도 들지 않겠지.

"키요타카는 자기 의지로 반에서 나갔어. 그걸 존중해야 해."

"하지만……!"

물고 늘어지려고 하는 스도에게서 시선을 뗀 히라타가 나를 보았다.

"반 애들한테 전할 말 있어?"

"없어."

"그렇구나……. 알았어, 시간 빼앗아서 미안하다."

말을 잘 알아들은 히라타는 모든 걸 받아들이고 자리를 떠났다.

속으로는 난리가 났겠지만, 지금 발버둥 쳐봐야 사태는 나아지지 않는다.

오히려 반에서 문제가 일어나지 않게 하는 데 주력해야 하겠지.

"스즈네는 너를 믿고 의지했어. 내일부터 어떤 얼굴로 지내려고 그러냐……."

"야, 켄. 우리도 이만 돌아가자. 아야노코지가 자기 발로 나갔다는 거 알았으니까."

스도는 분한 듯 아랫입술을 깨물며, 이케에게 등 떠밀려 돌아갔다.

"반을 떠났지만 우린 여전히 친구야. 힘든 일 생기면 언제든 의논해."

아키토도 그 말을 남기고 케세이와 기숙사로 돌아갔다.

나는 그런 옛 반 아이들을 지켜본 후 조금 늦게 돌아가기로 했다.

○외부에서 의외로 더 잘 보이는 법

개학식 다음 날 아침, 나는 기숙사에서 학교로 가는 동안 예전 반의 아무와도 마주치지 않고 조용히 등교할 수 있었다.

그도 그럴 게, 평소 나오는 시간보다 30분 이상 일찍 나왔기 때문이다.

주목받고 싶지 않아서도, 단순한 변덕도 아니다.

우선 내가 해야 할 일은 C반을 자세히 파악하는 것. 요컨대 속사정을 알기 위해서다. OAA 수치만이 아니라 학생들을 직접 눈으로 보고 귀로 듣고 더 잘 이해할 수 있는 정보가 필요하다고 계획해서 하는 행동이다.

그러려면 가만히 앉아서 기다리는 게 아니라 먼저 적극적으로 움직일 필요가 있다.

아침에 누가 가장 빨리 혹은 가장 늦게 등교하는지.

잘 떠드는 학생, 말수가 적은 학생, 분위기 파악을 잘하는 학생과 눈치 없는 학생.

그런 모습을 관찰하고 알기 위한 첫걸음.

목적지인 3학년 C반 교실에 도착해서, 아무도 없을 그곳의 문을 천천히 열었다.

그런데——.

느닷없이, 김이 팍 세는 이벤트를 맞닥뜨렸다.

그 누구보다도 먼저 교실에 왔을 줄 알았는데, 일등이
아니었다.

눈에 들어온 내 옆자리, 그곳에 앉은 여학생이 태블릿을
보고 있었다.

문 여는 소리에 고개를 돌린 그녀는 살짝 놀란 투로 나
를 응시했다.

딱히 큰 소리를 내면서 열진 않았던 것 같은데, 이렇게
일찍 다음 학생이 등교할 줄 몰랐던 걸까.

하지만 나를 보는 표정은 이내 부드럽게 바뀌었다.

"안녕."

잠깐 뜸을 들였다가 옆자리의 주인, 일등으로 등교한 시
라이시에게 인사를 건넸다.

"안녕하세요."

정중한 인사가 돌아왔다.

시라이시 아스카
학력 B+(76)
신체 능력 D(34)
기지 사고력 C+(57)
사회 공헌도 C-(44)
종합 능력 C(54)

학력은 평균보다 높지만, 신체 능력이 낮고, 적극적으로

소통하는 타입이 아니며 다른 반 학생과도 친하게 지내는 이미지가 거의 없다. 이것이 OAA와 지난 2년을 통해 파악한 시라이시의 몇 안 되는 정보다.

그리고 지금부터는 새롭게 그녀의 외모와 특징을 기억해 나갈 것이다.

우선 시선을 끄는 것은 왼쪽 눈 밑의 눈물점, 그리고 단정하고 긴 금발과 머리띠겠지. 감도는 분위기는 온화하며, 요란 떨지 않고 조용한 인상이다.

실제로 지난 2년 동안 마주친 적은 별로 없지만, 시라이시가 활발한 성격이라고 느낀 적은 한 번도 없었다. 계획은 다소 어긋났지만, 이것도 나름 내가 바라던 수확이라할 수 있겠지.

자리를 언제 바꾸게 될지는 몰라도 아마 금방은 아닐 것이다.

그렇다면 옆자리 학생과 친해지는 것은 학교생활의 왕도.

2년 전에 호리키타와의 대화로 시작했던 학교생활처럼, 같은 길을 이번에는 2년간의 경험치를 토대로 걸어 나가봐야겠다. 그럼 어떻게 말을 건네느냐가 관건인데…….

머릿속에 든 시라이시의 데이터만으로는 성격과 취미와 취향을 하나도 모른다.

그러니 아무 실마리도 없는 상태에서 파악해 나가야 할 필요가 있다. 내 자리로 점점 가까이 가면서 알게 된 사실인데, 시라이시는 아침부터 교실에서 공부하고 있었던 모양인지 펜을 쥐고 태블릿을 보며 과제인 듯한 것을 풀고 있었다. 잠시 틈을 들였다가 말을 걸어본다.

지난 2년간 스쳐 지나기만 했지, 이렇게 대화를 시도하는 것은 처음이다.

"설마 먼저 온 사람이 있을 줄 몰랐어. 진짜 빨리 왔네."

"――네, 평소와 달리 일찍 눈이 떠져서. 그런데 아야노코지 군도 빨리 왔네요."

일단 인사에 이어 정중한 대답이 돌아왔다.

살짝 말을 머뭇거린 건 내가 낯설어서일까.

그게 아니면 말하고 싶지 않은데 둘만 있는 상황이기도 해서 어쩔 수 없이 대화에 응한 것일까.

아직 그런 부분은 파악이 안 된다.

"반이 막 바뀌어서 난 거의 전학생이나 다름없으니까. 환영받기보다는 먼저 와서 애들을 맞이하는 게 좋을 것 같았어."

지금은 어느 정도 진심을 섞어서, 시라이시가 노골적으로 싫어할 때까지 계속 말을 붙이기로 했다.

둘만 있는 교실에서 침묵이 계속 흐르는 것도 문제일 것 같으니.

"재미있는 우연이네요. 이렇게 사람 없는 널찍한 교실에 옆자리인 두 사람이 일찍 일어나다니."

"그럴지도."

우연. 의도하지 않았는데 살짝 신기하게 겹쳤다.

적어도 시라이시는 불쾌하게 느끼지 않는 듯하다.

자, 그럼 어떻게 이야기를 이어 나가 볼까.

막상 이런 상황이 되니까…… 역시 생각했던 것보다도 말이 잘 나오지 않는다.

이것저것 떠오르는 건 있지만 정말 그 말을 꺼내도 괜찮을지 자신이 없다.

히라타 요스케라면 이럴 때 상대방이 기다리게 하지 않고 부드러운 분위기 속에서 이야기를 진행해 나가겠지. 그것도, 그렇게 해야겠다는 의도 없이 자연스러운 흐름으로.

"왜 아야노코지 군은 이 반에 오기로 결심하셨나요?"

내가 머뭇거리고 있는데 시라이시가 아주 당연한 질문을 던졌다.

그리고 궁금한 게 더 있다며 말을 이었다.

"모처럼 A반까지 올라갔는데 스스로 아랫반으로 내려오다니, 믿기지 않네요."

"일반적으로 생각하면 그럴지도 모르지."

"일반적이 아니라면…… 왜 반 이동을 결심했어요?"

그렇게 묻는 시라이시의 눈은 올곧고 아름다운 빛깔을 띠었다.

그 진의가 몹시 궁금한 거겠지.

"하시모토가 설명해 줬을 텐데. 난 용병으로 이 반에 온 거야."

"물론 그건 알아요. 하지만 그건 저희를 도와주기 위해서잖아요. 아야노코지 군한테는 무슨 이익이 있는지 아무도 설명하지 않았어요. 뒤로 거액의 프라이빗 포인트를 받았다거나 앞으로 받을 예정이라거나, 그런 소문이 돌던데."

껄끄러운 질문을 거침없이 해왔다.

지금은 아직 아직도 없는 이 환경이 영향을 미치고 있는 것일까.

그 질문에 대한 답은 간단하다.

네 반을 균형 상태로 만들기 위해.

그러려면 C반과 D반을 끌어올려서 상위 반을 따라잡게 해야 한다.

외부에서 불가능한 일을 내부에서 실행하기 위해.

하지만 아직 동맹 이야기가 공개되지 않은 상황에서는 그 사실을 밝힐 수 없다.

"솔직히 말씀드리면 일부 학생들을 제외하고 우리는 아야노코지 군이 반에 어떤 영향을 미칠지, 만약 미친다고 하면 사태를 호전시킬 존재인지 아직 회의적이에요."

"당연히 그렇겠지."

"아야노코지 군이 필요한지 불필요한지, 그 의논도 시작했어요."

"그건 좀 늦은 감이 있지 않나. 반대하고 거부할 기회가 있었을 텐데?"

"따끔한 의견이네요. 봄방학 때는 사카야나기 씨 퇴학 사건 때문에 반이 혼란스러웠거든요."

내가 반을 옮기는 조건 중 하나로 C반 전원의 동의를 요구했었다.

사카야나기가 나가고 전력 면에서도 약해진 C반 학생들은 정신적으로도 내몰려 있었기 때문에 하루빨리 재기하기 위한 방책이 필요했다. 아야노코지 키요타카라는 사람이 유능한지는 둘째치더라도 A반에서의 영입이 가능하다는 점이나 인원을 보충한다는 측면에서도 나쁜 제안은 아니었으리라. 하시모토가 대부분 감당했지만 그래도 개개인의 지출 역시 적지 않다.

대가에 걸맞은 활약을 기대하는 것은 당연하다.

"하긴 A반에서 C반으로 자진해서 내려갈 학생은 별로 없겠지."

"카츠라기 군의 경우와 비슷하다고도 생각했는데, 그는 이 반에 있을 곳이 없었으니까요. 사카야나기 씨에 대한 복수심도 있었을 테고요."

"그럼 내가 A반과 불화가 생겼을 가능성은 생각하지 않는 거야?"

바라는 답을 일부러 하지 않고 오히려 질문을 던져보았다.

"저는 그렇지 않을 거라고 봐요. 아야노코지 군은 A반 분들이 의지하기도 했고, 잘 융합했다고 해석하고 있답니다."

적당히 칭찬을 늘어놓은 것일 수도 있지만 진심 같기도 한 미묘한 경계선에 있다.

아니, 지금은 진심으로 여기고 이야기를 이어가는 게 나을 듯하다.

"다른 반에 그런 모습을 보여준 기억은 없는데."

"외부에서도 의외로 보이는 게 있는 법이랍니다. 그리고
1학년, 2학년 학년말 특별시험에서 중요한 역할을 맡았잖
아요. 믿음과 자신감이 양립하지 않는다면 불가능한 일이
에요."

"그렇구나. 그럼 시라이시는 내 반 이동을 어떻게 받아
들이고 있어?"

"방금 말씀드렸듯이 저는 아야노코지 군을 높이 평가하
고 있어서 솔직히 기대돼요. 그리고 하시모토 군과 모리시
타 씨. 반 이동에 힘쓴 학생들은 저보다 더 아야노코지 군
을 높이 평가하고 있고요. 게다가——."

"게다가?"

의미심장하게 들리는 시라이시의 다음 말은 그 직후 등
교한 남학생 때문에 중단되었다.

"아, 앗, 시라이시. 안녕."

"안녕하세요, 요시다 군."

자리는 떨어져 있지만 요시다가 교실에 들어오자마자
시라이시에게 아는 척했다.

그런 후 옆에 앉아 있는 나를 슬쩍 노려보더니 책상에
가방을 올려두고 가까이 다가왔다.

"뭐야, 아야노코지, 완전 일찍 왔잖아."

"그렇지도 않아. 1등으로 오려고 했는데 시라이시가 더

빨리 왔더라고."

"그럼 내일부터는 학교 문 열리자마자 와라. 누구보다도 먼저 등교하는 것 역시 본보기 중 하나야. 반 애들 모두의 인정을 받게 될 때까지 계속하라고."

"그렇구나."

교문을 여는 시간은 아침 7시 15분으로 꽤 이른 시간이다.

상당히 혹독한 의견이지만, 정말 당분간은 그렇게 하는 것이 좋을 수도 있겠다.

"그건 좀 과하지 않나요?"

내가 받아들이려고 하는데, 시라이시가 요시다에게 부드럽게 말했다.

"그리고 모두에게 인정받는다는 건, 어느 정도 수준을 말씀하시나요?"

"아니, 그게, 거기까지는 생각 안 해봤는데……."

예상하지 못한 반격에 요시다는 당혹스러움을 숨기지 못했다.

"여차하면 요시다 군만은 절대 인정하지 않는다거나, 그런 식으로 짓궂게 나올 수도 있겠죠?"

"그, 그렇지 않아!"

"제 오해라면 우선 앞에 한 말을 취소하셔야 하는 것 아닌가요?"

"아, 알았어. 방금 한 말은 취소할 테니까 잊어줘."

요시다가 쩔쩔매면서 시라이시에게 큰 목소리로 말했다.

"다행이네요. 요시다 군이라면 알아주실 줄 알았어요."

"뭐…… 뭐, 말이 좀 심했다고 생각하긴 했거든."

"그래요. 요시다 군은 반에서 인기 많으시니까 여기서 한 번, 아야노코지 군이 다른 사람들과 가까워질 수 있게 도와주시면 어떨까요?"

"뭐? 응? 내, 내가 아야노코지를?"

"그래도 되겠어?"

"되겠냐, 기대하지 마라!"

요시다는 반에서도 인기 많은 학생. 그 말을 머리에 메모해 두었는데, 진짜인지 장난에 불과한지 현재까지는 알 수 없다.

"그래요? 그럼 외람되지만 제가 입후보해도 될까요? 남자분은 무리일지 몰라도 여자분이라면 연결해 줄 수 있을 거예요. 조만간 언제 쉬는 날에, 친구를 소개해 드릴 테니 같이 만나시겠어요?"

일찍 일어나는 새가 벌레를 잡는다는 말이 있는데 정말인 것 같다.

절호의 기회, 굳이 시라이시의 제안을 거절할 이유는 전혀 없다.

"그럼 고마운 마음으로 부탁 좀 할까."

"자, 잠깐! 어쩔 수 없으니까 나도 도와줄게, 아야노코지."

기대지 말라고 쏘아붙였던 요시다가 몸을 앞으로 내밀면서 아까 한 말을 철회했다.

"괜찮겠어요? 요시다 군."

"뭐, 나도 환영회를 거절했을 때 좀 미안했거든. 얼마 전까지만 해도 적이었던 반으로 오는 거니까 많은 용기를 내야 했을 테고. 도움이 필요하겠지. 그래서 쉬는 날 언제? 난 언제든 좋은데."

미소를 나…… 말고 시라이시에게 지으면서 요시다가 물었다.

"그래요. 정해지면 연락드릴게요."

"오케이! 그때까지 몸 관리 잘해라, 아야노코지."

굉장한 열기를 보내와서 일단은 순순히 고개를 끄덕이기로 했다.

그 후에 곧 C반 학생들이 속속 교실에 모습을 드러내기 시작해서, 요시다는 허둥지둥 자기 자리로 돌아갔다.

"참 단순하죠, 요시다 군."

요시다를 힐끔 쳐다보면서 그렇게 중얼거리는 시라이시.

그러더니 다시 내게 시선을 돌렸다.

"요시다 군은 저를 좋아하거든요."

"그런── 것 같네."

적잖은 호감이 있는 건 분명하지만, 호감을 받는 쪽이 이렇게 확신하면서 말하는 경우는 보기 드문데.

"그래서 휴일에 다른 남자랑 나가는 게 참을 수 없었던 거예요. 혹은 저와의 관계 진전을 바라면서 기대를 품었을지도 모르고요. 지구상에 남은 인류가 저와 요시다 군뿐인

날이 온다 해도 그를 선택할 일은 없겠지만요."

자신이 이성에게 인기 있다는 것을 잘 알고 있으면서도 기뻐하는 모습은 전혀 찾아볼 수 없었다.

너무 당연해서일까, 아니면 단순히 좋아하지 않는 이성한테는 관심 없는 것일까.

"다음에는 반을 옮긴 이유를 알려주세요."

시선을 뗀 직후, 시라이시는 잊지 않았음을 어필하기 위해 웃으면서 그렇게 말했다.

친절한 옆자리 학생, 이라는 것만으로는 시라이시의 분석이 끝나지 않을 것 같군.

1

반을 옮긴 후 처음 맞이하는 휴일인 토요일.

학년이 바뀌었어도 반이 바뀌었어도, 해야 할 일은 별반 다르지 않다.

아침을 다 먹으면 헬스장에 갈까, 생각하면서 스마트폰을 확인했는데 메시지 한 통이 들어와 있었다.

『괜찮으면 오늘 같이 헬스장 가지 않을래?』

헬스 동지이기도 한 이치노세의 제안.

메시지와 상관없이 어차피 헬스장에는 갈 예정이었으므로, 좋다는 답장을 보내자 곧바로 읽음 표시가 떴다.

몇 차례 대화가 오간 후 그곳에서 만나기로 정하고 나는 외출 준비에 들어갔다.

케야키 몰이 오픈하기를 기다리는 학생들이 드문드문 입구에 모여 있었는데, 거기에 합류하지 않고 조금 멀찍이 서서 시간을 보내고 있으니, 평소에 그다지 볼 일 없는 2학년 D반 학생 호우센 카즈오미가 다가왔다.

타고난 체격과 풍모 때문에 근처에 있던 새로 입학한 1학년들이 도망치듯 거리를 벌렸다.

작년에는 2학년의 막이 오르고 얼마 지나지 않아 1학년과의 교류가 있었다.

반면 올해는 아직 새로운 1학년과 얽힐 기회가 없었기에 아무도 얼굴과 이름을 모른다.

시선을 끄는 실력자가 입학했어도 이상하지 않은데——.

그런 생각을 하는 사이에 호우센이 바로 앞까지 왔다.

바로 작년 봄에 큰 주목을 받았던 학생 중 한 사람이다.

"헤이, 아야노코지 선배. 요즘에 아주 소문이 자자하던데, 추락한 C반에 제 발로 들어간 바보 선배가 있다면서. 뭔 생각인 거야?"

선수 치듯 물었지만, 눈은 웃고 있지 않았다.

그 화제 자체에는 별로 관심 없어 보였다.

"글쎄, 무슨 생각일까."

일부러 남 일처럼 대답하자 호우센이 살짝 웃으면서 더 가까이 다가왔다.

"핫, 뭐 아무렴 상관없지만."

역시 본론은 그게 아니었는지, 호우센이 말을 이었다.

"그냥 내가 요새 실력이 녹스는 것 같아서 아주 미치겠거든. 어디 샌드백이 되어줄 놈이 없는지 찾고 있어. 누구 없냐?"

굵은 팔을 휘익 휘두르면서 의미심장하게 말했다.

"미안하지만 싸움에 엮일 생각은 없는데."

"뭐야, 야박하게."

"그런 걸 원하면 류엔에게 부탁해 보지 그래."

좋은 정보를 제공해 줬다고 보는데 호우센은 과장되게 한숨을 푹 내쉬고는 불평했다.

"그놈은 일대일로 안 붙으려고 하는 쫄보란 말이야."

"그럼 여러 명이랑 붙으면 되지. 자극적이잖아."

"한 번이면 모를까. 하루 종일 바빠지는 건 귀찮다고."

류엔을 건드리면 바로 그 자리에서는 호우센이 이길 가능성이 높다. 하지만 그는 다시, 언제든 비겁한 수단을 써서라도 복수하려고 덤빈다. 그 정도는 호우센도 예측이 되는 모양이다.

무인도 시험 때는 직접 충돌하기도 했지만, 그날 이후에는 학교 측에서 개입할 만큼 큰 소동이·일어난 적은 없으니까.

자기가 원해서 류엔을 건드리는 인간은 사정을 모르는 1학년들을 제외하고 이 학교에서 아무도 없으리라. 어떤 의미에서는 효과적인 방어 수단을 구축했다고도 할 수 있다.

"그나저나 C반으로 올라갈 수 있을 것 같아?"

살벌한 이야기만 계속하기도 그래서, 2학년 상황은 어떤지 슬쩍 물었다.

호우센을 비롯한 2학년은 어떤 반도 바뀌는 일 없이 한 해를 보냈다.

하지만 D반까지 포함해 모든 반이 아직은 충분히 승산 있는 위치인 상황이다.

"나도 모르지. 난 돈만 들어오면 장땡이라. 그런 부분은 나나세한테 다 떠넘겼다."

"나나세한테? 네가 남한테 맡길 수 있는 성격인지 몰랐는데. 그래도 잘 판단했어. 너보다는 야무진 리더일 것 같다."

"지금 말 다했냐? 그러니까 좌우지간 나랑 붙고 싶은 거 맞지? 그럼——."

곧바로 이야기의 방향을 다시 폭력 쪽으로 돌리는 호우센.

"아야노코지."

이렇게 혈기 등등한 호우센을 상대하고 있는데, 다소 긴장한 듯한 차바시라 선생님이 모습을 드러냈다. 교사의 등장에 호우센은 작게 혀를 차더니 방해꾼이 나타났다는 듯 물러났다.

"또 보자, 선배. 당분간은 재미있을 것 같은 1학년이랑 놀고 있을 테니까, 그 일 끝나면 내 싸움 상대가 되어주라."

"그런 상대는 안 할 거지만."

들리지 않을 만큼 작은 목소리로 대답은 해둔다.

등 너머로 그런 말을 마치자마자 차바시라 선생님이 내 팔을 잡아끌었다.

"잠깐 따라와."

입도 뻥끗 못 하게 압박하면서 나를 구석으로 데려갔다.

"왜 그러시죠?"

"……너와 얘기하고 싶었다. 담임으로서…… 아니지, 예전 담임으로서 경솔하게 접촉해도 될지 고민하긴 했지만, 그래도 꼭 확인해야만 해서."

가슴 속 감정을 토해내는 차바시라 선생님.

표정에 기운이 하나도 없었는데, 이번 주에 고민이 아주 많았겠지.

"그래서 기숙사 앞에서부터 제 뒤를 밟으셨군요."

"……눈치챘었니?"

"뭐, 너무 티 났거든요."

미행 수준은 모리시타와 동급으로, 빈말이라도 훌륭하다고 할 수 없었다.

"제가 아침부터 외출한다는 보장도 없었는데, 대체 몇 시부터 기다리셨던 거예요?"

날이 많이 따뜻해지긴 했어도 아직 아침 기온은 쌀쌀하다.

잘못하면 감기에 걸릴 수도 있을 정도인데 본인은 신경 쓰지 않는 듯했다.

"그런 건 아무래도 좋아. 내가 묻고 싶은 건 반 이동……"

이야기야. 아무 말도 없이 반 이동을 결정하다니, 대체 어떻게 된 일이야……?"

"반 이동 얘기인가요. 솔직히 이번 주만 해도 귀에 딱지 앉을 만큼 똑같은 질문을 많이 받았거든. 성별과 학년을 불문하고."

다만, 교사 중에서 나에게 따져 물은 사람은 차바시라 선생님이 처음이다. 교사라는 입장에서 보면 학생 개개인의 거취, 반 이동에 일일이 반응할 수는 없을 테니까.

"대체 뭐가 어떻게 된 건지 설명해."

"설명을 요구하셔도 곤란해요. 학생이 정식으로 권리를 행사해서 반을 옮긴 것에 문제는 없을 텐데요."

그 과정을 말할 의무는 어디에도 없다.

잘 알고 있을 차바시라 선생님이 이 말에 물러날 리도 없겠지만.

"뭔가 말 못 할…… 반을 바꿀 수밖에 없었던 불상사라도 있었던 게 아니니?"

"무슨 뜻이죠?"

되물었지만 차바시라 선생님은 분명하게 말하지 못하고 머뭇거렸다.

"한 가지 알려드리는 걸 잊었는데요, 호시노미야 선생님을 어떻게든 하겠다고 했던 이야기는 해결했으니까 걱정하지 마세요. 앞으로는 폭주해서 선생님과 학교를 곤란하게 만드는 일은 없을 겁니다."

"너……!"

충동에 이끌려 자기도 모르게 말을 쏟아낼 뻔한 모습이었다.

그러다가 결국에는 참을 수 없었는지 내 양어깨를 붙잡고 입을 열었다.

"역시 나 때문이니? 내가, 치에 문제로 힘들어하니까…….
그걸 해결하려고 네가 스스로 희생한 것 아니야?"

"차바시라 선생님이라면 그런 식으로 받아들이실지도 모른다고 생각했어요. 하지만 안심하세요. 호시노미야 선생님 문제가 있기 전부터 저는 반을 옮길 계획을 세웠었거든요."

내 눈을 보면서 진실인지 아닌지 확인하려고 했다.

하지만 거짓말로 감싸려고 한다는 염려를 지울 수는 없겠지.

그래도 나에게 망설임이 없다는 것, 후회하는 마음이 조금도 없다는 것은 잘 알았을 터다.

"신경 쓰고 있는…… 건 아닌 듯하구나."

"네. 일찍부터 C반이나 D반, 둘 중 하나로 범위를 좁혔습니다. 선생님이나 이전 반에 불만이 있어서 나간 것도 아니고요."

"그럼 이유가 뭐야. 왜 그런 의미도 없는 짓을……?"

"의미가 있는지 없는지는 서 있는 위치에 따라 다르겠죠. 제가 A반 졸업에 별로 연연하지 않는다는 건 잘 알고 계시죠?"

"그래……."

"이번 반 이동은 온전히 저를 위해서예요. 제가 이 학교에서 해야 할 일을 잘 마치려면 차바시라 선생님의 반에 계속 머물러서는 힘들다고 판단했습니다. 다만, 그 해야 할 일이 뭔지 여기서 말씀드릴 수는 없지만요."

이 정도까지 말했으면 진심으로 한 이동임을 똑똑히 인식하겠지.

단, 과도한 사족은 달지 않는다.

차바시라 선생님이 여기서 나눈 이야기를 자기도 모르게 호리키타와 반 아이들에게 말하지 않는다는 보장이 없으니까.

"이제 운동 갈 시간 다 돼서 이만 가보겠습니다."

좌우지간 교사로서 더 이상의 개입은 허락되지 않으리라.

필사적으로 표정을 억누르면서 잠자코 고개를 끄덕였다.

"……알았다. 그렇구나……. 시간 빼앗아서 미안했다."

나는 그 자리에 우두커니 서 있는 차바시라 선생님으로부터 멀어져 2층 헬스장으로 향했다.

2

정오로 접어들어 점심시간을 맞이한 케야키 몰은 학생

들로 북적였다.

아야노코지와 헬스장 앞에서 헤어진 후, 에스컬레이터를 타고 혼자 1층으로 내려온 이치노세는 이후 12시 30분부터 반 친구들과 점심 약속이 잡혀 있었다.

"이치노세 선~배애."

목적지로 가던 이치노세를 부른 사람은 2학년 A반 아마사와 이치카였다.

두 사람 사이에 깊은 접점은 없지만, 종종 잡담을 나눌 정도로는 친근한 사이.

천진난만하게 웃으며 다가온 아마사와에게 이치노세도 미소로 화답했다.

"오늘 헬스장 다녀오신 거예요오?"

2층 헬스장 쪽을 올려다본 아마사와가 인사도 하는 둥 마는 둥 이치노세에게 물었다.

"응. 가볍게 한 시간 정도만."

"저도 다녀볼까나~. 요즘에 몸이 너무 찌뿌둥하네요."

"그래? 혹시 관심 있으면 한 번 체험이나 견학만이라도 해보지 않을래? 괜찮으면 같이 가자."

"하지만 저, 돈을 좀 펑펑 쓰는 편이라 매달 지출은 좀 부담스럽달까."

"저렴한 코스도 있는걸?"

"정말요? 아, 그리고 보니 아야노코지 선배도 헬스장 다니죠?"

눈빛을 반짝이면서 느닷없이 꺼내는 아야노코지의 이름.

"맞아, 맞아, 아야노코지도 헬스에 관심 있는 것 같아서 다녀보겠냐고 했더니 등록했어."

"그렇군요. 그러면 긍정적으로 검토해 볼까나."

이치노세는 미소를 유지하면서 아마사와의 얼굴을 들여다보았다.

"음? 아야노코지가 다니는 거랑 등록이랑 상관있어?"

"그야 있죠오. 저, 아야노코지 선배를 완전 좋아하니깐요."

그렇게 말한 아마사와는 귀여운 표정을 지으면서 두 손가락으로 하트를 만들었다.

"뭐?"

후배의 예상치 못한 고백(?)에 눈을 커다랗게 뜨는 이치노세.

"아, 물론 선배로 좋다는 뜻이지, 연애 감정 같은 건 없답니다?"

"그렇구나."

하지만 어디까지나 표정을 무너뜨리지 않고 웃으면서 아마사와를 상대했다.

그런데 왜 갑자기 아야노코지의 이름을 꺼내면서 뭔가 있는 듯이 말하는 걸까.

지금까지 두 사람 사이에서는 나올 일이 별로 없던 화제인 만큼 마음에 걸렸다.

이치노세의 미세한 변화에 아마사와의 눈빛이 날카롭게

빛났다.

"그건 거짓말이고~. 사실은 러브랍니다~."

완곡한 표현을 그만두고 돌직구를 날렸다.

"혹시 나한테 도와줬으면 좋겠다거나…… 그런 의도?"

선배에게 하는 사랑 고백.

그것을 이치노세가 도와주길 바라는 거라면 이런 이야기의 흐름도 이해할 수 있다.

그렇게 생각한 이치노세였지만, 아마사와는 바로 고개를 가로저었다.

"아무리 그래도 고백할 용기는 안 나네요. 근데, 근데, 요새 부쩍 이치노세 선배가 아야노코지 선배랑 친한 척하는 거 보니까 살짝 질투가 나기도 한달까~. 혹시 그렇고 그런 사이……?"

"나? 난 아야노코지랑 그런 사이 아니야."

차분한 태도로 부인하는 이치노세였지만, 아마사와는 더욱 강하게 의문을 드러냈다.

"정말이에요? 선배는 귀여우니까 만약 라이벌이 된다면 난 적수가 안 될 것 같은데."

"정말이야. 그러니까 걱정하지 마."

일부러 짓는 듯한 아마사와의 울상에도 진지하게 대했다.

"거짓말…… 아니죠? 이치노세 선배, 나한테 거짓말 안 하죠?"

"당연히 거짓말 안 하지. 그런데 그런 거라면 헬스장 다니는 게 좋겠어. 그런 계기로 아야노코지와도 가까워질 수 있을지 모르니까."

지금까지 시종일관 어른스럽게 대응하던 이치노세였지만, 아야노코지를 향한 연애 감정을 집요하게 늘어놓는 아마사와를 보면서 속으로는 지금까지의 이미지와 다른 느낌을 받았다.

분명 자신의 모든 사정을 다 꿰뚫어 보고 탐색하고 있다고.

계속 연기하면서 기쁜 듯이 고개를 끄덕이던 아마사와가 이치노세에게 가까이 다가왔다.

"이치노세 선배, 혹시 요즘 들어 너무 나대는 것 아니에요?"

지금까지 이치노세에게는 비교적 착한 아이를 연기했던 아마사와가 목소리를 낮게 깔고 독설을 날렸다.

다른 사람이라면 돌변한 아마사와의 모습에 놀라거나 물러서는 등 강한 반응이 돌아올 것이다.

아마사와도 이치노세의 착한 사람 가면을 벗겨보고 싶어서 그렇게 시비 걸었던 것인데, 그럼에도 이치노세는 아무런 태도 변화가 없었다.

"그렇게 보였다면 미안해. 그럴 생각은 전혀 없는데……."

그런 질문이 날아올 줄 예견했다고 보기는 어려운데도,

그렇지 않은 것치고는 지나치게 차분하다. 그렇게 아마사와는 분석했다.

"나, 꽤 예리하거든요. 대놓고 물어보는 건 촌스러운 짓이라고 생각하지만, 이치노세 선배, 아야노코지 선배랑 무슨 일 있었죠?"

"무슨 일이라니? 별로 아무 일도 없었는데…… 아야노코지를 꽤 많이 신경 쓰나 보구나."

"말했잖아요. 선배를 좋아한다고. 그래서 알게 되는 것도 있달까. 이치노세 선배 혼자 너무 뜨거워진 거 아니에요?"

"뜨거워지다니?"

이치노세의 대답을 반쯤 무시하면서 아마사와 혼자 말을 이어 나갔다.

"그도 그럴 게── 아야노코지 선배랑 잤잖아요?"

거짓말 안 해. 그렇게 확답을 받은 직후에 아마사와는 비장의 무기로 미리 준비한 폭탄을 투척했다.

아야노코지와 잤는지 그 사실을 아마사와는 당연히 몰랐지만, 아야노코지의 주위를 늘 주시하고 있다. 학년말 특별시험 후에 보인 이치노세의 낙담에서부터 지금의 재기까지. 또 개학식 후 카페에서 보였던 아야노코지와의 거리감과 미소. 다시 일어서는 어떠한 계기가 있었음은 의심할 여지가 없었고, 거기에 아야노코지가 관련 있다는 것도 확실했다. 따라서 남에게 말할 수 없는 행위가 적잖이 있었다고 봐도 이상하지 않다. 그런 관점으로 속을 떠본 것이다.

이 질문의 진실 따위야 아무래도 좋았고, 단지 이치노세가 동요하는 모습을 보고 싶었다.

"그거랑 내가 혼자 뜨거워진 거랑 무슨 상관이 있어?"

"호오……? 아니라고 안 하네요? 나 진심 깜짝 놀라 버리는데."

"거짓말하지 말라고 부탁한 사람은 아마사와잖아."

초반부터 이치노세는 아마사와가 악의를 담아 말한다는 것을 알아차렸는데, 그래도 선배로서 또 일방적이라도 친구로서 상처 주지 않으려고 마음먹고 있었다.

"그렇군요. 음, 그건 그러네요."

끝까지 미소를 유지하며 살갑게 대하는 건 쉽지만, 발언의 진의는 불투명해도 지금은 피하지 않고 바로 받아야 한다고 생각을 고쳤다.

"잔 건 인정하는 거죠?"

이치노세는 소리 내지 않고 미소로 대답을 대신했다.

"사귀면서 나한테 거짓말한 건가요?"

"난 아야노코지랑 사귀지 않아."

"에엥? 그럼 모순이잖아요. 설마 선배랑 그런 사이도 아니면서 잤다고요?"

"아야노코지와는 단단한 유대감이 있거든, 그뿐인 얘기랄까."

"다, 단단한 유대감…… 픕, 큭큭."

노골적으로 웃으면서 아마사와가 눈을 가늘게 떴다.

"역시 이치노세 선배는 뜨거워져 있네요. 좀 더 현실을 직시하는 게 좋아요."

"현실이라니?"

"아야노코지 선배는 이치노세 선배의, 그 매력적인 몸을 마음껏 즐겼죠. 하지만 그렇게 했다고 단단한 유대감이 생겼다고 생각하는 건 좀 안이하다고 할까, 너무 가볍달까. 즐길 만큼 즐기고 나면 질려버리는 법이죠. 그럼 그 유대감과 같이 버림받는, 그런 미래가 기다리고 있을 거니까 너무 뜨거워지지 않았으면 좋겠네요. 이용 가치가 사라지면 카루이자와 선배가 그랬듯 쓰레기랑 같이 휙 던져 버릴지도 모른다고요."

지금까지 도발하듯 말했던 아마사와가 전하고 싶었던 것.

바로 아야노코지를 너무 가까이하면 후회한다는 뜻이었음이 드러났다.

"아마사와는 특히 좋아하는 음식 있어? 평소에는 잘 안 먹는 특별한 음식 같은 거."

"엥? 특히 좋아하는 음식?"

갑자기 화제를 바꾼 질문에 아마사와가 웃으면서 대답했다.

"음, 케이크려나?"

머릿속으로 몇 가지 떠올리다가 생각나는 것을 순순히 대답했다.

"그 케이크를 먹으면 또 먹고 싶지?"

"그야 그렇죠."

"하지만 매일 매일, 언제든 먹고 싶을 때 케이크를 먹을 수 있다면—— 그래, 아무리 좋아해도 질리겠지."

"그야 당연히 질리겠죠. 당분간은 꼴도 보기 싫을지도?"

서로 의견이 일치해 고개를 끄덕였다.

"그러니까 너무 많이 먹게 하면 안 돼. 제일 좋아하는 음식이니까 더 특별할 때만 먹는 거지. 그때까지 계속 참게 하고. 앞에 뻔히 보이는데도 못 먹으면 먹고 싶은 감정이 점점 커지기 마련이야. 한번 그 맛을 알아버린 이상…… 말이야."

전혀 달라지지 않은, 후배에게 보내는 살가운 미소.

하지만 그 미소 아래에 있는 숨겨진 본질을 아마사와는 들여다본 기분이었다.

"자기가 그 특별한 케이크라고 말하고 싶은 모양인데요, 위험할 정도로 자의식이 과하게 넘치네요. 정말 그렇게 잘 될까요? 상대는 아야노코지 선배인데요? 일반적인 남자와 똑같이 생각하고 있다면 케이크보다도 더 물러터졌어요."

"아마사와는 아야노코지에 대해 꽤 잘 아나 봐."

"네, 뭐. 이치노세 선배보다는? 그 사람은 숨기는 게 아주 많은 타입이랍니다?"

이때 처음으로 이치노세가 아마사와에게서 시선을 떼고 주위를 둘러보았다.

그리고 다시 여전한 눈빛으로 아마사와를 쳐다보았다.

"나와 아야노코지 사이에 더는 비밀 같은 건 존재하지
않아."

아야노코지를 믿어 의심치 않는다, 그런 지나치게 곧은
태도를 보였다.

그 모습을 본 아마사와는 참지 못하고 이번에는 두 손으
로 배를 누르며 웃었다.

"아하하하, 재미있는 농담이네요, 이치노세 선배. 아야
노코지 선배랑 잤다고 해서 전부 알았다고 착각하다니 너
무 귀엽다니까~. 좋아해 버릴 것 같아."

"육체관계만으로 전부 알 수 없는 것과 마찬가지로, 아
마사와도 어떤 다른 연결고리가 아야노코지와 있나 보구
나. 그런데 그것도 아야노코지에 대해 안다고 착각하는 것
뿐 아닐까."

"저기요? 적어도 이 학교에서는 내가 아야노코지 선배
를 가장 잘 이해——."

"아마사와가 생각하는 것 이상으로 아야노코지는 나에
게 뭐든 말해줘."

의심의 눈길을 보내는 아마사와에게 이치노세는 빈틈을
주지 않고 바로 말을 이었다.

"그래—— 이를테면 화이트 룸이라든지."

"뭐라고요?"

지금까지 우위에 서서 시종일관 즐거운 듯 웃고 있던 아
마사와의 표정이 순간 굳었다.

하지만 이내 표정을 풀고 다시 움직였다.

"농담하지 말아요. 이치노세 선배. 아야노코지 선배가——
말할 리가 없잖아요, 아무 상관도 없는 사람한테."

"그럴지도."

웬만큼 궁지에 몰린 상황이 아니면 아마사와의 심박수
는 흐트러지지 않는다.

하지만 대충 생각해서는 절대 나올 수 없는 단어가 나오
면 이야기가 다르다.

"잠깐만. 정말로? 아야노코지 선배가 정말로 화이트 룸
이야기를 이치노세 선배한테 했다고?"

그게 정말일 리 없다.

금기어는 아니라도, 일상을 원하는 학교생활에서 화이
트 룸 이야기를 제삼자에게 말할 일은 절대 없다고 아마사
와는 확신하고 있었기 때문이다.

"아마사와랑은 공통 비밀을 갖게 됐네~."

"아니, 잠깐만. 선배한테 어디까지 들었는데?"

아마사와 본인도 모르는 사이에 미소가 사라졌다.

그렇게 당황하는 아마사와를 보고도 이치노세의 태도는
달라지지 않았다.

"그건 알려줄 수 없어. 아마사와랑 동급이거나 그 이상
일 수도 있으니까."

"그럴 리가 없잖아. 설마 그런…… 아야노코지 선배가?"

이치노세는 속으로 웃었다.

자신이 아는 거라곤 2학년 무인도 시험 때 우연히 들은 『화이트 룸』이라는 낯선 단어 하나가 전부. 아야노코지는 그게 뭔지 모른다고 대답했고, 아직까지도 이치노세에게 진실을 말해주지 않았다. 그냥 남들이 모르는 아야노코지에 대해 알고 있다는 아마사와의 태도를 통해서 화이트 룸과 관련 있을 가능성을 찾아낸 것이다. 만약 아마사와가 화이트 룸이라는 단어와 아무 상관 없다면 그건 그것대로 자신이 아야노코지에 대해 더 잘 알고 있다는 어드밴티지를 얻을 수 있었으므로 진실이 어느 쪽이든 좋았다.

직역하면 하얀 방. 교육 수준이 높은 학원의 이름이거나 애칭 같은 것일 가능성은 상상해 보았는데, 아마사와도 분명 그곳 출신이라는 게 이 대화를 통해 드러났다.

아야노코지에 대한 사실을 또 하나 알아낸 이치노세는 따뜻한 기분에 휩싸였다.

"이제 슬슬 친구 만날 시간이 다 되어서 난 이만 가볼게. 아, 혹시 헬스 건으로 원하는 게 있으면 언제든지 상의하러 와, 기다리고 있을 테니까."

그렇게 말한 이치노세가 걸음을 뗐다.

"——대박. 내가 더 열 올렸네."

그리고 잠시 후, 아마사와는 씁쓸한 미소를 지으며 자기 뺨을 세게 꼬집었다.

이치노세를 놀릴 작정으로 말 건 것뿐인데 결과는 그 반대였다.

보란 듯이 한 방 세게 맞고 도리어 자신이 농락당했다는 것을 깨달았다.

"살짝 소름 돋네. 아야노코지 선배가 건드린 만큼 그냥 가슴만 큰 선배가 아니란 건가."

걸음을 뗐다가 이내 멈춘 아마사와.

"아야노코지 선배도 남자니까, 어쩌면 안달 나서 가슴 큰 선배 말대로 되어 버린다거나⋯⋯? 무슨. 아무리 그래도 그건 아니지."

그래도 지금까지 전혀 높이 평가하지 않았던 이치노세에 대한 생각을 고쳤다.

이치노세를 바꾼 사람은 틀림없이 아야노코지다.

하지만 변한 건 이치노세 본인의 능력이라고.

"좋겠다, 3학년은 싸움이 재미있어질 것 같아서. 자~ 그러면 나도 성실하게 그쪽을 착수해야지. 내가 제일 좋아하는 아야노코지 선배를 기쁘게 만들기 위해서."

자신이 이 학교에 남겨진 의미.

그것을 헛되이 하지 않기 위해, 목적을 위해, 아마사와는 다시 걸음을 옮겼다.

○교착

3학년의 막이 올라간 지 일주일이 지나고.

나는 아침 홈룸이 시작되기 전, 혼자 자리에 앉아 주위에서 들려오는 목소리에 귀를 기울였다.

한 명이 빠지고 달라져 버린 풍경.

하지만 그 슬픈 변화는 마치 아무 일도 없었다는 듯 다시 일상으로 되돌아가고 있었다.

아야노코지와의 관계성이 얕았던 학생들은 벌써 그의 이름을 꺼내는 빈도가 줄어들었다. 이것이 시간의 흐름. 슬픔도 분노도 괴로움도 시간이 다 해결해 준다는 좋은 본보기겠지.

원했던 것은 아니지만, 나는 그 사실을 받아들일 수밖에 없었다.

아야노코지가 있었던 지난 2년을 처음부터 없었던 것처럼 수정하려 하고 있다.

야마우치도 사쿠라도 마에조노도 그렇다.

반에서 모습을 감춘 학생에 대해 점점 아무도 얘기하지 않으려고 한다.

하지만 나를 비롯해 그와 가까웠던 학생들은 아직 그렇지 않았다.

오히려 그 반대.

시간의 잔혹함과 무정함을 아플 만큼 느낀다.

그가 이제 없다는 실감이 나날이 커져만 간다.

마츠시타에게서는 웃음과 말수가 줄어들었고, 스도는 옛날처럼 사소한 일에도 화를 잘 낼 때가 많아졌다.

나는—— 어떤 영향을 받았을까.

지금은 객관적으로 내 모습을 들여다보는 것조차 못하고 있다.

아무렇지 않은 척 행동해서 A반다운 체재를 지키는 데 필사적이다.

아니, 그것도 어디까지 효과가 나타나고 있는지는 알 수 없다.

현실과 비현실의 경계선을 모르게 되어 버릴 듯한 불안과 싸우면서도 책상에 달라붙어 공부와 씨름하는 나날을 다시 시작했다.

무겁게 짓눌러서 숨쉬기 힘들다. 마음이 아프다.

신체의 소중한 일부를 잃어버린 것만 같은, 그런 느낌이 떠나지 않는다.

왜 이렇게 되었을까.

이 반으로는 안 됐던 걸까.

아야노코지에게 있어서 이곳은 마음 편안한 공간이 아니었던 것일까.

모르겠다.

몇 번을 생각해도 답을 찾을 수가 없다.

그야 내가 다른 반 리더들에 비해 한참 미숙한 것은 사실이다. 그렇기에 그는 혀를 차면서도 친절하게, 곁에서 떠나지 않고, 계속 옆에서 지켜봐 주었다고 생각했다.

그냥 그런 보호자 역할에 신물이 난 것일까.

내가 좀 더 잘했더라면 그는 반을 바꾸지 않았을까.

닿지 못했던 나의 말.

『전부 다 도와달라고는 말하지 않을 테니까 계속 옆에서 나를 지켜봐 주었으면 좋겠어——.』

이제 와서 생각해 보면 축하 파티 때 전했던 그 마음은 닿지 않은 게 다행이었는지도 모른다.

그건 이루어질 수 없는 소망이었으니까.

그래도——.

그 마음이 그에게 닿았다면 생각을 바꿨을까——.

"——윽."

저절로 나오려 하는 한숨을, 아무도 듣지 못하도록 꾹 참았다.

받아들이기 힘든 현실.

마음이 계속 불안정하다.

평형감각을 잃은 채, 그저 시간만 멈추지 않고 담담히 흘러간다.

이윽고 아침 홈룸을 알리는 종소리가 울렸다.

교실에 모습을 드러낸 차바시라 선생님은 반 이동 사건 따위 이미 다 털어냈는지, 아니면 더는 생각하지 않으려는 건지, 개학식 때였다면 상상도 못 할 평소 모습으로 돌아와 있었다.

머지않은 미래에 스도와 다른 아이들도 그렇게 다시 앞을 보겠지.

그럼 나는?

나도 똑같이 익숙해질 날이 올까?
도저히 상상이 가지 않는다.

나는―― 나는, 여기서, 이 장소에서 뭘 하는 걸까.

앞으로 뭘 해야 좋을까.

예전에, 아직 아야노코지가 반에서 나가리라고는 생각지도 못했던 무렵에는.
앞을 보고 잘 싸워 나갈 수 있다고 믿어 놓고서.
아야노코지가 없는 이곳에서, 앞으로 1년도――.
나는――.
"듣고 있어? 호리키타."
"――네?"

정신을 차리고 보니, 차바시라 선생님이 나를 보며 그렇게 말하고 있었다.

주변 학생들도 몇 명쯤 이쪽을 쳐다보았다.

"이제부터 특별시험을 발표할 거니까 멍하게 있지 말고 잘 들도록 해라."

"죄송해요, 네. 괜찮습니다, 듣고 있어요."

거짓말이다. 아무것도 듣지 않았다.

무슨 말을 하고 있다는 인식조차 없었다.

정신 똑바로 차리고 선생님 말씀에 집중해야 해……

아무리 괴롭고 그 자리에 발이 묶여 있어도, 주변은 나를 기다리지 않아.

지금 선생님이 말씀하신 건…… 특별시험.

마음 정리가 되지 않은 채로 3학년 첫 특별시험, 그때가 찾아오고 말았다.

나는 한번 고개를 좌우로 흔든 후 모니터를 응시했다.

특별시험 개요

『단체전, 소수전 학력 종합 테스트』

개요

7교과 21과목에서 랜덤으로 출제되는 필기시험(총 100문제, 100점 만점)

단체전, 소수전이라는 두 개의 카테고리에서 반별로 경쟁한다

단체전
반 전원이 참가하는 필기시험
종합 점수가 높은 반이 승리하고, 한번 이기면 2승으로 계산한다
종합 점수가 같으면 1승씩 나눠 가지고 무승부로 처리한다
학생 수에 차이가 날 경우 부족한 만큼 반 내 최하위 학생과 같은 점수를 받는다
당일에 컨디션 난조 등에 의한 결석, 조퇴한 학생의 평가도 위와 동일하게 처리한다

소수전
두 반에서 대표 5명이 출전한다
1번 주자부터 5번 주자까지 순서를 정한다. 두 반에서 정한 주자끼리 점수를 놓고 겨룬다
점수가 높은 학생이 승리할 때마다 그 반이 1승한다
점수가 같을 경우 무승부로 처리하며, 두 반 모두 승리를 가져갈 수 없다

소수전 전용 규칙
지정한 학생에게 페널티를 부여할 수 있다. 대전 상대

반 학생 모두가 대상이다

페널티 부여권은 반마다 초기 단계에 100개 주어진다

페널티를 받은 학생은 페널티 1개당 시험 점수 1점이 깎인다

인원 제한은 없고, 페널티 부여도 무제한 가능하다(한 명에 최대 100개까지)

(시험 전날까지 매번 추가 구매 가능. 비용은 하나당 5만 프라이빗 포인트)

부여 기간은 시험 전날까지며, 각 반 담임에게 알릴 것

페널티를 누구에게 몇 개 부여했는지는 소수전에 출전한 학생분만 공개된다

※단체전 점수와 차후 반영되는 OAA 평가에는 이 페널티 부여의 영향이 미치지 않는다

승패

단체전 2승, 소수전 5승을 놓고 경합해, 승리 횟수가 더 많은 반이 이긴다

승리 횟수가 3승 3패 1무 등으로 같으면 보수를 절반씩 나눈다

보수

승리 반에 반 포인트 100(무승부 시 두 반에 반 포인트 50)

7승으로 완승을 거둔 반에는 추가로 반 포인트 50점이 주어진다.

7패로 완패한 반은 반 포인트가 −50점이 된다

이것만 봐서는 전형적인 필기시험.

기본적으로는 순수한 학력을 요구하는구나.

다만, 추가된 특수 규칙의 영향으로 승패가 크게 달라질 가능성은 있다.

"이번에 대결할 반은 3학년 D반으로 결정되었다. 그리고 시험은 2주 뒤에 있을 예정이야. 준비 기간은 그렇게까지 길지 않지만, 모두 똑같은 조건이니까 불평은 삼가도록."

3학년 D반.

다시 말해서 이치노세가 속한 반이다.

이런 생각이 드는 건 절대 좋은 일이 아니다.

그걸 잘 알면서도 나는 아야노코지와 대결하지 않아도 되어 가슴을 쓸어내렸다.

원래라면 학력 경쟁에 약한 류엔 반과의 대결이 성사되지 않아 아쉬워했을 텐데.

아야노코지가 상대인지 아닌지, 그 둘 중 하나로만 좋고 나쁨을 판단하고 있다.

하지만 분명 나만 그런 게 아닐 것이다.

적어도 마츠시타와 스도는 안도하는 것처럼 보였다.

격한 자기혐오를 느끼면서도 표정을 유지하며 다시 모

니터 속 규칙을 살펴보았다.

이치노세의 반은 학력이 균형을 잘 이루고 있고 우수한 학생이 많다.

게다가 40명으로 학년에서 유일하게 아무도 빠지지 않았다는 점도 성가신 부분이다.

대전 상대 반과 인원에 차이가 나면 날수록 대결하기 전부터 유불리가 생기고 만다. 일단 인원이 부족한 만큼 점수가 최소한으로 보장된 것 같아도, 반 꼴찌와 같은 점수면 크게 불리한 건 다르지 않다.

그가 빠져서…… 우리 반은 이미 36명이다.

요컨대 최하위 학생을 강제로 다섯 명이나 안고 싸우는 것과 다름없다.

"이건 어디까지나 기준에 불과하지만, OAA 평가에 따른 예상 점수는 다음과 같아. 자기 반이 점수를 어느 정도 획득할 수 있을지 그 판단 기준으로 삼으면 좋을 거다."

선생님이 그렇게 설명하자 모니터 화면이 전환되었다.

OAA 학력
A 판정 76점~85점
B 판정 66점~75점
C 판정 56점~65점
D 판정 51점~55점
E 판정 45점~50점

시험의 난도가 높아서 만점을 받기란 현실적으로 불가능에 가깝다. 그런 인상이네.

"어려운 대결이 될 것 같아……."

가까운 자리에 앉아 있던 스도가 인상을 찌푸리며 혼자 중얼거렸다.

그렇다. 이 대결은 우리에게 틀림없이 힘든 싸움이 될 것이다.

정면으로 부딪치면 승률은 절반에도 근소하게 미치지 못할 터.

학력은 나름대로 잘 끌어올려 왔지만, 지금까지 치른 필기시험 결과 등을 돌이켜 생각해 보면 학력시험 때 이치노세 반에 간발의 차로 이긴 적이 있긴 해도 인원 차이라는 핸디캡을 고려한다면 단체전에서 살짝 불리하다. 시험까지 남은 2주간, 공부는 저쪽도 열심히 할 테니 효율적으로 차이를 좁힐 수 있다는 보장이 전혀 없다.

다만…… 일반적인 시험이 아니기에 다른 승산도 있다.

만약 이것이 좀 더 단순하게 종합 점수만으로 겨루는 학력 대결이었다면 우리는 더 낮은 확률로 대결에 임할 수밖에 없었을 것이다.

하지만 이번에는 소수전이라는 특수한 규칙이 있다.

만약 단체전에서 졌어도 소수전에서 4승을 거두면 역전 가능하다는 점은 크다.

두 반은 학력 A 판정에 가까운 학생이 비슷한 수준으로 있기 때문에 만약 상위진 다섯 명을 붙이면 호각을 다툴 수 있다.

물론 불리한 상황 자체가 뒤집히는 것은 아니다. 저쪽에서 단체전을 제압하면 소수전에서 2승을 거둔 시점에서 승리를 가져갈 수 있는 반면, 우리는 반드시 4승 해야 한다. 단체전이 무승부면 3승이지만 종합 점수가 같을 확률은 몹시 낮으므로 고려하지 않는 편이 낫겠지.

"4승…… 이라."

현실적인지는 차치하고, 만약에 이치노세 반에서 소수전에 출전한 다섯 명 모두가 기대 이상으로 학력 A 판정인 85점을 딴다고 하더라도 페널티만 정확하게 부여하면 충분히 승산이 있다.

다섯 명에게 각각 페널티를 20점씩 나눠 먹이기만 해도 65점까지 떨어트릴 수 있기 때문이다.

하지만 이건 필연적으로 상대도 똑같다고 할 수 있다.

안이하게 생각해 유능한 학생을 내보냈다가 페널티를 많이 받아 버린다면 점수가 대폭 떨어지는 것을 면치 못하고 승부를 뒤집을 수 없다.

그렇다고 해서 OAA가 B나 C인 학생을 내보낸다면 점수가 올라가지 않아 승리를 놓칠지도 모른다.

이런 얄팍한 상상은 네 반 모두 한 번쯤 다 해볼 것이다.

그리고 도달하는 곳은…… 페널티 부여권 추가 구매다.

승률을 올리기 위해 페널티 부여 권리를 사 모으는 알기 쉬운 전략.

단순하고도 유일하고 절대적으로 대전 상대와의 차이를 좁힐 수 있다.

하지만 문제는 가격…….

고작 1점 빼앗는 데 5만 프라이빗 포인트가 필요하다는 점만이 걸림돌이다.

물론 1점도 중요하다는 것은 잘 안다.

그러나…….

돈을 쓰면 쓰는 만큼 반드시 일정한 보답을 받을 수 있는 게 아니라는 점에 주의해야 한다. 특정 학생이 나올 것을 예상하고 페널티를 잔뜩 부여했는데, 그 학생이 소수전에 나오지 않는다면 차마 눈 뜨고 볼 수 없는 참상이 아니겠는가.

무엇보다도 프라이빗 포인트를 수십만, 수백만 쏟아부은 특별시험에서 패배했을 때 받는 타격은…… 생각하고 싶지도 않다.

"……윽…….."

나는 두 손을 모으고 눈을 감았다.

이번 특별시험은 열심히 공부하는 것은 기본 옵션이고 누구를 소수전에 내보낼지 그리고 나올 상대에게 페널티를 먹일 수 있을지에 달려 있다.

아무리 생각해도 그것 말고 다른 전략은 실행할 수 없다.

하지만 이대로 아무런 수단도 강구하지 않고 안이한 방식으로 승리를 거머쥘 수 있다는 생각도 들지 않는다.

모르겠어…….

네가 있었다면…….

네가 있었다면 분명 확실하게 이길 방법을 떠올렸을 텐데.

눈을 감는다.

머릿속에 떠오르는 그의 뒷모습에 나는 또다시 호흡이 가빠진다.

"스즈네."

이치노세 반이랑 정면으로 부딪쳐도 될까?

그렇게 해서, 이길 수 있을까……?

학력은 호각을 다투다시피 하니까 그대로 가는 게 맞을까?

아니면 류엔처럼 비겁한 수를 써서라도 어떻게든 해야 할까?

상대는…… 누구를 내보낼까……?

이치노세는 역시 소수전을 피할까?

아니면 허를 찌르고 정정당당하게 출전할까?

의문과 함께 머리 한쪽 구석에 떠오르는 아야노코지의 모습이 아무리 해도 지워지지 않았다.

그라면 어떻게 싸울까.

어떤 식으로 이 특별시험을 보고 있을까.

이제는 물어보는 것도 허락되지 않는다.

"스즈네."

리스크를 낮추기 위해 페널티를 몇 개쯤 사뒀다가 마크해야 하는 상위자 전원에게 부여할까?

지금은 물불 가릴 상황이 아니니까 고통을 동반할 필요가…….

"스즈네!"

"으앗……?!"

어깨에 뭔가가 닿는 느낌에 나는 깜짝 놀라 그 방향을 쳐다보았다.

스도의 큼직한 손이었다.

"괜찮아?"

"……문제없어. 시험을 어떻게 치를지 잠깐 생각 좀 했을 뿐이야."

"그것도 그렇겠지만. ……아직 아야노코지를 신경 쓰고 있는 거 맞지?"

"그건——."

"신경 쓰지 말라는 게 무리지. 하지만 혼자서 감당할 필요는 없어."

"응, 그렇게 할게."

더는 한심한 모습을 스도에게 보여줄 수 없다는 생각이 들었다.

그러니 이 자리에서, 이럴 때는 적어도 씩씩하게 굴어야 한다.

그렇게 하는 줄 알았는데, 아직 부족했던 모양이다.

"페널티 부여권을 어떻게 사용할지, 우리한테는 중요한 선택이 되겠지만…… 고득점을 받을 것 같은 학생한테 집중적으로 썼다가 허탕 칠까 봐 두렵네."

어느새 히라타가 앞장서서 아이들과 의논하고 있었다.

이 앞에 어떤 이야기를 얼마나 나눴는지 잘 모르겠다.

"이제 막 시작한 참이야."

"……고마워."

내가 건성으로 듣고 있었다는 것을 스도는 잘 알고 있었다.

더는 걱정 끼치지 않기 위해서라도 정신 똑바로 차려야 한다.

히라타의 발언에 유키무라가 앉은 채 손만 들었다.

"OAA만으로 소수전을 봐서는 안 된다고 생각해. 그건 어디까지나 전 교과목의 평균을 평가로 나타낸 것에 불과하잖아. 어떤 과목이 바닥을 쳐도 나머지 과목을 잘하는 학생이 있으면 높은 점수를 받을 가능성은 충분히 있어. 그리고 누가 뭘 얼마나 잘하는지, 같은 반이라도 모르는 부분이 많잖아? 과거에 친 모든 시험의 결과가 다 자세히 나와 있는 것도 아니니까."

같은 반만 파악할 수 있는 상세한 정보를 활용해야 한다고 제안했다.

시험까지 2주.

나는 이기는 방법을 생각해 낼 수 있을까…….

1

특별시험 내용이 발표된 그날도 나는 여느 때와 다름없는 방과 후를 맞이했다.

홈룸이 끝나고 마시마 선생님이 교실에서 나가자, 하시모토가 자리에서 일어났다.

"좋았어. 그럼 이번 특별시험, 아야노코지한테 전적으로 맡겨도 되겠지?"

허락을 구한다기보다 아예 승낙을 전제로 한 말투로 모두에게 물었다.

예스라고도 노라고도 대답이 돌아오지 않고 순간 교실은 정적에 휩싸였다.

그러다가 잠시 후, 시마자키가 불만을 그대로 드러내면서 하시모토를 노려보았다.

"왜 그렇게 되는데?"

"왜냐니? 너야말로 왜 그렇게 묻는지 모르겠다. 당연히 이번 특별시험은 반을 옮긴 아야노코지가 실력을 보여줄 좋은 기회잖아. 여기서 안 맡기면 언제 맡기냐. 뭣 때문에 빼 왔는지 모르게 되잖아."

환영까지는 안 하더라도 그건 당연한 일이라고 생각했던 만큼 하시모토가 강한 반론을 펼쳤다.

"그렇게 했다가 지면?"

"지면? 무슨 멍청한 소리야, 질 리가 있냐? 그렇지, 아야노코지?"

시원하게 한마디 해 주라. 그런 하시모토의 기대와 압박이 담긴 표정.

"승패를 보장할 수는 없지만, 맡겨준다면 최선을 다해 도전할 생각이야."

개학식 날 자신감을 담아서 했던 인사와 전혀 다르게 일부러 보험 들 듯이 말하자 반 아이들이 일제히 차가운 눈빛을 보냈다.

승패가 어떻게 될지 모르겠다는 말을 들으면 당연히 귀를 의심하게 되는 법.

"하…… 그렇다는데? 하시모토."

이럴 때 사카야나기라면 바로 『이겨』라고 단언해도 이상하지 않았을 테니까.

그 차이에 곤혹감을 느끼고 실망하는 사람도 있겠지.

"야, 좀 더 확실하게 말해주라니까. 걱정하잖아, 다른 애들이. 왠지 나까지 걱정이 올라오려고 한다."

머리를 긁적인 하시모토가 슬쩍 먼 곳을 응시하며 한숨을 내쉬었다.

"그리고 시마자키. 아야노코지한테 못 맡기겠으면 어떻게 하려고?"

"어떻게는 뭐가 어떻게야. 그냥 하던 대로 대결해서 하던 대로 이기는 거지."

"하던 대로라니, 누가 작전을 짜는데?"

"다 같이 의논하면 되지. 물론 아야노코지가 거기에 끼는 건 반대하지 않아."

"그러니까 리더가 필요 없다고 말하고 싶은 거야?"

"그렇지 않아. 당연히 리더는 필요하지. 갈등이 생겼을 때 방향을 잡아줘야 하니까. 단지 이번 특별시험에서 맡길 마음은 들지 않는다는 거지. 분명히 말하겠는데, 이번 특별시험은 지금까지 들은 내용만 봐선 이기는 게 당연한 시험이라고 봐. 우리는 지난 2년 동안 필기시험에서 늘 선두를 달려왔고, 상대 반은 줄곧 꼴찌였잖아. 안 그래?"

살짝 앓는 소리를 내던 하시모토가 바로 반박했다.

"단순한 필기시험이면 그렇지. 하지만 이번에는 특별시험이야, 아무 생각 없이 도전해서 이기겠냐?"

"아무 생각 없이 하자고 말하지는 않았어. 필요하면 반 애들 다 함께 의논하자고 했잖아."

"인원이 많으면 많을수록 정보도 유출되기 쉽다고."

"유출할 바보는 없어. 넌 어떨지 모르겠지만."

"지금 말 다 했냐?"

하시모토와 시마자키의 입씨름을 듣고 있던 사나다가 타이밍을 보다가 자리에서 일어섰다.

"아야노코지한테 질문 하나 해도 될까?"

"물론이지."

"이번 특별시험에서 중요한 건 페널티를 어디에 부여하는가인 듯해. 아야노코지에게 맡기면 상대 반이 누구를 소수전에 내보낼지 그리고 우리는 누구를 내보내야 표적이 되지 않고 끝날지, 그걸 예측해서 결과를 낼 수 있다…… 그렇게 받아들여도 될까? 만약에 그렇다고 대답한다면, 나는 아야노코지한테 맡겨봐도 좋다고 생각해."

하시모토를 도우면서, 의문을 드러내는 반 아이들이 나에게 주도권을 양보하도록 지원 사격에 나섰다. 사나다가 부드럽게 시마자키를 응시했다.

"……그렇군. 승패로 아야노코지를 평가하는 게 아니라 그 과정에서 아야노코지의 실력을 알아보자는 건가."

"맞아. 나도 이번 특별시험은 이길 확률이 높다고 생각하거든. 그런데 그런 승부가 확 뒤집힐 수 있다고 한다면, 바로 소수전의 페널티에 달려 있다고 봐. 지금은 모두 함께 의논한다고 해도, 가장 좋은 답이 나온다는 보장도 없어. 아야노코지한테만 맡기는 것도 물론 위험하겠지만, 하시모토가 말했듯이 어차피 언젠가는 반드시 맡겨야 하는 때가 올 거잖아. 그럼 차라리 이번 시험이 빠르고 확실하게 판단할 기회라고 생각해도 되지 않을까?"

양쪽 의견을 다 수용한, 그야말로 절충안이라고 부를 수 있는 말이었다.

"듣고 보니…… 나쁘지 않은 아이디어야. 아야노코지, 맡겨도 되겠지?"

"맡겨준다면 최대한 열심히 해볼 생각이야."

나는 그렇게 대답하는 선에서 그쳤지만, 시마자키가 바로 목소리에 힘을 실었다.

"좋아. 그럼 승리를 대전제로 하고, 그 부분이 맞는지 아닌지 중요하게 볼 거다?"

"오케이, 오케이. 그럼 그렇게 가자고."

확답을 받아낸 하시모토는 만족스럽게 고개를 끄덕이면서 크게 손뼉을 쳤다.

기회만 주면 어떻게든 된다고 생각하는 모양이군.

"결정 났네. 자 그럼 나머지는 우리가 의논할 테니까. 걱정 말고 있어."

"글쎄다. 뭐, 어쨌든 페널티를 누구에게 줄지 열심히 고민해 봐라."

만에 하나 여기서 이야기가 길어져 예상치 못한 발언 철회 등에 이를 위험을 고려해서, 하시모토가 빨리 해산하자고 재촉했다.

"그러니까 아야노코지는 이후에 시간 많이 내줘야 해."

방과 후에 아무래도 바로는 돌려보내 주지 않을 모양이다.

"하시모토 마사요시는 반 이동 이야기에 자기가 끼지 못했던 게 마음에 꽤 걸리나 보네요."

자기가 없는 곳에서 이야기가 진행되게 두지 않겠다, 그런 의지는 과연 확고한 듯하다.

"괜찮겠어요? 배신할 가능성이 있는 사람을 전략에 넣

어도?"

내 바로 뒤에서 속삭이는 모리시타.

"하시모토에 대한 신뢰가 아주 얕구나."

"두터울 리가 있나요."

서로 자리가 앞뒤여서 이런 세세한 이야기를 나눌 때 편하고 좋다.

하시모토가 가까이 다가오는 것을 알아차린 모리시타는 여기서 대화를 중단했다.

"가자, 아야노코지. 모리시타는 어떻게 할래?"

"일단은 같이 가 드릴까요. 솜씨도 보고 싶으니."

"기숙사든 노래방이든 학교 건물 뒤편이든 가는 거야."

작전 회의 장소는 통행인의 눈에 띄지 않는 곳을 고르는 것이 정석이다.

하지만 나는 일부러 평소대로 카페에서 의논하자고 제안했다.

2

어디 들르지 않고 곧장 카페에 도착했다.

"잠깐만 기다려주세요. 뭘 마실지 1시간 정도 고민해 볼 테니까."

"1시간이나 걸린다고?"

따지는 하시모토에게 모리시타가 생긋 웃었다.

"농담이에요, 뭐, 조금만 기다리면 돼요. 위장이 뭘 원하는지 질문해 볼 테니까."

질문을 던지는 대상이 위장인 게 맞나?

이럴 때는 머릿속으로 질문해 보겠다고 하는 게 더 맞는 느낌이 드는데…… 뭐, 됐다.

뒤에서 우리처럼 카페를 찾아온 것으로 보이는 1학년 남녀가 줄을 서려고 했는데, 고민하는 듯한 모리시타를 봤는지 줄 서지 않고 조금 떨어진 곳에서 메뉴판을 훑어보기 시작했다.

"뒤에 줄 밀리기 전에 빨리 정해라."

"나도 알아요. 오늘은 말차라떼를 주문해 볼까요."

"그럼 내가 다 주문하고 올 테니까 구석 자리 빈 데 잡아 놔."

방과 후 바로 카페에 왔기 때문에 아직 자리가 90% 이상 비어 있었다.

거의 어디든 원하는 자리를 잡을 수 있으니, 지난번과 같은 곳으로 할까. 하시모토가 음료 석 잔이 나올 때까지 카운터에서 기다리는 동안에 나와 모리시타는 먼저 가서 앉았다.

"야마무라 미키는 안 불러도 돼요? 자학하던데, 자기는 결국 이산화탄소보다도 가벼운 산소라면서. 마음대로 마시고 토하면 끝이냐면서."

"야마무라는 그런 식으로 강하게 자학하는 애가 아니잖아."

아무리 생각해도 눈앞에 있는 별종 모리시타만 할 법한 말이다.

"뭐, 그 발언은 내 오리지널이 맞긴 하지만, 어쨌든 마음 쓰는 건 맞아요."

"야마무라한테는 일단 말해뒀어. 당분간 나랑 거리를 두는 편이 좋다고."

반을 옮긴 나에게 연일 많은 학생이 말을 걸어오거나 쳐다보는 등 남들에게 주목받는 것은 당분간 피할 수 없다. 밑도 끝도 없는 소문에서부터 진실까지, 여기저기서 난무하고 있으니까.

"아무리 존재감 없는 야마무라 미키라지만 아무래도 그건 문제일지도 몰라요. 그녀의 이용 가치를 일부러 떨어트릴 필요는 없다는 판단이 드네요."

"이용 가치? 뭐, 그런 견해도 있을 수 있겠지만, 이건 친구로서 하는 배려야."

"호오? 그렇게 말한다고요?"

내가 부르면 야마무라는 분명 열심히 응답해 줄 것이다.

하지만 튀게 만들어서 과도한 스트레스를 준다면 마음만 상처받을 뿐.

"그럼 야마무라 미키가 스스로 튀고 싶다고 말한다면 튀어도 괜찮다는 거죠?"

"물론이지. 자기 페이스로 존재감을 자유롭게 보이면 되는 거야."

"친절해라—— 아니, 여유롭다고 해야 할까요."

사카야나기와의 거리를 좁히고 생각에 변화가 일어나기 시작한 야마무라를 억지로 도구로 사용하려고 했다간 마음이 급속도로 닫힐 가능성이 있다. 그렇게 된다면 눈과 귀로서 정상 기능을 할 수 없게 되겠지. 혹사해서 망가뜨리는 것은 우책이다.

적당한 거리를 유지하며 처음부터 안정적으로 활용하던 사카야나기와 달리, 나는 앞으로 1년 동안 더 편리하게 쓸 수 있는 존재로 만들기 위해 정신력부터 키워주고 싶다.

모리시타가 야마무라를 어떻게 인식하고 있는지 아직은 알 수 없으니, 이 이야기는 안 하는 편이 무난하다.

"너야말로 야마무라랑 친하게 안 지내?"

C반으로 온 이후에 모리시타와 야마무라가 같이 있는 모습을 한 번도 보지 못했다.

적어도 야마무라는 모리시타를 쳐다보거나 안절부절못하는 구석이 있었기 때문에 접촉하고 싶지 않은 것은 아닌 눈치였었다.

"나와는 깊이 얽히지 않는 편이 좋아요. 죄 많은 업보에 휘말리고 말 테니까요. 그녀처럼 연약한 존재는 틀림없이 완전히 망가져 버리는 것이 정해진 운명……."

"무슨 말인지 하나도 모르겠는데. 아니, 그리고 나는 휘

말려도 되는 거야?"

"아야노코지 키요타카는 괜찮아요. 맷집이 강할 것 같으니."

아마 잘못된 인식은 아니라고 보지만, 아무리 해도 좀 탐탁지 않았다.

"두 사람, 내가 오기 전까지 마음대로 의논 시작한 건 아니겠지?"

조금 빠른 걸음으로 음료 석 잔을 가운데에 안다시피 하며 들고 돌아온 하시모토.

"안심하세요. 이미 의논은 다 끝났으니까."

"그거 다행이네. 그럼 처음부터 시작해 볼까. 우선 시험 개요부터 다시 확인해 보자."

역시 거짓말인 줄 알았는지, 의자에 앉자마자 의논할 준비에 들어갔다.

스마트폰을 꺼내 특별시험 규칙 등을 열었다.

"난 가만히 듣고만 있을 테니 알아서 시작하세요."

그렇게 말하며 철저히 청자로 있겠다고 선언한 모리시타가 말차라떼 잔에 빨대를 꽂았다.

"그럼 먼저 나부터 생각한 걸 말해볼게. 솔직히 3학년 초반부터 일대일 방식을 채택한 특별시험이어서 놀랐어. 학년말에 하고 얼마 안 지났는데."

발표를 들었을 때 느낀 점을 솔직하게 털어놓는 하시모토.

아직 익숙하지 않은 새 반에서의 생활, 이런 시작도 나쁘지 않다.

"그러게. 게다가 상위 반이랑 하위 반이 깔끔하게 나뉘어졌어. 학년의 상황을 고려한 판단이라고도 볼 수 있을 것 같아."

윗반과 아랫반의 차이를 좁히기에 절호의 기회지만, 반대로 더 많이 벌어질 위험도 당연히 있다.

"난 첫판부터 불확실한 동맹 발동—— 같은 일이 일어나지 않은 게 다행이었어. 반 아이들의 반발은 불가피하고, 게다가 그게 실현됐다면 느닷없는 패배를 각오해야 했을 테니까. 상상만 해도 무섭다."

마음은 모르는 바도 아니지만, 가만히 있어도 어차피 언젠가는 이 반과 이치노세 반이 대결할 순간은 온다.

나는 반대 의견으로, 차라리 처음부터 대결하는 게 나았다고 본다. 종합 성적에서 이기고 있고, 나도 반을 막 이동했으니까. 거기서 이치노세에게 일부러 지는 전개로 이상함을 어필해 두는 쪽이 호리키타와 류엔에게 더 큰 임팩트를 남길 수 있었던 만큼, 살짝 손해 본 느낌마저 들 정도다.

단순히 지는 것이 아니라, 패배에도 의미를 부여한다면 거기에는 가치가 있다.

그렇게 함으로써 살아남는 패전으로 이어갈 수가 있다.

이야기를 시작하고 얼마 지나지 않아 손님이 조금씩 늘어나기 시작한 카페. 조금 전의 1학년 남녀도 주문을 마쳤는지, 아이스커피를 한 손에 들고 우리 옆에 있는 자리를 골라 앉았다.

"난 시험 개요 따위는 아무래도 좋아요."

입 다물고 있는 것에 바로 한계가 찾아왔는지 모리시타가 빨대를 깨물면서 불만을 드러냈다.

몇 번이나 오물오물 씹어서 끝이 찌그러져 있었다.

"야, 뭐 하러 따라왔냐."

"아까 하시모토 폭주 마사요시가 내뱉은 과감한 발언 때문에 아야노코지 키요타카가 곤란해하는 게 아닌지 신경 쓰여서요. 허락도 구하지 않고 자기 멋대로 반 애들 앞에서 큰소리쳤는데, 정말 괜찮겠어요? 상대 쪽에 효율적으로 페널티를 부여, 한편 우리에게 부여되는 페널티는 깔끔하게 피하겠다는 건 이상적인 전술이지만, 그리 쉽게 되지 않을 텐데요. 상대도 같은 생각을 하고 지혜를 짜냈을 테니까요."

학력 높은 학생은 높은 점수를 받겠지만, 페널티 부여 대상이 되기 쉽다. 반대로 학력이 낮은 학생은 페널티 부여 대상이 되기는 어렵지만, 고득점을 기대할 수 없다.

"걱정하지 말라니까, 모리시타. 어떻게든 되겠지. 시마자키도 말했지만, 적어도 우리한테는 높은 학력이라는 큰 어드밴티지가 있어. 다시 말해서 페널티 조금 받는다고 해도 끄떡없이 우위야. 실제로 예상이 다소 빗나가는 건 어쩔 수 없는 일이야. 시험에서 이기기만 하면 일단은 다음에도 아야노코지에게 리더를 맡기자는 흐름이 될 거야."

100% 적중하고 공격을 회피하는 것은 정말 불가능하다.

보이는 대로 믿을지 숨어 있는 의도를 볼지, 수 싸움을 할 때 절대적인 답이란 존재하지 않는다.

아무리 끝까지 파도 99%와 1%에서 멈춰버린다.

물론 내부에서의 누설 등 생각지 못한 부산물이 있으면 이야기가 달라지지만, 갓 입학했을 때라면 모를까, 3학년이 된 지금에 와서 그런 안이한 전개가 펼쳐질 리 없다.

"전부 틀리기라도 하지 않는 한에는 승리가 가져다주는 건 확실히 크겠죠. 거부할 이유가 머리에서 사라지니까, 다음에 또 맡길 가능성은 남아 있다고 생각해요. 하지만 그래도 소수전에 나올 상대측 학생을⋯⋯ 그래요, 이상적으로 세 명은 맞히지 않으면 체면이 안 설 걸요."

만약 한 명도 못 맞힌다면, 시마자키를 비롯해 회의감을 갖고 있는 학생의 마음은 움직이지 않을 거다.

"뭐, 정확하게 말하면 상대방의 의도를 다 간파했다는 절대적 증명이 되니까 무시는 할 수 없나."

소수전에 나오는 학생은 다섯 명뿐. 초반에 주어지는 페널티 부여는 100이므로, 큰 효과를 예상할 수 있는 20점 감점을 먹일 수 있는 인원이 다섯 명인 셈이다. 대전 반 40명 중에서 상대가 고른 세 명을 무작위로 맞힐 수 있는 확률은 1%도 채 되지 않는다.

그렇기에 간파할 수 있는가? 하는 부분이 중요해진다.

"하지만 세 명은 좀 버거운데. 난 두 명도 충분하다고 본다."

다소 적중시키는 모습만 보여도 반응은 다를 거라는 것이 하시모토의 예상이었다.

두 명이라고 쉽게 말했지만, 다섯 명에게 페널티를 부여했을 경우 두 명이 적중할 확률은 10%가 채 못 된다. 절대 높다고 할 수 없다.

"당신은 맡기기만 하면 되니까 편하네요. 내가 듣고 싶은 건 아야노코지 키요타카의 생각이에요. 단서도 하나 없는 상황에서, 어떻게 해서 상대가 내보낼 학생을 예측한다는 거죠?"

"아직 말할 단계가 아니야. 여기서 그냥 가볍게 말했다가 곧이곧대로 받아들여도 곤란하고."

"어머나, 벌써 수비적으로 나오네요. 이러면 앞날이 걱정되는데요."

"부정은 안 할게. 다만, 지금 상황에서 뭔가 다르게 든 생각이 있으면 말해줘."

이야기를 알아서 진행해 주는 하시모토에게 그렇게 부탁하자 흔쾌히 고개를 끄덕였다.

자기가 말하는 걸 듣고 좋은 아이디어를 떠올려 주기를 기대하고 있겠지.

"그러면 우선 최소 두 명을 노리는 전제로 말한다? 내가 보기에 이번에는 타깃을 넓게 잡아서, 열 명한테 10점씩 페널티를 나눠 먹이는 게 좋을 것 같아. 소수전에 나오는 다섯 명으로만 좁혀버렸다가 틀리면 타격이 있으니까. 게다가 10점의 어드밴티지만 있어도 우리 반은 충분히 승산이 있어. 상대 반에 우리가 두려워할 만한 녀석은 한 손에 꼽는 수준밖에 없잖아."

학력이 B+ 이상인 카네다와 히요리, 카츠라기까지 포함해서 우수한 학생은 유감스럽게도 하시모토의 말대로 여섯 명도 채 되지 않는다.

"자신 없으면 최소한 그렇게라도 해야겠죠."

"모리시타도 찬성이란 말이지."

"뭐, 기본 중의 기본이지요."

"그럼 공격만 생각하지 말고 수비도 생각해야지. 우리가 누구를 보낼지 말인데 너, 반에서 학력 서열은 다 파악했냐?"

"OAA와 지금까지 2년간 어땠는지는 대충 알고 있어."

"좋아. 그래도 일단 나중에 내가 2년 동안 느낀 주관도 말해줄 테니까 참고해라."

"그렇게 주면 솔직히 고맙지. 세세하게 뭘 잘하고 못하는지는 아직 모르니까."

이번 특별시험에 써먹을 수 있을지는 불투명하지만, 차후 시간 단축으로 이어지리라.

"반에서 누구를 내보낼지에 관해서 말인데요, 난 다소 변칙적으로 나가면서도 베이스는 학력이 높은 학생을 뽑아서 내보내야 한다고 생각해요."

"호오? 모리시타 너는 어느 정도 페널티를 받을 각오가 되어 있다는 건가?"

"원칙적으로 하는 척하면서 학력이 중하위인 학생을 골랐는데 다 읽혀버린다면 우리가 받는 타격이 클 테니까요. 반대로 학력 높은 학생은 안 내보내겠지, 하고 생각해서 예상을 틀려주면 이득인 거고요."

하시모토는 팔꿈치를 짚으며 납득하긴 했지만, 그래도 생각이 조금 다른 모양이었다.

"난 학력 낮은 학생을 많이 넣어야 한다고 봐. 학력 높은 애를 마크하는 건 거의 기정사실이야. 나라면 빗나갈 걸 각오하고서라도 우수한 녀석들에게 페널티를 부여할 거야. 아니, 어쩌면 상위 학생한테만 대량으로 부여하는 도박을 시도할 수도 있어."

특별시험 소수전에 대한 두 사람의 생각이 상반된 듯하다.

둘 다 분명 옳은 면이 있다.

다만 결국에 취할 수 있는 조합은 애초부터 크게 세 가지밖에 없다.

학력 높은 학생으로 가거나 낮은 학생으로 가거나, 아니면 적절히 섞는 것이다.

"상대가 추가로 페널티 부여권을 샀을 경우도 고려해야 해요. 타깃을 20명 30명으로 넓히는 물량 작전으로 공격하면 성가셔져요."

"돈으로 밀어붙이는 작전이란 말이지? 소모가 크겠지만,

류엔이라면 그걸 각오하고 움직일지도 모르겠군."

만약 소수전에 나온 학생을 모두 맞히면 핸디캡을 크게 메울 수 있다.

이 페널티 부여권을 추가로 살 수 있다는 부분은 이번 특별시험에서 가장 흥미로운 요소다.

단순한 점수 대결이라면 학력 차이를 쉽게 극복할 수 없는 류엔은 거의 승산이 없다.

하지만 단체전에서 2승, 소수전에서 5승이라는 배분과 페널티 부여가 변수를 만들었다.

대표자의 수 싸움에서 이기면 호각으로 몰고 갈 수도 있는 데다가, 추가로 살 수 있다는 규칙으로 인해 역전 확률을 스스로 어느 정도 제어할 수 있다.

아무리 이기는 것이 당연하다는 시험이라지만 의외로 상대편도 기회를 엿볼 틈이 있다.

"우리 상위진 모두가 20점씩 페널티를 받는다면…… 아무래도 위험한가?"

"승률이 확 내려가겠죠. 다만, 그렇게 무모한 짓을 실현하려면 프라이빗 포인트를 온수 쓰듯이 펑펑 써야 하지만요."

20점을 깎기 위한 프라이빗 포인트, 그 추가 비용은 100만. C반에서 B+ 이상은 12명이므로 초반에 들어가는 100점을 제외해도 총비용이 700만에 육박한다.

"1,000만 가까이 쓰고 지면 웃음도 안 나올걸."

그렇다, 이기면 그나마 희망이 있지만, 졌을 때의 리스크도 생각해야 한다.

시험에서 승률을 올리면 올릴수록 재정난에 빠져서 훗날 승률에 영향을 미치게 될 것이다.

"그런 부분을 류엔 녀석이 어떻게 하려나? 너는 저쪽의 수가 읽혀?"

하시모토가 또 내게 기대를 걸었다.

여기서 활약해야, 반 내에서 나의 입지도 굳힐 수 있기에 자꾸 과도한 답을 기대하는 것이다.

"류엔의 전략이라──."

나는 잠시 고민하는 척한 다음 이렇게 대답했다.

"하나도 모르겠는데."

"……그 부분도 생각나는 게 없냐."

"유감이네요, 아야노코지 키요타카한테 아직 아무 아이디어도 없는 것 같아서."

"시험까지 아직 시간은 충분히 있어. 그전까지 내가 이기는 작전을 짜내면 돼."

"급할수록 돌아가라? 뭐, 아야노코지가 유능해도 신은 아닐 테니까 말이지."

하시모토는 내심 불안을 느낀 게 틀림없었으나 의연한 척했다.

"그리고 난 이번 특별시험에서 소수전에 나갈 생각은 없어."

"그거야 뭐 어떻게 하든 자유지만, 그래도 괜찮겠어? 우리 반에서 인정받으려면 알기 쉽게 실력을 보여줄 필요가 있다고 말한 건 너잖아? 자신 없어서 그러는 건 아니지? 희귀한 학력 A씨."

"그럼 묻겠는데, 과연 류엔이 나를 신경 안 쓸까?"

"그거야 뭐, 류엔이 마크할 게 뻔히 보이긴 하는데……."

"평범하게 생각하면 아야노코지 키요타카가 나온다고 예상하고 페널티를 먹는 게 정석이니까, 슬렁슬렁 나갔다간 표적이 되겠죠. 페널티 한두 개라면 모를까 30 또는 40씩 먹어버리면 물리적으로 승산이 사라져요. 1승 욕심에 그렇게까지 할까, 하는 이야기는 차치하고요."

만점 받아도 페널티가 40이나 되면 강제로 60점.

카네다와 히요리, 카츠라기 수준은 아니라도 승산은 충분히 있겠지.

"십중팔구 류엔은 나한테 페널티를 여러 개 먹일 거야. 굳이 나갈 필요 없어."

"그런가. 류엔이 너한테 페널티를 줄 거라고 보는구나."

"그래. 그쪽이 입으로 뭐라고 대답하는지와 상관없이, 일단 틀림없이 그렇게 할걸."

"그럼 괜히 리스크를 감당할 필요 없다. 류엔이 허탕 치면 우리한테야 고마운 일이니까."

"어떻게 생각하고 있는지 이따가 오면 물어봐도 재미있겠다."

"앗? 오다니 뭐가."

"류엔 말이야."

내가 그렇게 말하자 하시모토가 당황하며 주변을 둘러보았다.

"……없는데?"

"아직은 그렇지. 하지만 카페에서 몇 번쯤 움직임이 보였으니 시간 문제야."

내가 카페 구석을 쳐다보자, 하시모토와 모리시타도 덩달아 그쪽으로 고개를 돌렸다.

우리를 보고 있던 코미야와 야마와키가 당황하며 시선을 피하고 우연을 가장했지만 이미 늦었다.

"우리를 감시하고 있었어? 거리가 멀어서 몰랐는데."

하시모토는 도청만 경계했을 테니 모를 수밖에 없다.

그리고 그 도청 방지도 사실상 이미 물 건너갔다.

옆 테이블에 있던 1학년 남녀 두 사람이 휴식을 마치고 자리를 떠났다.

내가 그 두 사람이 가는 모습을 지켜보자, 모리시타가 이상하다는 듯 고개를 갸우뚱거렸다.

"저 1학년들이 뭐라도 했어요?"

"두 사람도 류엔이 보낸 신입생이야."

"뭐……? 진짜?"

"그래. 최대한 자연스럽게 연기했지만, 우리 대화를 도청하려고 스마트폰을 테이블 끝에 올려놨지, 우리한테 최대한 가깝게, 뒤집은 상태로. 녹음 혹은 동영상을 찍다가 전화라도 오면 화면이 켜지면서 우리한테 들킬 위험이 있으니까. 보통은 남자고 여자고 스마트폰은 몸에 소지하거나 손 근처에 놔두기 마련이고, 정기적으로 확인하는 법이 잖아. 하지만 타키쿠라…… 여학생 쪽은 침묵이 찾아왔을 때도, 처음부터 끝까지 스마트폰을 건드리지 않았어."

"젠장, 학기 시작한 지 얼마나 됐다고, 벌써 1학년을 조종해……?"

"1학년 기준으로는 입학하고 일주일도 채 안 됐지. 그 사이에도 류엔은 감시망을 넓히기 위해 1학년한테 접촉했다는 거야."

하시모토도 경계심이 꽤 강한 편이지만, 아무리 그래도 아직 1학년은 마크하지 않았을 거다.

"벌써 이름을 파악하고 있다니 꽤 하네요, 아야노코지 키요타카."

"성적은 중학교 시절의 참고 기록뿐이지만, 어쨌든 OAA에 올라와 있는 얼굴과 이름은 열람할 수 있으니까. 공개된 첫날에 쭉 봐두었지."

"그렇게 말하니까 정말 그 두 사람 수상했던 것 같기도 하네요. 하지만 그것만으로는 류엔 카케루가 보낸 자객이라고 확실하게 단언할 근거가 부족하지 않나요? 스마트폰이야 어쩌다 우연히 안 본 것뿐이고 놔둔 위치도 아무 생각 없었을 수도 있고. 그럴 가능성도 전혀 없진 않다고 봐요."

"그럴지도 모르지. 하지만 경계해서 나쁠 것 없어. 그 정도는 하고 있다는 전제를 깔고 움직이는 게 중요해."

실제로는 근거로 제시할 이유도 있었지만, 그 이야기는 특별시험이 끝난 후에 말해줘도 되겠지.

휘파람을 분 하시모토는 의기양양하게 웃으면서 고개를 끄덕였다.

"스파이 혐의가 유력한 것만으로도 충분하잖아, 모리시타. 역시 아야노코지라니까."

"칭찬만 해 줄 수는 없어요. 그리고 그렇다면 아야노코지 키요타카는 오히려 정보를 몇 개쯤 넘겨준 셈이 돼요."

"넘겨도 되는 정보만 넘겼어. 괜찮아."

"걸핏하면 모른다고 말한 게 그런 이유였냐. 그래, 바로 이거야! 그런 부분을 내가 높이 산 거라니까? 적이 근처에 있는데 무심코 진실을 말하면 안 되지."

시험에서 할 수 있는 일이 제한적인 이상, 정보는 확실히 무기가 된다.

근소하게나마 이기기 위한 힌트, 단서를 얻기 위해 움직이는 것은 꼭 필요한 일.

다만, 그것이 반드시 승률 상승으로 이어지는 게 아니라는 사실 역시 알아야 한다.

상대적으로 경계심이 떨어지는 1학년을 활용하는 아이디어는 나쁘지는 않지만, 결국 정보는 숫자보다 질이 중요하다. 거짓이 섞인 정보의 산에서 진실만 가려내기란, 정말 고된 작업이다. 아니, 사실 거의 불가능에 가깝다.

모리시타가 반쯤 남은 말차라떼의 빨대에서 입을 뗐다.

"보아하니 정말로 온 것 같네요."

"그런 것 같네. 일단 수다는 여기까지만 하자. 이번 상대는 호리키타 같은 애보다 훨씬 골치 아픈 손님이니까."

약간 긴장한 투로 그렇게 말한 하시모토는 쓴웃음에 가까운 미소를 머금었다.

류엔과 이시자키 그리고 알베르트까지 세 명이 다가왔다.

개학식이 끝난 지 일주일.

다른 반 다른 학년은 반 이동 이야기를 꼬치꼬치 캐물었던 반면, 류엔 반 학생은 시선은 마주칠지언정 지금까지 아무도 반 이동에 대해 언급하지 않았다. 그러기는커녕 일부러 접촉을 피하는 낌새까지 있었다.

류엔이 반 아이들에게 그렇게 하라고 지시했다는 게 불 보듯 뻔하다.

"이런 데서 이상한 전개가 펼쳐지지는 않겠지만…… 키토가 없는 게 살짝 불안하네."

하시모토가 약간 불안한지 모리시타를 보았다.

혹시 모를 전개를 상상해서 그렇겠지만, 그럴 가능성은 고려하지 않아도 된다.

"갓 태어난 새끼 사슴처럼 떨지 않아도 돼요. 여차하면 내가 휙휙 넘어뜨려 줄 테니까. 이래 봬도 나, 아이짱류 고무술(古武術)의 모든 기술을 전수받은 사람이랍니다."

"……너만 믿는다."

순도 100% 거짓말에 하시모토는 고마워하면서 나와 모리시타 앞에 섰다.

"아야노코지!"

그 직후 굵고 쩌렁쩌렁한 목소리가 카페, 아니 케야키 몰 전체에 울려 퍼졌다.

천천히 걷는 남자 때문에 참지 못하고 먼저 뛰어온 이시다가 낸 목소리였다.

"너, 사카, 아니지, C반으로 갔다는 게 다 무슨 소리야?!"

지금까지 묻고 싶어도 물을 수 없었던 화제.

그것을, 감정을 폭발시키듯이 쏟아냈다.

"시끄러워, 이시자키. 다른 애들이 불편해하잖아, 진정하라고."

이시자키가 나에게 닿지 않도록 중간에 끼어드는 하시모토.

"지금 진정하게 생겼냐?! 나는, 나는 쭉——."

"비켜."

이시자키를 따라잡은 류엔이 그의 어깨를 밀치고 억지로 길을 틔웠다.

주변에 앉아 있던 학생들이 자신에게 불똥 튈지도 모른다는 생각에 허둥지둥 자리를 옮겼다.

"즐거운 카페 분위기가 나빠졌잖아, 류엔. 최소한의 매너는 지키는 게 어때?"

"네놈은 참 한결같이 필사적이군. 사카야나기가 없어지니까, 이번에는 고민도 안 하고 아야노코지냐. 강한 놈 옆에 찰싹 들러붙지 않으면 버틸 재간이 없나?"

"반을 위해 행동하는 게 뭐 잘못됐어?"

"푸핫, 그럼 하고 싶은 대로 해라. 그보다도——."

목을 한 바퀴 돌린 류엔이 날카로운 눈빛으로 나를 쏘아보았다.

"C반으로 옮기다니, 대체 어쩔 생각이지?"

"뭘 어쩔 생각은 없는데. 사카야나기가 빠진 C반에서 도와달라고 해서."

내가 하시모토를 쳐다보자 그렇다고 맞장구치듯 과장되게 고개를 끄덕였다.

"아니 아니, 고작 그런 이유로 아랫반에 간다고?!"

"입 좀 다물어."

"으앗, 넷! 죄송합니다!"

류엔에게 멱살 잡힌 이시자키가 몹시 당황하며 사과했다.

"내가 C반으로 가서 뭐 불편한 점이라도 있어?"

"크크큭. 아니? 불편하긴 무슨, 나로서는 환영하는 전개야. 다른 사람도 아니고 네가 직접 반을 이끈다면, 너를 쓰러트리기에 그보다 더 좋은 무대는 없을 테니까."

뒤에 숨어서 호리키타를 꼭두각시로 이용해 싸우는 건 류엔 입장에서 개운치 않은 기분.

그런 의미에서 환영하는 자세를 보였다.

"그런데 류엔, 우리 반 새 리더한테 인사하러 오는 게 꽤 늦지 않았냐?"

"리더? 그건 좀 성급한 감이 있지 않나? 아직 인정도 못 받은 것 같던데."

지난 일주일 동안 조급하게 굴지 않고 C반 상황을 살폈을 것이다.

시마자키 무리를 비롯한 학생들은 아직 나를 환영하지 않는다는 것, 리더로서의 활동을 허락하지 않았다는 것을 잘 알고 있겠지.

"알다시피, 다음 특별시험에서 결과를 보여줘야 해. 그러니까 살살 부탁한다."

"그건 좀 무리한 요구로군. 나에게는 너랑 붙을 좋은 기회라서 말이지. 쓸 수 있는 수단은 다 쓸 거다."

그렇게 말한 류엔이 뒤돌아 걷기 시작했다.

괜한 잡담은 더 이상 필요 없다는 뜻이다.

"아야노코지…… 어째서…… C반으로 갈 거였으면…… 젠장……! 아아, 이미 지나간 일은 어쩔 수 없나……. 다음에 다시 천천히 얘기하자고."

분해 보였지만, 받아들일 수밖에 없는 현재 상황에 이시자키가 그렇게 말했다.

"아, 시간 되는 대로 시이나 좀 만나봐. 나 정도는 아니지만, 꽤 침울해 보이더라."

"그럴 생각이야."

류엔이 찾아오기 전까지 일부러 도서실에 가는 것을 피했으니까.

특별시험이 끝나면 다시 가보려고 한다.

알베르트도 내게 가볍게 손을 들어 보인 뒤 조용히 류엔의 뒤를 따라 돌아갔다.

"후, 듣던 것만큼 대단하진 않네요."

마치 자기가 쫓아내서 해결하기라도 했다는 듯, 컵 바닥에 가라앉은 말차를 빨아올리는 모리시타.

"한마디도 안 한 애가 입만 살았네, 진짜⋯⋯. 어쨌든 류엔이 이기려고 한다는 건 틀림없을 테고, 너도 이제 질 수 없어, 아야노코지. 차분하게 제대로 작전을 짜 봐. 나도 새로 정보를 입수하면 바로 보고할게."

이러고 있을 때가 아니라면서 하시모토는 앉지도 않고 음료를 든 채 카페를 떠났다.

"직접 발로 뛰어다니는 걸 좋아하거든요, 하시모토 마사요시는. 육상부여서 그럴까요."

아니, 그건 아마도 상관없을 거야⋯⋯ 아마도.

애초에 하시모토는 육상부도 아니다.

3

시끌벅적한 케야키 몰 카페에서 아야노코지와 류엔이

대화하고 있을 무렵.

쿠시다 역시 그 카페에서 카페오레를 테이크아웃 한 다음 바로 빠져나왔다.

만장일치 특별시험 때 아야노코지에게 본성을 폭로당한 이후 반 아이들은 자연스레 가까이 다가오지 않게 되었다. 남학생은 별로 신경 쓰지 않는 사람이 많았지만, 여학생들은 쿠시다와 거리를 두는 사람이 적지 않아, 혼자 지내는 시간이 극단적으로 늘어났다.

그것도 어쩔 수 없는 일이라며, 이제 쿠시다는 개의치 않고 그렇게 딱 잘라 결론지었다.

원래부터 무리 짓는 것을 좋아하지 않았다.

그저 무리 속에서 특히 눈에 띄고 우수한 사람이 되고 싶었을 뿐이다.

물론 쿠시다의 본성에 대해 아무것도 모르는 다른 반 학생이나 다른 학년은 예전과 똑같이 대하기도 했지만, 스스로 그 빈도를 점점 줄였다.

주위에 본성을 아는 사람이 다수 있는 만큼, 연기를 계속하면서 스스로 쌓이는 피로가 한층 심해진 것이 그 원인이었다.

아아, 쿠시다가 또 착한 척하고 있네.

어딘가에서 그런 감정을 담아 쳐다보는 반 아이들을 보면 도저히 짜증을 참을 수 없게 되었다.

중학교 때에 비하면 자신도, 주변 아이들도 많이 성장했다고 느끼고는 있다.

그래도 최근에는 쌓여 있는 스트레스를 해소하지 못했다.

배출하지 못하는 나날이 이어지다 보면 가짜 미소를 지을 마음조차 들지 않는 법.

"우왓, 짜증 나게."

돌아가는 길, 목소리가 들리는 범위에 들으면 안 되는 사람이 없기도 해서 쿠시다는 자기 눈에 들어온 한 사람을 보자마자 대놓고 욕설을 내뱉었다.

그 사람이란 바로 벤치에 앉아 어두운 표정으로 고개를 푹 숙인 호리키타였다.

그대로 무시하고 지나가도 됐지만, 쿠시다는 호리키타 앞에서 걸음을 멈추었다.

호리키타가 천천히 고개를 들었다.

"쿠시다……?"

"웬 의문형? 미리 말하는데, 이런 데서 뭐 하고 있었는지 안 물을 거야. 어차피 우연을 가장해서 아야노코지를 만날 수 없나 하면서 기다리고 있었겠지."

"아니야."

"뭐래, 다 빤히 보이는데. 애당초 이러고 있어도 우연처럼 보이지도 않고, 그냥 완전 부담스럽기만 한 여자거든?"

정곡을 찔린 데다가 허무하게 전부 간파당한 호리키타가 시선을 회피했다.

"……나 좀 그냥 내버려두면 안 돼?"

"나도 그러고 싶은데, 그렇게 꼴 보기 싫은 얼굴을 하고 있으니 그냥 지나칠 수가 없네. 리더가 그런 표정을 짓고 있으면 아무리 봐도 반의 사기에 영향이 갈 것 같은데?"

쿠시다가 본성을 폭로당하고도 그렇게 싫어하는 호리키타를 봐주고 반에 함께 있는 이유는 A반으로 졸업하는 데 그녀가 필요한 존재이기 때문이다. 중요한 역할을 맡은 호리키타가 힘이 빠져 버리면 그 확률이 떨어진다. 그러니 쿠시다가 환영할 리 없었다.

"너는──."

뭔가 물어보려고 하는 호리키타에게서 눈을 뗀 쿠시다는 등 뒤에서 가까워지는 기척에 신경을 곤두세웠다.

기숙사로 돌아가는 길이기도 해서, 3학년 D반 니노미야 유이가 지나가고 있었다.

"쿠시다, 호리키타. 안녕~."

"앗, 바이바이, 니노미야. 다음에 또 놀자~."

목소리가 들리는 범위에서 니노미야가 벗어날 때까지 계속 미소를 보냈다.

호리키타도 배려해서 얼마간 지켜보았다.

"너는 아무렇지도 않구나, 쿠시다. 아야노코지가 반을 바꿨는데."

"아무렇지도 않다니? 그럴 리가 없잖아. 아야노코지가 없으면 겉보기에만 그럴싸한 이 반은 하나로 뭉칠 수 없어. 나의 A반 졸업이 암담해진 느낌? 게다가 아야노코지는 내

본성을 알고 있으니까, 말하자면 다른 반에 그 사실이 새어나간 거나 마찬가지야. 앞으로 자기가 필요하다고 여기면 배려 따위 안 할 거니까 나에 대해 다 떠벌릴지도 모른다고."

호리키타는 아야노코지를 만났던 개학식 날 방과 후를 떠올렸다.

아야노코지와 마츠시타가 물밑으로 오갔던 소통 그리고 성과.

그걸 아무 거리낌도 없이 폭로했다. 쿠시다의 불안과 예측은 반쯤 적중했다.

"그런데 어떻게 아무렇지 않을 수 있어?"

"아무렇지 않은 척하는 것도 잘하거든. 누구와 달리."

서서 하는 대화가 길어져서 쿠시다는 집에 가서 마실 생각이었던 카페오레를 집어 들었다. 커피 향과 함께 달콤함이 목구멍을 지나 퍼져나갔다.

"하, 진짜 짜증 나. 정말 그 표정 어떻게 좀 할 수 없어? 가뜩이나 못난이가 더 못생겨졌다고."

"난 평소랑 똑같은데."

"그렇다면 상당히 중증이야."

어이없어하며 한숨을 푹 내쉬고는 다시 걸음을 재촉하다가 문득 어떤 생각이 떠올랐다.

"지금은 못나게 굴어도 되니까, 이부키 녀석만이라도 좀 어떻게 해 줄 수 없을까?"

"……그러고 보니 요새 집요할 정도로 연락이 자주 오더라……."

"네가 상대를 안 해주니까 나한테 뭐라도 먹을 걸 좀 달라잖아. 산채정식이나 먹으라고 했는데 어찌나 불만이 많으시던지. 공짜로 그럭저럭 괜찮은 퀄리티의 밥을 먹을 수 있는 환경에 있었던 바람에 감각이 마비된 느낌."

최근, 봄방학 끝 무렵까지는 호리키타가 요리를 만들면 이부키와 쿠시다가 거기에 합류하는 일이 일주일에 절반도 넘었었다. 그것이 뚝, 일주일이나 중단된 상태가 이어지고 있었다.

"지금은…… 미안한데 아무것도 할 생각이 안 들어."

"딱히 만들어 달라고 생각한 것도 아니거든. 어쨌든 특별시험도 시작됐으니까 빨리 어떻게든 아이디어를 생각해. 꼴찌인 이치노세 반한테 질 수는 없잖아."

"쉽게 말하네. 인원 차이를 생각하면 우리가 불리한 상황인걸……?"

"그게 뭐 어쨌다고? 그런 상황에서도 이기는 모습을 보이는 게 반의 리더잖아."

너무 과한 요구라고 느낀 직후, 틀린 말은 아니라는 생각이 들었다.

스스로 나서서 위에 선다는 것은, 그에 따른 책임 또한 지는 일.

"그러네…… 그렇게 생각해."

쿠시다는 억지로 표정을 부드럽게 풀고 다시 가면을 썼다.

"알지만 잘 안된다는 느낌이네. 그럼 난 이만 갈게. 거기서 아야노코지가 돌아올 때까지 기다리지 그래? ──아마 상대도 안 해주겠지만."

싸늘한 그 한마디를 남기고 쿠시다는 컵을 세게 움켜쥔 채 걷기 시작했다.

그 뒷모습을 호리키타는 한동안 무의미하게 바라보다가, 이윽고 모습이 보이지 않게 되었을 때 무거운 허리를 들어 올렸다.

마지막에 남기고 간 쿠시다의 말은 틀림없이 옳았기 때문이다.

"이런 데서 잠복 비슷한 짓을 한다고 해서 그 애가 환영할 리 없지……."

처음부터 알고 있었으면서, 불쌍한 자신을 연기하고 있었음을 쿠시다의 말을 통해 깨달았다.

다만, 그렇다고 해도 앞으로 나아갈 수는 없었다.

만나고 싶다는 감정은 거짓이 아니니까.

똑바로 눈을 보면서 얘기하고 싶었다.

"내가 원하는 건…… 지금은, 그것뿐인걸……."

마음속으로 쿠시다 그리고 반 아이들에게 사과한 호리키타는 돌아가기로 결심했다.

4

방으로 돌아온 나는 교복도 벗지 않고 침대 위에 쓰러졌다.

몸이 무겁다.

몸 상태가 나쁜 건 전혀 아니다.

하지만 기력이 생기지 않는다.

"시험 대책을…… 세워야 하는데……."

그저 무의미한 시간만 보내며 천장을 바라보고 있을 때 스마트폰이 울렸다.

"아야노코지……?!"

손을 뻗어 화면을 확인했다.

옅은 기대도 무색하게, 화면에 표시된 것은 『이부키 미오』라는 이름.

쿠시다도 말했듯 요새 몇 번인가 직간접적으로 말을 건다.

그래봐야 앵무새처럼 『밥 줘』라는 말뿐이지만.

도저히 요리할 기분이 나지 않아 계속 거절하고 있다.

오늘도 그런 전화겠지.

테이블에 놓여 있는 편의점 도시락을 곁눈질하면서 나는 다시 침대에 드러누웠다.

얼마간 계속 울려대던 전화가 이윽고 조용해졌다.

아무것도 생각하고 싶지 않아.

아무것도 받아들이고 싶지 않아.

그냥 무의미하게 시간만 흘러간다.

오늘이 끝나고 내일이 찾아와도 아야노코지는 우리 반에 없다.

스마트폰이, 울린다.

또 이부키?

하지만 짧은 진동은 전화가 아니라 메시지다.

희미한 기대를 품고서 나는 스마트폰으로 손을 뻗었다.

『특별시험을 어떻게 할지 의논하는 게 좋을 것 같아』

그런 히라타의 메시지였다.

실망하면서도 조금이나마 현실로 끌려온다.

"그렇지…… 싫어도 생각해야겠지……."

다른 반은 틀림없이 다음 특별시험 대비에 들어갔을 것이다.

그런데도 나는…….

갑자기 천장이 일그러져 보였다.

"――우는 거야? 내가……."

검지로 눈가를 슬쩍 닦아 보았다.

믿기 힘들게도 손가락 끝이 젖어 있었다.

"……또, 그 애가 나를 울리네……."

몇 번째인지 모를 한숨을 내쉬었다.

스스로 감정을 컨트롤하지 못하고 있다.

마음이 차분해지지 않는다.

"어째서……."

소리 내어 본다.

소리 내어, 이것이 현실이라고 자신에게 들려준다.

"모르겠어―― 이게, 정말 현실이야?"

속이 울렁거린다.

어쩌다가 이렇게 되어 버렸는지 아직 이해되지 않는다.

아니, 이해하기 싫다고 계속 거부하고 있다.

3학년이 된 그날, 3학년 A반 문패를 바라보았던 시간이 환상이었던 것만 같이.

이제는 그때의 들뜨고 긴장된 순간을 다시 떠올릴 수가 없다.

개학식 아침으로 시간을 되돌리고 싶다.

그리고 그가 반을 저버리기 전에 팔을 붙잡고 말리고 싶다.

부탁이니까 제발 반을 바꾸지 말라고――.

"그런 거, 아무 의미 없어…… 없다고…….”

같은 생각을 몇 번이나 하는 거야?

다 쓸데없는데.

설령 그런 기적을 신이 허락해 준다고 해도 아야노코지는 분명 그만두지 않을 것이다.

즉흥적으로 떠올린 황당무계한 계획이었다면 백 보 양보해서 단념하게 만들 수 있을지도 모른다.

하지만 그렇지 않지.

아야노코지는 그보다 훨씬 전부터 반 이동을 결정했다.

언제부터――?

그런 건 모른다.

일주일이 됐든 한 달이 됐든 언제가 됐든 간에…… 개학식 아침으로 시간을 되돌려도 아무런 의미가 없다.

도와줘…….

아야노코지…….

도와줘——.

5

호리키타가 벤치에서 쿠시다와 대화하던 그 시간.

류엔은 이시자키, 알베르트, 카츠라기와 이부키까지 불러 노래방에 가 있었다.

이 반에서 은밀히 의논할 때면 늘 이용하는 장소 중 한 곳이다.

각자가 앉는 자리는 지금까지 의논을 반복해 오면서 자연스럽게 정해져 있었다.

이시자키가 음식 메뉴를 훑어보며 혼자 중얼거렸다.

"야, 이부키. 파스타 튀김이라는 신메뉴가 나왔는데, 주문해도 될까?"

흔히 프라이드 파스타라고 부르는 요리를 손가락으로 가리키며 그렇게 물었다.

"왜 나한테 물어. 알아서 해."

"옛날에 아버지가 유흥주점 다녀오는 길에 얘기해줬거든. 이 파스타 튀김이 진짜 맛있다고. 그래서 한번 먹어보고 싶었어."

"그런 얘기는 아무래도 상관없는데."

"파스타든 뭐든 상관없으니까 일단 의논부터 하자고. 이번 특별시험은 쉽지 않아. 아니, 이번 『에도』라는 표현이 맞으려나."

가장 멀리 떨어진 자리에서 팔짱 끼고 앉은 카츠라기가 일단 회의부터 하자고 재촉했다.

"잘 알고 있겠지만, 아무리 긍정적으로 봐도 B반이 제일 고전할 시험이야."

"뭐, 공부는 어쩔 방법도 없으니까."

이부키가 포기한 말투로 대답했다.

학력 대결은 거의 승산이 없다.

그것이 류엔 반이 가진 결점 중에서 제일 큰 과제라고 말해도 무방했다.

지금까지는 실력만이 아니라 운도 따라주어서 B반까지 올라올 수 있었지만, 약한 분야에서 이기는 방법을 아직 찾아내지 못한 현재 상황.

심지어 이번에 대결할 상대는 학력에 가장 정평이 나 있는 전 A반이다.

"승리가 목표라면 힘든 싸움을 피할 수 없어."

"차라리 버리는 건 어때? 반 포인트 100 정도쯤 별것도 아니잖아."

"하기도 전에 포기하냐, 이부키!"

"그럼 너는 시험 전까지 24시간 자지도 쉬지도 않고 공부할래? 한다고 해도 차이를 메울 만큼 점수를 잘 받을 것 같지도 않지만."

"윽, 그건…… 뭐…… 빡세긴 한데……."

"평소에 공부를 안 하니까 그렇지. 내가 준 과제도 하나도 안 풀었지?"

"학교 공부도 하기 싫어 죽겠는데 왜 카츠라기가 낸 숙제까지 해야 하냐고."

"그게 반을 위한 길이니까. 실제로 성실하게 하는 학생들은 차근차근 학력이 올라가고 있어."

성과가 나오고 있다고 카츠라기가 강조하자, 이시자키는 민망한 듯 시선을 회피했다.

"공부는 낙제점을 받지 않는 정도가 그나마 최선이야. 더 몰아붙이면 머리 터져, 터진다고."

이시자키의 그런 태도에 카츠라기는 한숨을 푹 내쉬며 류엔을 쳐다보았다.

"네가 좀 더 엄하게 지시해야 하는 것 아니야? 그럼 이시자키도 조금은 의욕을 낼 텐데."

"멍청이한테 바르는 약은 없는데. 그리고 굳이 상대한테 유리한 조건에 맞출 필요도 없지. 난 정공법으로 싸울 생각은 처음부터 안 했다."

승산이 별로 없는 방식 따위는 애초에 버렸다고 류엔이 바로 대답했다.

"하지만 강적이잖아. 사카야나기가 빠졌다지만, C반에는 학력에 특화된 학생이 많아. 대폭 하락했다고 보긴 어렵지."

지금까지 이야기를 건성으로 듣고 있던 이시자키가 자리에서 일어나면서 주먹을 쥐었다.

"떨어지기는. 아야노코지가 들어가서 오히려 완전 파워업 됐구만. 젠장, 왜 C반 따위에 갔냐고…… 영문을 모르겠네. 너는 아냐?"

"나한테 묻지 말라니까. 아니, 애당초 걔의 생각을 이해하려고 하질 말아."

관계를 형성하려고 하니까 성가셔지는 것이다.

이부키는 그걸 몸으로 경험한 만큼 지금은 기본적으로 피하는 태도를 고수하고 있다.

카페에 간다고 할 때도 1초 만에 거절했다.

그 덕에 정신 건강은 썩 나빠지지 않고 비교적 평온하게 지내고 있다.

가끔 예기치 못한 장소에서 그를 맞닥뜨릴 때면 꼭 그렇지도 않지만.

"진짜 강적이 나타난 느낌이야……."

"안 그러면 곤란하다고. 내 최종 목표는 거기에 있으니까."

반드시 강적이어야만 한다. 그렇게 말했다.

그 말이 왠지 류엔답지 않다고 이시자키는 느꼈지만, 딱히 지적하지 않고 잠자코 고개만 끄덕였다.

"그렇구나. 그래도 아직은 약간 반신반의하는 부분이 없는 것은 아니야. 물론 아야노코지의 냉철함과 종종 보여주는 예리함 등 우수한 면이 있다는 건 부정하지 않겠지만, 어딘지 허술한 느낌이 있어서 완전히 미워할 수만은 없달까……. 사카야나기를 뛰어넘는 학생이라는 판단은 아직 들지 않아."

"그건 카츠라기, 네가 아야노코지의 엄청난 모습을 직접 못 봐서 그래. 진짜 장난 아니라니까, 안 그래? 이부키."

"아, 나한테 말 넘기지 말라니까. 걔 이야기만큼 열받는 것도 없으니까. 진심으로 싫다고."

"자주 투덜거리는 호리키타랑 둘 중에 누가 더 싫은데?"

"그건…… 어려운 선택이네. 오른쪽 눈이랑 왼쪽 눈 중에 어느 쪽을 버릴 것인가 같은……."

"너무 무섭잖아, 예를 들어도 참……."

그런 시답잖은 대화를 나누는 두 사람을 곁눈질하면서 류엔은 신경 쓰지 않고 천장을 한 번 올려다보았다. 카츠라기는 그 타이밍에 이시자키에게로 시선을 던졌다.

"반을 바꾼 아야노코지와 하시모토의 동향은 어땠어? 왜 옮겼대?"

"하나도 다르지 않다고 할까, A든 C든 녀석하고는 상관

없는 느낌이 들긴 하더라. C반에서 도와달라고 했다던데, 진짜인지는 모르겠어."

"리더가 돼서 자기 하고 싶은 대로 하려고 그러는 것 아니야?"

"사카야나기가 없어지면서 지금 리더 자리가 비어 있긴 한데……. 굳이 말하자면 아야노코지는 튀거나 소란 피우지 않고 조용히 일을 처리하는 타입이라고 생각했어."

카츠라기는 자신이 가진 이미지와 맞춰 보면서 류엔에게 물었다.

"넌 어떻게 생각해?"

"글쎄다. 놈이 반을 옮겨 전면으로 나와준다면 이유야 아무래도 상관없는데."

류엔은 생각을 정리했는지 카츠라기 쪽으로 시선을 돌렸다.

"이번 특별시험, 보통대로 한다면 아야노코지가 있든 없든 상관없이 우리의 패배가 99% 확정된 거나 마찬가지야. 하지만 규칙에 허점이 없지도 않아. 총알만 있으면 얼마든지 우위에 설 수 있게 만들어져 있다는 건 나쁘지 않지."

"그건 그런데…… 그동안 모은 프라이빗 포인트를 여기다 쏟아부으려고?"

"저쪽은 아야노코지를 빼 오느라 지출이 상당했을 거다. 게다가 학력에서 우위를 점했으니, 최소한의 투자로 이기려고 하겠지. 바로 그 점을 노린다."

돈으로 응수할 수 없는 상황이라는 것. 형편이 빠듯한 C반은 순수한 학력 그리고 주어진 페널티 부여권을 가지고 싸울 수밖에 없다.

"하고 싶은 말은 잘 알겠는데, 페널티를 조금 추가한다고 해서 쉽게 좁힐 수 있는 학력 차이가 아니야. 수십 명은 되는 학생한테 페널티를 먹여야 겨우 대결이 될까 말까인데. 도저히 효율적인 계획이라고 말할 수 없어. 저쪽에서 나오는 다섯 명을 다 맞힐 수 있는 것도 아니잖아?"

"그럼 너는 반대냐?"

"그건 아니야. 어중간하게 갈 바에는 하지 말자는 얘기지. 높은 확률로 이기려면…… 어디까지나 희망 사항이지만, 추가로 300점은 빼앗고 싶어. 그러려면 1,500만 프라이빗 포인트 정도는 쏟아부어야 하겠지."

"이, 이기려고 1,500만이나 쓰다니!"

"이렇게 해도 100%라는 보장이 없다고. 만약 반 전체에 부여한다면 한 명한테 빼앗을 수 있는 점수는 10점 정도. 상대가 초기 100점을 다섯 명한테만 집중시켜서 20점을 빼앗으려 한다고 가정한다면 간파당했을 경우 한 사람당 10점 정도 지고 시작하게 되는 거니까. 물론 그렇게 될 확률은 낮지만, 최악의 경우를 상상하면 그런 패턴도 있을 수 있다는 거지."

거금을 들여도 비등한 시작조차 되지 않는 전개.

잘못 계산하면 사용한 프라이빗 포인트만 날린다.

그 점도 걱정된다고 카츠라기가 말했다.

"승률을 더 올리려면 1,000만이고 2,000만이고 추가하는 방법밖에 없어. 아니면 소수전 후보자를 좁혀 20점 전후를 빼앗으려고 한다거나. 그런데 이걸 승률을 올리는 방법이라고 말할 수 없다는 게 괴로운 점이야."

"잘못하면 파산하겠군."

"그래. 하지만 그렇게 큰돈과 리스크를 부담해서라도 이기자고 네가 결단을 내린다면 말릴 이유는 없어. 그만큼 패배는 절대 허락되지 않겠지만."

허들이 절대 낮지 않다. 이야기를 반쯤 한 귀로 흘려듣던 이부키가 고개를 들었다.

"들으면서 생각했는데, 이딴 시험, 역시 그냥 버리는 게 낫지 않아?"

승부를 걸려는 류엔에게 그렇게 꼬집어 말했다.

"야, 야아, 이부키, 너 류엔 씨한테 의견을 낼 셈이냐!"

"뭐야, 의견을 내길 바라서 나를 부른 거잖아? 아니면 돌아갈까?"

그렇게 말하며 돌아갈 시늉을 하는 이부키를 보면서 류엔이 웃었다.

"한번 들어보자. 왜 그렇게 생각했는데?"

"그야 단순히 불리하니까. 카츠라기가 말한 것처럼 공부로는 상대도 안 돼. 프라이빗 포인트를 쓰면 이길지도 모른다고 하는데, 아무리 생각해도 보수랑 균형이 안 맞아. 나조차 무모하다고 생각하는 게 무엇보다 큰 증거 아니겠어?"

"나도 이부키와 같은 의견이야. 비용 대비 효과로 따지면 빈말이라도 좋다고 할 수 없어. 완벽하게 이긴다고 가정해도 보상이 크다고는 할 수 없잖아."

이부키에 맞춰서 카츠라기도 주장을 펼쳤다.

"뭐, 눈에 보이는 보상만 보면 그럴지도 모르지."

"뭐야, 그 말은 무슨 의미야."

"우리가 지는 게 당연한 시험인 건 맞아. 하지만 그건 곧 저쪽으로서도 절대 질 수 없는 시험이란 뜻이지. 이기는 게 당연하다고 하면 무의식적으로 압박을 받기 마련이야. 그리고 정말로 졌을 때 받을 타격과 충격은 차원이 다르다는 거다."

"아야노코지를 초장에 기선 제압하고 싶다는 말인가. 하지만 무리하게 이겨봐야 그렇게 단언할 만큼의 타격을 정말 받을까?"

"받지. 나도 그때 옥상 사건으로 처절하게 맛봤거든."

류엔이 두 주먹을 맞부딪치며 날카로운 눈빛을 보냈다.

지배적인 폭력과 절대 굴하지 않는 마음을 가졌다고 자부하는 류엔의 머릿속은 그 어떤 흐름으로 가든 상관없이 최종 승리밖에 들어 있지 않았다.

그러나 단 한 사람, 당당하게 적진으로 뛰어들어 다른 이를 압도한 아야노코지는 규격에서 벗어난 존재다.

류엔이 절대적으로 여기는 그 사고를 물리적으로도 정

신적으로도 깨부쉈다.

밑바닥까지 처박혔다가 부활하기까지 걸린 시간은 결코 짧지 않았다.

"C반 놈들도 아야노코지도 진다는 생각은 절대 안 하고 있을 거다. 그래도 마음속 깊은 곳에서는 혹시 모를 상황을 두려워하고 있겠지. 그런 시험이니까 우리한테는 싸울 의미가 있어. 놈이 반을 옮기고 하는 새출발을 방해한다면, 실제로 나는 차이보다 우리한테 훨씬 큰 어드밴티지가 된다."

보수가 100 정도라지만, 확실하게 벌어지는 반 포인트도 무시할 수 없다.

호리키타 반과 비교하면, 아야노코지가 속한 C반과의 반 포인트 차이는 적지 않다.

그러나 쓸데없이 지고 있을 상황이 아님을 감안했을 때, 추가로 반 포인트 차이를 벌려 두는 것은 큰 성과가 되겠지.

남은 학교생활은 점점 줄어들 뿐 결코 다시 늘어나지 않으니까.

"하지만 이기기 위한 최소 조건이 1,500만 이상이라니…… 너무 비싸다고……."

이시자키가 손가락을 접으면서, 들어갈 총알의 액수에 놀라움을 드러냈다.

"보통은 그 정도만으로도 가능성이 충분히 있겠지만, 상대는 천하의 아야노코지야. 우리가 자폭할 각오로 거금을 쓴다는 걸 계산에 넣지 않을 리 없잖아. 페널티 부여로 밀어붙여서 승리를 쓸어가도 완벽한 승리를 막을 수 있다면, 그걸로 충분하다고 생각할지도 모르지."

단체전에서는 페널티를 활용할 수 없는 만큼 상대는 실질적으로 2승을 손에 넣는다.

"흠…… 무슨 얘기인지는 알겠는데, 아무리 그래도 리스크 쪽이 더 큰 것 같아."

그건 주장하는 류엔 본인도 잘 아는 일.

만약 조금의 망설임도 없다면 이런 자리를 마련해서 카츠라기와 아이들에게 의견을 묻지도 않았을 것이다.

특별시험을 챙길 것인가 버릴 것인가.

우선 그 취사선택부터 확정 지어야 한다. 공격할 마음은 있지만 결론을 내리지 않고 있는 류엔을 힐끔 쳐다본 카츠라기는 이번에는 이부키에게 시선을 돌렸다.

"호리키타의 상태는 좀 어때?"

"뭐야? 그걸 왜 나한테 물어?"

"요새 호리키타 방에서 자주 밥 먹는다고 했잖아. 꽤 애먹고 있다는 건 나도 아는데, 좀 나아졌어?"

"나아진 건 아니지 않을까? 내가 가도 문전박대하는데. 계속 죽상이라 아주 속 터진다고."

반을 옮긴 지 일주일이 지났는데도 나아질 기미가 보이지 않는다고 했다.

"그래? 평상심을 되찾지 못한 상태로 특별시험을 치르

면 좀 힘들 텐데."

"잘 됐다 그래. 꼴사납게 지면 되는 거야, 지면."

"너무 심하네. 친구잖아, 너는. 그렇게 차가워도 되냐?"

"뭐어어어? 친구 같은 거 아닌데."

"남의 불행을 기뻐하는 건 아니지만 A반이 삐그덕거리면 우리로서는 고마운 상황이지. 이치노세가 한두 번쯤 이긴다고 해도 그렇게까지 위협적이진 않고."

만약 승리를 노리는 이유를 무리하게 찾자면 그 점이 될까, 하고 카츠라기는 생각했다.

A반을 따라잡아 추월한다면 단숨에 따돌릴 가능성도 생긴다.

그런 잡담이 얼마간 이어진 후, 류엔은 테이블에 남아 있던 물을 단숨에 다 마셨다.

"──이번에 어떻게 싸울지 정했다."

"역시 온 힘을 다해 맞설 건가?"

프라이빗 포인트를 쏟아붓고 어떻게 해서든 특별시험에서 승리한다.

어쩔 수 없으니 감수하겠다는 생각이 강한가 보다 하고 판단한 카츠라기가 물었다.

"그 녀석한테, 아야노코지한테 이번 특별시험에서 제일 중요한 게 뭘 것 같아?"

"그야 역시 『첫 승리』겠지."

"맞아. 녀석은 C반 학생들이 돈을 쓰게 만들었어. 사카야나기 대신 리더 자리를 차지해서 자기 하고 싶은 대로 하려고 말이야. 하지만 반 아이들도 바보가 아니잖아. 아무것도 보여주지 않은 놈한테 모든 것을 맡기는 짓은 아직 안 하겠지. 그러면 아야노코지는 좌우지간 이기고 싶은 마음이 들 거야. 심지어 이기는 게 당연한 특별시험에서의 패배라니, 허용될 리가 없지. 즉 어떤 의미에서는 이번이 처음이자 마지막 기회라는 거다."

"그야 그렇겠지. 반을 옮겨서 대뜸 지휘봉을 잡았다가 지면 꼴만 우스워지지."

이부키도, 그리고 옆에 있는 이시자키도 완전히 같은 생각이었기 때문에 고개를 끄덕였다.

"1년이 아니라 한방에 C반을 침몰시키는—— 건가."

"자기가 유리하다는 걸 알아도, 아무리 간단한 싸움이라도 놈은 방심할 수 없는 이상 반드시 진심으로 할 거다. 왜냐하면 놈은 열받을 만큼 남들과 다른 사고를 갖고 있거든. 소수전 멤버도, 자칫하면 다섯 명 다 맞혀도 이상하지 않아."

만약 류엔이 주사위를 던져서 무작위로 학생을 고른다면 실제로는 알아맞히기란 불가능하다.

하지만 그럼에도 어쩌면 맞히지 않을까 하고, 만에 하나를 생각하게 만드는 실력자라는 것이다.

"얼마 되지도 않는 자금을 써서 페널티 부여권을 살 가능성도 있어."

"그렇다면 응수해야겠지. 결국은 자금력에 달린 거다."

"그것만이 아니야. 우리 쪽의 멤버 선발, 그 정보가 유출되는 것도 반드시 피해야 해."

"틀림없이 알아내려고 하겠죠⋯⋯. 솔직히 무슨 방법을 쓸지 상상도 안 가요."

혼잣말에 가까운 이시자키의 중얼거림은 류엔의 마음속에도 강한 우려가 되어 회오리쳤다.

이번 특별시험은 찔러볼 수 있는 큰 구멍은 없다.

반칙을 쓰는 것에 아야노코지가 거부감을 가지고 있다는 생각은 들지 않지만, 류엔이 떠올릴 법한 수단, 때리면 먼지가 날 법한 위험은 무릅쓰지 않겠지.

애당초 기초 학력에서 크게 뒤처져 있는 상대한테 무리수를 쓸 필요도 없다.

어디까지나 류엔 쪽의 확실한 정보만 입수하면 해결되는 문제다.

"하시모토나 야마무라는 특히 주의를 기울이는 편이 좋겠어."

카츠라기가 그렇게 말하자 류엔도 동의하기 위해 가볍게 고개를 끄덕였다.

"야마무라가 누구야? 그런 녀석이 C반에 있었나."

처음 듣는 이름에 이부키가 고개를 갸웃거렸다.

"크큭, 정보를 훔칠 수 있으면 어디 한번 훔쳐봐라, 아야노코지."

페널티를 부여할 상대.

그것까지 포함해서 모든 것에 류엔은 주위에 흘릴 가능성 따위 1%도 남기지 않는다.

적확하게 맞히는 것이 가능할 리 없는데 만약 맞힌다면 그쯤 되면 예지력.

절대 불가능하다고 확신했다.

확신하면서도 왠지 모를 불안 그리고 기대도 가지고 있었다.

어떻게 불가능을 가능하게 만들지, 그걸 보고 싶은 느낌이었다.

"좋았어, 류엔. 나도 그렇게 생각하고 움직일게."

쇠뿔도 단김에 빼야 한다며 노래방 출구로 나가려고 하는 카츠라기.

반의 학력 향상에 크게 공헌하고 있는 만큼 학력이 요구되는 시험에서 자신이 어떻게 움직여야 할지 강한 책임감을 느끼고 있었다.

그런 카츠라기의 등을 보면서 류엔은──.

○C반에서의 학교생활

일요일이 되었다.

오늘은 새로운 반 친구들과 친목을 쌓기 위해 요시다, 시라이시를 만나기로 했다.

시라이시가 친구를 한 명 더 데려오겠다고 했는데, 그게 누구인지는 물어보지 않았다.

약속 시간이 10시 반이어서 준비를 마치고 15분 전에 방에서 나왔다.

약속 장소는 심플하게 기숙사 앞.

로비로 내려가 밖으로 나가자 벌써 초조해 보이는 요시다를 발견할 수 있었다.

"아, 안녕. 빨리 왔네, 아야노코지."

"너도."

"뭐, 난 신사니까. 여자를 기다리게 하는 짓은 안 하지."

"말투를 보아하니 아주 일찍부터 나와서 기다렸나 보네."

"그럴 리가 있냐. 9시 반쯤이었다고."

아무리 생각해도 빠른데. 1시간이나 먼저 와서 기다렸단 말이잖아.

호감 있는 상대에 대한 열정은 참 대단하다. 다만, 1시간이나 일찍 와서 기다렸다고 해서 그게 호감도 상승으로 이어질지는 회의적이다. 굳이 그 사실을 어필하는 것도 이상한 이야기고 너무 부담스러운 인상도 줄 수 있다.

그런 첫인상. 예전 같으면 이 정도로 해석을 원활하게 하지는 못했겠지.

카루이자와와 사귀면서 이 방면으로 그런 사고를 점점 이해할 수 있게 됐다고 실감한다.

다만 연애에는 절대적인 정답이 없고, 그 대상이 되는 상대를 잘 파악해서 그에 맞는 방법으로 접근해야 한다는 게 어려운 지점이다.

"시라이시를 좋아해?"

내가 보기에도 그런 느낌이고 당사자인 시라이시도 그렇게 느꼈으니까 틀리진 않겠지만, 일단은 확인해 두려고 그렇게 물어보았다.

"헉?! 조, 좋아할 리가 있겠냐! 뭔 소리야, 갑자기!"

그래, 즉『좋아한다』는 거군.

싫다의 반대는 좋다, 좋다의 반대는 싫다. 보통은 성립하지 않는 것도 연애에서는 일어날 수 있다.

바로 그 알기 쉬운 전형적인 예 중 하나다.

"일단 확인해 본 거야."

"서, 설마 너…… 너 시라이시 좋아하냐? 카루이자와랑 헤어진 것도 반을 옮긴 것도, 젠장, 그래서인가!"

좋아할 리 있냐고 했으면서 표정은 평온하지 않았다. 오히려 적의를 그대로 드러내고 있었는데, 본인은 전혀 모르는 눈치다. 엄청나게 자기 멋대로 해석하고 있다.

"유감이지만 그런 감정은 없는데."

"거, 거짓말 안 해도 되거든? 나랑은 상관없는 일이기도 하고. 뭐, 뭣하면 시라이시랑 잘되게 도와줄 수도 있는데?"

억지로 꾸며내 여유로운 척 어필했지만, 물론 여유 따위 조금도 느껴지지 않는다.

계속 자기 무덤을 파고 있는데, 이 화제를 계속 끌고 가 봐야 별수 없다.

"사양할게. 그보다도 반에 관해 알려주면 좋겠다. 물어 보고 싶은 게 있거든."

"……센 척하긴. 뭐, 됐고, 반 바꾼 지 얼마 안 됐으니까, 반에 대해 알아야 하는 건 맞지. 특별히 내가 알려줄 테니까 물어 보…… 아니, 하시모토한테 물어라. 그 녀석은 너를 높이 평가하고 있고, 쓸데없는 것까지 술술 말해줄 거다."

"하시모토한테 못 물어보는 것도 있어."

"그게 뭔데?"

"하시모토에 대한 반 아이들의 현재 평가, 감정. 그런 부분 말이야."

반을 대체로 파악하고 있는 하시모토라도 이 점을 객관적으로 분석하고 정확하게 보고할 수는 없다.

"하시모토의 평가, 말이군. 뭐 좋은 것보다는 나쁜 쪽이 많은 건 확실하지. 능란하게 잘하고 있다고, 나는 생각하지만."

우선 자신이 어떻게 생각하고 있는지 말하다가 요시다

의 시선이 로비 쪽으로 향했다.

그와 동시에 밝고 활기찬 목소리가 들려왔다.

"안녕~. 욧시, 아야노코지."

약속 장소에 등장한 것은 시라이시⋯⋯가 아니라 어떻게 된 일인지 니시카와 료코였다. 새로운 반 친구에게 우연히 인사했을 뿐이라고도 생각했는데, 앞에 와서 걸음을 멈추었다.

"오늘 잘 부탁해."

"켁, 니시카와였냐⋯⋯."

"그렇게 싫은 표정 안 지어도 되잖아~."

"혹시 시라이시랑 같이?"

"그야 그렇지. 그럼 설마 아스카랑만 데이트할 수 있을 줄 알았어?"

"데이트라고 인식한 건 아닌데."

친구 사이, 우정을 돈독히 한다는 의미에서 기대가 없었던 것은 아니지만, 니시카와가 상상하는 방향성과는 다르다.

"에엥? 정말 그래? 휴일에 불러내니까 좋다고 나올 정도니, 뭐 좋은 일이라도 기대한 거 아니야? 특히 욧시는 틀림없이 기대했을걸."

"아, 아니라고! 무, 무슨 오해를 하는 거야!"

요시다에 관해서는―― 그렇다고 말할 수 있을 듯하지만.

"저기 말이야, 욧시. 나, 같은 반으로서 중요한 조언 하나 해 줄게."

"뭐, 뭔데."

"아스카는 포기하는 게 좋을 거야. 아, 이건 아야노코지 한테 하는 조언이기도 해."

그렇게 말하면서 가까이 다가온 니시카와는 주위를 둘 러보면서 목소리 톤을 조금 낮추었다.

"아스카의 경험치, 장난 아니거든?"

경험치? 그게 대체 무슨 말일까.

"뭐……? 겨, 경험치라니?"

나처럼 의문을 느낀 듯했지만, 뭔가 알아차린 눈치인 요 시다.

"다 알면서. 백 명 자빠트린 아스카. 그 별명 들어봤을 것 아니야."

"……그거, 소문이 사실, 이었어……?"

"그야 그렇겠지. 소문으로 퍼질 만한 얘기도 아니고."

왠지 잘은 모르겠지만 요시다가 큰 충격을 받은 것은 분 명해 보인다.

하지만 나는 그 별명의 의미를 이해할 수 없다.

"백 명의 친구가 아니라?"

"엥? 그건 또 뭐야? 백 명의 친구라니?"

"아니, 아무것도 아니야."

역시 아무 상관 없었나…….

그때 모리시타가 내뱉었던 말의 리듬이 지금도 잊히지 않는다.

"백 명을 자빠트렸다는 건 지금까지 백 명의 남자와 그렇고 그런 관계를 가졌기 때문에 붙은 별명이야. 귀엽고, 뭐랄까 요염하잖아?"

그렇고 그런 관계. 얼버무려서 말한 듯했지만 깊은 사이라는 말 같다.

"글쎄. 난 그쪽으로는 잘 모르지만, 하고 싶은 말이 뭔지는 이해했어."

아무래도 내 옆에 있는 사람은 연애에 관해 나보다 훨씬 전문가인 모양이다.

"그런 아스카를 말이야~, 욧시가 차지할 수 있을 것 같니?"

"아, 아니, 난 관심 없다니까!"

"그럼 그런 걸로 해 줄 테니까. 이번을 계기로 포기해. 아니면…… 뭐, 한 번 무릎 꿇고 빌면 하룻밤 정도는 달콤한 꿈을 꿀 수 있을지도 모르지만."

"……지, 진짜?"

"어라? 관심 없다고 방금 말하지 않았어?"

아무래도 이 니시카와는 사람 놀리는 것을 좋아하는 성격인 모양이다.

닮은 인물을 떠올려 보자면 아마사와와 비슷한 유형이라고 봐도 좋을 듯하다.

"그 백 명 자빠트린다는 표현 말인데, 그럼 이백 명이면 이백 명 자빠트린다가 되는 거야?"

단순히 궁금해진 내가 그렇게 묻자, 이시카와가 눈을 동그랗게 떴다.

"아야노코지는 생긴 거랑 다르게 표현을 참 재미있게 하는구나."

"그래? 그냥 궁금해서 물어본 건데."

"아마도 그 대답은, No라고 할까."

"그렇구나. 하긴 입에 잘 안 붙는 것 같긴 했어."

"그런 게 아니고……. 백 명으로 충분하다는 느낌? 겉으로 보이는 포장이 중요하단 얘기지."

포장이라. 연애에 있어 그런 어드밴티지도 영향을 미치는구나.

"하아…… 아침부터 급 지친다. 나는 앉아서 기다릴게."

아침 기운을 다 썼는지 요시다가 풀 죽은 모습으로 옆 벤치까지 걸어갔다.

그런 요시다를 재미있다는 듯 쳐다본 니시카와가 다시 나에게로 시선을 돌렸다.

"아스카의 이런 사실을 들은 남자들은 대체로 두 가지 패턴의 반응을 보여. 백 명이란 부분에 놀라 실망하고 질리거나, 반대로 자기가 101번째가 되고 싶다는 엉큼한 속내를 드러내거나. 욧시는 어느 쪽이려나. 지금 보니까 아야노코지는 어느 쪽도 아닌 것 같은데 사실은 어떤 느낌이야?"

"존경스럽다고는 생각했어. 동갑인데 백 명이랑 관계를 맺다니, 솔직히 대단한 일이야."

"뭐라고? 진심으로 그렇게 생각해? ……그런, 것 같네."

"어떤 분야든지 전문가는 존경의 대상이 되지 않아? 예전 반 이야기를 해서 미안한데, 스도의 농구, 오노데라의 수영, 이노카시라의 바느질처럼."

"바, 바느질은 잘 모르겠고, 그런 평범하게 굉장한 것과는 좀 다른 것 같은데……. 아야노코지는…… 스스로 아랫반으로 내려온 것도 그렇고, 아무리 보고 아무리 생각해도 좀 특이해."

난 그냥 있는 그대로 시라이시가 백 명 자빠트린 부분을 칭찬한 건데, 무슨 이유인지 몰라도 좀 깼나 보다. 여기 온 뒤로 줄곧 미소를 유지했던 니시카와의 표정이 살짝 굳었다.

"……음. 아, 잠깐만 기다려봐."

니시카와가 난감한 표정으로 입술을 삐죽거리면서 뭔가를 생각했다.

"있지. 정 그러면 아야노코지한테만 좋은 거 알려줄까?"

다시 원래의 미소를 띠더니 이어서 조금 짓궂게 웃으면서 니시카와가 슬쩍 다가왔다.

"왜 백 명 자빠트린 아스카라고 불리는지. 그리고 왜 아야노코지랑 나오고 싶어 했는지. 실은 거기엔 큰 이유가 있거든."

"큰 이유?"

전달 방법이 능숙한 것도 있지만 조금 신경 쓰이는 발언이다.

나는 개학식 날로 기억을 되돌렸다.

모리시타의 주도로 결정된 내 자리. 시라이시 아스카가 옆자리였던 것은 우연에 지나치지 않지만, 만약 모리시타가 두 사람 사이에 관여한 거라면 이야기는 달라지나……?

"귀 좀 빌려줄래? 특히 욧시가 들으면 안 되는 이야기라."

"그래."

키 차이가 나기 때문에 나는 등을 살짝 굽혀서 니시카와의 입과 가까워지도록 자세를 낮췄다.

"아스카가 아야노코지를 101번째로 삼아도 좋다고 생각하기 때문이야. 물론 연애 감정 같은 건 없고 그냥 놀아주겠다는 뜻이지. 어때? 기뻐?"

니시카와의 비밀 이야기라는 듯한데 과연 진실일지 강한 의문이 남는다.

"거기에 무슨 의도가 있는데?"

"의도고 뭐고 없어. 그냥 남녀관계를 즐기자는 얘기지."

"미안하지만 그게 정말이라면 거절할게."

"어?! 어째서?"

"만약에 내가 시라이시와 그런 사실을 만들게 되면, 그 이야기가 니시카와와 본인을 통해서 퍼질 가능성이 있지. 그럼 같은 반 요시다의 귀에도 머지않아 들어가게 될 거야. 그건, 앞으로 내가 C반에서 싸워 나가는 데 걸림돌만 돼."

그렇게 대답한 나는 니시카와에게서 거리를 벌렸다.

니시카와는 미소 지으면서도, 제안을 거절당한 것에 약

간 불만을 느끼는 것 같았다.

"아야노코지에 대한 견해, 조금 바꿔야 할지도 모르겠어."

지금까지는 신입을 놀리는 자세를 보였던 것 같은데, 그 말에서도 역시 불만 그리고 일종의 적의가 얼핏 느껴졌다.

"안녕하세요."

약속 시간이 다 됐을 때, 당사자인 시라이시가 로비에서 모습을 드러냈다.

"안녕, 아스카."

순간 조금 전의 감정은 다 날아가고 원래 니시카와의 모습으로 돌아왔다.

의기소침하게 벤치에 앉아 있던 요시다도 바로 달려왔다.

니시카와가 시라이시의 옆에 서더니 다시 인사를 건넸다.

"정식으로, 오늘 잘 부탁해, 아야노코지. 덤으로 옷시다도."

"난 덤이냐."

아무래도 반의 속사정을 파악하는 것은 생각보다 더 힘들지 모르겠다.

니시카와의 주도로 우리는 케야키 몰의 노래방으로 향했다.

L 모양의 의자가 있는 방에 구석부터 시라이시, 니시카와, 나, 요시다 순으로 앉았다.

"그럼 바로 불러볼까."

니시카와는 음식 메뉴도 보지 않고 손에 든 마이크를 요시다에게 내밀었다.

"갑자기 나더러 부르라고? 이런 건 신입 아야노코지부터 시작해야 하지 않나?"

"그런 거 갑질이야, 갑질. 우선 욧시가 본보기를 보여줘야지."

"아니. 그, 나 노래 부르는 거 별로 안 좋아하는데……."

내키지 않아 하는 요시다에게 니시카와가 가까이 다가가 귓속말했다.

그 직후, 요시다는 자신의 두 뺨을 강하게 때리면서 기합을 넣었다.

"어쩔 수 없네. 그럼 내가 한 곡 뽑아볼까!"

무슨 바람을 넣었는지 대충 예상은 가지만, 어찌 됐든 의욕이 생긴 듯하다.

요시다가 고른 곡이 흐르기 시작하자 니시카와가 나에게 자리를 바꾸라고 요구했다.

하라는 대로 자리를 바꾸니 시라이시가 일어나서 나와 거리를 좁혔다.

옷깃이 닿을락 말락 할 만큼 절묘한 거리.

"아야노코지 군이랑 한번 느긋하게 대화해보고 싶었어요."

"자리도 옆이니까 언제든 할 수 있지 않아?"

"학교에서는 왠지 마음이 차분해지지 않아서."

비록 노래는 못해도 마음이 담긴 요시다의 열창이 방안에 울려 퍼졌다.

니시카와가 추임새를 넣으면서 흥을 잘 돋워주고 있는

듯하다.

"이 환경이 차분해지는 곳이라고 말할 수 있을지 모르겠는데."

남녀 사이에는 최소한의 경계선 혹은 단순히 퍼스널 스페이스가 조금은 있을 것 같은데, 시라이시는 그게 없는지 거의 밀착하다시피 한 상황이 이어졌다.

이게 바로 백 명을 자빠트리는 시라이시의 테크닉 중 하나일까.

"료코 씨는 저에게 둘도 없는 친구랍니다."

"사이가 좋아 보인다고 느끼긴 했어. 쉬는 시간이나 점심시간에 니시카와랑 같이 다닐 때가 많은 것 같더라고."

이윽고 첫 곡이 끝나고 정적을 되찾은 노래방.

"거기 둘! 너무 가까이 붙어서 속닥거리는 거 아니야?!"

"목소리 너무 멋졌어요, 요시다 씨. 앵콜 부탁드려요."

"앗? 그, 그래? 그렇게 말한다면…… 아니, 하지만 두 사람의 거리가──!"

"알았어, 알았어, 욧시. 자 그럼 두 번째 곡 가볼까!"

옆에 앉은 니시카와가 마이크를 손에서 놓으려는 요시다를 일방적으로 붙잡고 놔주지 않았다.

"같은 반도 됐으니 전화번호 교환해요."

"그럴 필요가 있긴 하겠네."

서로 스마트폰을 꺼내 전화와 메시지를 보낼 수 있는 상태로 만들었다.

"언제든 연락해도 괜찮답니다."

거리감이라든지 말투 하나하나에서 시라이시의 친근한 태도, 친절과 배려를 느낄 수 있었다.

하지만 이 말이 정말 진심일까?

"무슨 생각 해요?"

"왜 이렇게 잘 대해 주는지 좀 의아해서. 시마자키 무리처럼 아직은 거리를 두고 상황을 살피는 애들이 대다수잖아?"

"저는 옆자리니까요. 아침에 우연히 둘만 있었던 것도 운명이라고 생각해요."

"운명까지는 아닌 것 같은데……."

"아야노코지 군은 그럴지 몰라도 저는 진심으로 그렇게 해석하고 있어요."

그렇게 대답한 시라이시는 요시다 몰래 내 손을 만졌다.

"손가락도 길고 손톱도 예쁘고. 근사한 손이네요."

"미안하지만 놔줄래? 요시다가 보면 오해할 거야."

그렇게 말하자 시라이시가 살짝 놀라면서 천천히 손을 놓았다.

"역시 재미있네요, 아야노코지 군이란 사람."

니시카와가 말했던, 이성에게 어쩌고저쩌고하는 부분과는 분리해서 생각하는 편이 좋을지도 모르겠다. 언뜻 그런 식으로 느껴지지 않는 바도 아니지만, 시라이시의 눈동자는 그렇게 말하지 않았다.

흥미로운 실험 대상, 작은 상자에 들어 있는 실험용 쥐를 구경하는 듯한 눈.

　적어도 나는 그렇게 느꼈다.

1

　반을 바꾸고, 느리긴 해도 인간관계에 조금씩 변화가 생겼다.

　그러나 학교생활에 있어서는 변하지 않은 점도 있다.

　바로 학교 수업이다. 수업을 들을 때 학생들은 기본적으로 조용히 집중하고, 모니터와 태블릿을 번갈아 보는 시간이 많다. 수업하는 교사의 면면도 수업마다 달라질 뿐, 어느 반에 속해 있든 보이는 풍경은 비슷한 법.

　특별시험이 코앞으로 다가오기도 해서 평소보다 더 진지하게 수업에 임하는 듯했다.

　배우는 내용은 굳이 설명할 필요도 없어서, 내가 몇 년 전에 이미 다 배운 과정을 복습 겸 듣는 중이다.

　그런 변함없는 시간 속에서 호리키타 반과의 차이점을 굳이 찾자면 공부에 쓸데없는 동작이 없고 효율성이 높다는 부분이라고 할까.

　아무래도 학습 능력에는 개인 차가 있어서 빨리 받아들이는 학생이 있는가 하면 느린 학생도 있다.

　그래서 이케와 혼도 같은 학생은 이해가 안 되는 부분에서 막혀 교사에게 질문할 때도 많았다. 그런 흐름으로 수업이 종종 끊기는 일이 흔했다.

반면 C반은 전체적으로 학습 의욕이 높고 습득력이 빠르며, 공부 방법을 아는 학생이 많기 때문에 수업 진행이 아주 원활했다. 학습에 필요한 발판이 탄탄하게 형성되어 있어서 모두의 학력 향상으로 이어지는 선순환을 만들고 있다.

그리고 오늘은 무심코 마음이 풀려서 딴짓하기 쉬운 자습 시간.

가까이에서 지켜보는 교사도 없어서 사적인 잡담도 다소 들리긴 했지만, 학생들은 대부분 열심히 과제를 풀었다.

호리키타 반도 지난 2년 동안 많이 성장했지만 그래도 이 학습이라는 부분은 C반을 따라잡지도, 추월하지도 못하는 것도 무리가 아니——.

음? 얼핏 위화감이 들었다.

기분 탓인가?

그렇게 생각한 후에 또 드는 미세한 위화감.

위화감……이 맞지?

뭐야? 기분 탓이 아닌가?

나는 펜을 쥐고 태블릿에 글씨를 쓰다가 손을 멈췄다.

약하긴 하지만, 머리에 반복적으로 위화감이 느껴졌기 때문이다.

다만, 정말로 아주 희미했다.

처음에는 그냥 바람의 장난처럼 받아들였는데, 그게 아니었다.

분명 반복적으로, 그리고 머리의 불특정한 부위에서 위화감이 발생하고 있었다.

그 원인을 찾기 위해 나는 천천히 뒤로 돌아보았다.

"왜요?"

나를 가만히 노려보면서 모리시타가 작은 목소리로 물었다.

그녀도 나처럼 펜을 들고 과제를 푸는 중.

"아니……."

"수업 중에 뒤돌아보다니, 아무리 자습이라도 문제아나 하는 짓이에요. 똑바로 앞을 보고 과제 풀어요."

정말 변명도 못 할 만큼 맞는 말이었다.

다행히 머리카락에서 느껴진 위화감은 이렇게 뒤돌아봄으로써 무슨 이유인지 사라졌으니, 신경 쓰지 않는 편이 좋을지도 모른다.

나는 다시 앞을 보고 태블릿 작업을 다시 이어 나가기로 했다.

그런데──.

과제를 다시 풀고 있는데 또 머리카락에 위화감이 느껴졌다.

원인이라면 내 뒤에 앉아 있는 모리시타밖에 생각할 수 없다.

이번에는 아까보다 조금 더 재빨리 뒤돌아보았다.

그러자 순간 당황한 표정을 지은 모리시타가 왼손으로 뭔가를 움켜쥐어 숨겼다.

그게 뭐였는지까지는 아쉽게도 확인하지 못했다.

"내 얼굴을 이렇게 가까이에서 빤히 보다니, 뭐 이런 변태가 다 있나요."

"그럴 의도는 전혀 없었어. 남의 뒤통수에 대고 무슨 짓 한 것 아니야?"

어쩔 수 없어서 직접 물어보기로 했다.

"아무것도 안 했는데요? 진지하게 수업에 임하고 있었는걸요."

펜으로 태블릿을 두 번 꾹꾹 누르면서 어필했지만 누가 봐도 수상하다.

그래도 지금은 수업 중. 자습이긴 해도 나 역시 자유롭게 뒤를 계속 보고 있어도 되는 상황이 아니다.

다만, 무슨 일이 일어났음은 틀림없겠지.

모리시타는 아니라고 하지만, 주변 시선이 그렇지 않음을 말해주었다.

분명 『동정』과 『연민』이 담긴 시선으로 나를 바라보는 사람이 있다.

"시라이시."

"후후후, 왜요?"

옆자리의 주인은 내가 말을 걸자, 웃음을 참지 못해서

입을 가리며 웃었다.

"모리시타가 뭐 한 거야?"

"글쎄요, 저는 잘 모르겠는데요."

빤히 보이는 거짓말에 당혹스러웠지만 스스로 대처할 수밖에 없다는 것을 깨달았다.

그렇다면——.

나는 포기한 척하면서 다시 앞을 보았다.

그리고 바로 펜을 들고 자습을 이어갔다.

물론 내가 진지하게 태블릿에 집중할 리 없다는 것은 모리시타도 잘 알 터. 결정적 증거를 잡으려 하는 걸 십중팔구 간파했을 것이다.

하지만 그거면 된다.

무슨 짓을 하고 있다는 확신이 생기기 전에 저쪽도 이쯤해서 나쁜 짓을 멈춰야겠다고 판단할 테니까.

요컨대 봐줄 테니 더는 아무 짓도 하지 말라는 어필이기도 했다.

이제 집중할 수 있겠다고 생각했는데, 그런 기대는 불과 몇 초 만에 깨졌다.

뒤통수에서 또 위화감이 느껴졌기 때문이다.

내 얕은 생각을 다 꿰뚫어 본 행동인가.

빠르게 뒤돌아보려고 해도, 무방비 상태로 등을 노출한 내 첫 동작과 속도에는 한계가 있다. 왼손이 뭔가를 움켜쥐기 전에 그 내용물을 확인하기란 쉽지 않다.

그런데 대체 뭘 하는 건지…….

문득, 시선의 끝에 비친 시라이시의 손가락 끝이 움직이더니 바닥을 가리켰다.

그렇군…… 위화감의 정체는 이건가.

시라이시가 또 한 번 왼손 검지 끝을 자기 책상에 세우고 탁탁 두드렸다. 손가락이 책상에 닿고 떨어지는 타이밍에 위화감이 발생했다.

손가락이 또 위로 올라갔다가 아래로 내려온다.

바로 그 순간, 나는 몸을 돌렸다.

움찔한 모리시타였는데, 이번에는 놓치지 않았다.

나는 움직이는 오른손이 아닌, 주먹 쥔 왼손을 붙잡아 억지로 펼쳤다.

거기서 나온 것은 이제 수업에 필요하지 않게 된 추억의 지우개였다.

"이게 뭐야?"

"어라, 뭘까요?"

"바닥에 떨어진 부스러기는?"

"모르겠는데요."

시치미를 뚝 뗐지만 쓸데없는 짓이다. 모리시타는 이 지우개를 책상에 비벼서 나온 지우개 똥을 내 머리에 던졌던 것이다.

"자백하는 게 좋다고 봐요."

"고마워, 시라이시. 네가 타이밍을 알려준 덕분에 현행

범을 잡을 수 있었어."

"큭, 그런 거였어요? 좀 하네요, 시라이시 아스카."

"미안해요. 곤란해하는 아야노코지 군을 그냥 내버려두려니 가여워서."

"이거 흔히 말하는 학교 내 괴롭힘 아닌가?"

"학교 내 괴롭힘? 무슨 그런 터무니없는 말을. 그럼 물어보겠는데, 새끼 고양이가 사자한테 장난치는 걸 괴롭힌다고 말하나요? 한번 상상해 봐요."

"뭐…… 말 안 하지."

"그렇죠? 괴롭힌다는 것은 강자가 약자에게 하는 비열한 행동. 반의 리더가 되려 하고 신체적으로도 우수한 아야노코지 키요타카와 연약한 소녀인 나. 아무리 생각해도, 어떤 시점으로 봐도 강자와 약자를 확실하게 구분할 수 있잖아요. 요컨대 내가 한 행동은 굳이 말하자면 잔다르크와 비슷하다고 할 수 있지요."

"왜 거기서 오를레앙의 소녀가 나오는데."

"악을 처단하는 여기사니까?"

내가 악이고 모리시타가 정의? 이 자리에서는 전혀 받아들일 수 없는 사실이다.

"귀여워라."

웃으면서 우리의 대화를 지켜보던 시라이시가 그렇게 중얼거렸다.

그야 외모만 놓고 말하자면 모리시타는 괜찮게 생긴 편

이다.

하지만 이런 행동을 귀엽다고 평가할 수 있는 건 실제로 피해 보지 않은 사람뿐이다.

"이제야 알겠다. 스기오가 시원하게 자기 자리를 양보한 이유가 이거였구나."

"네. 모리시타 씨 앞에 앉은 학생은 다 비슷한 일을 당했던 것 같거든요."

"이 세계에 악이 존재하는 한, 계속 싸워 나가는 것이 내 역할이니까요."

의미를 잘 모를 텐데도 시라이시는 시종일관 즐거운 듯 웃고 있었다.

○아야노코지의 패배

2주일이 순식간에 지나가고 3학년 첫 특별시험 날이 찾아왔다.

시각은 아침 7시 40분.

간밤에는 무리해 밤샘하지 않고 푹 잤다.

그 덕분인지 개운하게 눈이 떠진 카루이자와는 준비를 마친 후 혼자 조용히 기숙사에서 나왔다.

혼자 시작한 학교생활.

둘이 된 학교생활.

그리고 다시 혼자로 돌아온 학교생활.

아야노코지와 이별한 후 오늘이 되도록 카루이자와는 단 한 번도 웃지 않았다.

웃음이 나올 만큼 마음의 여유가 전혀 없었다.

사토를 비롯한 친구들은 어떻게든 카루이자와에게 힘이 되려고, 즐겁게 해주려고 노력했지만, 그것이 도리어 카루이자와의 마음을 더욱 세게 옥죄였다. 마음이 아프다고 계속 비명을 내지르는 나날.

그래도 멈추지 않고 계속 학교에 나오고 있는 것은 마지막 남은 의지 때문이었다.

통학로를 걷던 카루이자와가 무심코 걸음을 멈추었다.

앞에 있는 벤치에 아야노코지가 앉아서 스마트폰을 만

지고 있었기 때문이다.

헤어지고 몇 주 동안, 무심하게 하루하루 지내면서도 아직 아야노코지에 대한 마음이 강하게 남아 있는 카루이자와는 전 남자친구의 모습을 발견할 때마다 싫어도 어쩔 수 없이 가슴이 조여왔다.

눈이 저절로 아야노코지를 좇고, 시선이 마주칠 때마다 뼈저리게 느꼈다.

아야노코지가 헤어진 것에 아무 미련도 없다는 사실을.

그것이 또 카루이자와의 마음을 가차 없이 아프게 만들었다.

그래도 앞으로 나아가야 한다.

사실은 씩씩하게 안녕 인사하고 스쳐 지나가면 그만이다.

강한 모습을 연기할 수만 있다면 어려운 일이 아닐 것이다.

그렇게 몇 번이고 속으로 되뇌며 걸음을 떼려고 한 카루이자와였지만······.

"안녕, 카루이자와."

"앗?!"

시선 끝에 앉아 있는 아야노코지에게 완전히 의식을 빼앗긴 카루이자와는 등 뒤에서 다가오는 학생을 알아차리지 못해, 가까운 거리에서 들려온 목소리에 화들짝 놀라 뛰어올랐다.

카루이자와의 얼굴을 들여다보는 커다란 눈망울이 반짝

거렸다. 길고 윤기 나는 머리카락, 탐스러운 입술. 동성이라도 무심코 반해버릴 것만 같은 여학생.

"이, 이치노세. 안녕……."

"오늘은 평소보다 빨리 가네?"

"어? 아, 응, 그게…… 그런 것 같기도."

그 말을 듣고 나서야 오늘 평소답지 않게 이른 시간에 기숙사를 나섰다는 것을 자각했다.

다만, 자기 루틴을 파악하고 있는 듯한 이치노세의 말투가 마음에 걸렸다.

"평소보다…… 얼마나 빠른지 알고 있어?"

"응. 원래는 대체로 7시 50분쯤 나오지?"

"아…… 그런, 것 같기도……."

고민하지 않고 바로 알아맞히는 이치노세를 보면서 카루이자와는 살짝 한기가 들었다.

오히려 자신이야말로 정확한 등교 시간을 잘 모를 정도였기 때문이다.

"요즘에 아야노코지는 저런 식으로 벤치에 앉아 있는 날이 많아."

"그렇, 구나…… 잘 알고 있네."

"뭐, 그렇지. 난 이 시간에 등교하니까 자주 보인달까. 기숙사 나서는 시간을 조금만 바꿨을 뿐인데 풍경이 달라지지?"

서서 대화하는 두 사람 옆을, 등교하는 학생들이 천천히 스쳐 지나갔다.

대부분 이치노세에게 인사를 건넸고 이치노세도 웃으면서 화답했다.

학교생활, 친구가 많은 것이 전부는 아니다.

그쯤은 카루이자와도 잘 알았지만, 그래도 지난 2년의 학교생활 동안 서로 걸어온 길이 확연히 달랐다는 것은 확실했다.

왼쪽을 봐도 오른쪽을 봐도, 앞을 봐도 뒤를 봐도 온통 이치노세의 친구뿐.

어쩌면 카루이자와가 속한 A반 학생도 카루이자와보다 이치노세에게 친근하게 인사하는 비율이 높을지도 모른다. 2학년뿐만 아니라 이미 1학년들과도 교류를 넓히고 있다는 것은 카루이자와도 쉽사리 상상이 갔다.

"여전히 인기가 대단하구나, 이치노세는."

"인기? 그냥 친구랑 인사하는 것뿐인데, 뭐. 내가 카루이자와한테 말 걸었던 것처럼 말이야."

들으면 오글거리는 말도 이치노세가 하니까 저절로 납득이 가고 만다.

지금까지 쌓아온 실적이 뒷받침해 주고 있기 때문이다.

"아, 그렇지. 오늘 드디어 특별시험이네."

"……뭐, 그러, 네."

"공부는 좀 어땠어?"

"글쎄, 나름대로 열심히 한다고는 했는데. 이치노세는

걱정 없어서 좋겠다."

"그렇지 않아. 항상 부담에 짓눌릴 것 같은데 버티고 있는 거지."

이치노세는 그렇게 대답했지만, 그런 괴로움은 조금도 느껴지지 않는다.

적어도 옆에 서 있는 카루이자와의 눈에는 그렇게 보였다.

대화가 슬슬 자연스레 종료되고 이치노세는 걸어가겠지.

"물어봐도…… 돼?"

이대로 보내야 한다고 머리로 판단했을 때는 이미 말이 나오고 있었다.

"응? 뭐든 물어, 물어. 아, 하지만 소수전에 누가 나가는지라든가, 페널티 부여를 어떻게 할지 같은 건 비밀이거든?"

"그, 그런 게 아니라……."

"그럼 아마 괜찮을 것 같아."

어서 물어보라며 이치노세가 웃는 얼굴로 카루이자와의 말을 기다렸다.

"이치노세는…… 아, 아야노코지랑…… 그러니까…… 사귀어……?"

카루이자와는 목소리를 쥐어짜 내 이치노세에게 궁금했던 것을 물었다.

다만 돌아올 답변이 두려워서 무심결에 눈을 피했다.

아야노코지가 자신에게 이별을 고했던 이유 중 하나일 가능성.

다른 이성, 이치노세와 사귀기 위해 자신을 버린 거라는 상상.

3학년 생활을 하다 보면 아야노코지와 이치노세의 거리감이 싫어도 눈에 들어오게 된다.

그것은 단순한 친구 사이로 보이지 않는 면이 있었다.

카루이자와만 그렇게 느끼는 것이 아니라 일부 학생들 사이에서는 그럴듯하다며 쑥덕거리는 소문이기도 했다.

"나? 설마. 나 따위가 아야노코지랑 어떻게 사귈 수 있겠어."

돌아온 대답은 기묘한 표현이 섞인 부정이었다.

자신을 심하게 낮추고 아야노코지를 위로 올리는 발언.

다만 아무리 생각해도 두 사람은 잘 어울려서 베스트 커플이라고 불릴 만한 조합이다.

그런데 거기까지는 생각이 깊이 미치지 않는다. 아니라는 말을 쉽게 믿을 수 없다며 카루이자와는 피했던 시선을 되돌려 이치노세를 바라보았다.

"나를 배려하는 거라면——."

"정말로 그런 일 없어. 나랑 아야노코지는 그런 사이가 아니야."

"하지만——."

그럴 리 없다. 사귀지 않는다고 하더라도 두 사람의 관계성은 틀림없이 변했다.

그렇기에 집요하다는 생각이 들게 할 각오로 물고 늘어

졌다.

앞으로 두 번 다시는 듣고 싶지 않은, 물어보고 싶지 않은 질문이었기 때문이다.

흔들리는 눈동자 속에서 진지한 호소를 읽은 이치노세가 살짝 숨을 토했다.

"하지만, 그래. 카루이자와가 생각하듯이 보통의 관계는 아닌 것 같긴 해."

"그게 뭐야…… 무슨 뜻인지, 모르겠는데……. 역시 사귄다는 말이야?"

"그건 정말 아니야. 절대로."

"그래…… 그렇구나……."

착한 이치노세의 일관적인 대답.

요컨대 정말 거짓말이 아니라는 뜻. 그렇게 믿어도 되는 걸까 하고 생각했다.

만약 정말 사귀게 되었다면 사귄다고 말할 것 같긴 하기 때문이다.

하지만 터놓고 기뻐할 수 없었다. 복잡한 심경이었다.

지금은 사귀지 않아도 내일은 사귈지도 모른다.

아니 오늘 사귈 수도 있겠지.

카루이자와에게 있어서 이치노세와 아야노코지가 사귄다는 사실은 절망 이외에 아무것도 아니다.

그래도 지금은 어쩔 수 없이 조금이나마 안도하고 만다.

지금 이 순간만큼은 아직 희망이 남아 있다.

그렇게 마음속으로 억지로 받아들였다.

한편 이치노세는 옆에 서 있는 카루이자와의 그 일말의 안도감을 알아차렸다.

사귀지 않는다는 사실에 카루이자와가 기뻐하고 있구나, 하고.

그리고 자각한다. 카루이자와와 대화를 나누면서 새롭게 한 가지 감정이 싹텄음을.

자신에게도 작게나마 검은 감정이 존재한다는 것을 알았다.

작년에 자신이 좋아하는 감정을 확실하게 인식했을 때는 이미 아야노코지의 연인이었던 카루이자와.

그 존재를 생각하면서 괴로워 눈물 흘린 게 한두 번이 아니다.

"알아, 카루이자와. 아야노코지는 근사하니까."

"윽……."

"그런 아야노코지를 카루이자와가 왜 찼는지 난 잘 이해가 안 돼."

아야노코지에게 차였다는 것을 알면서도 이치노세는 그렇게 물었다.

"그건……."

자기가 차였다는 사실을 말할 수는 없다.

그렇게 생각한 카루이자와였는데, 그래도 이치노세에게 희망을 주기는 싫었다.

"이, 이치노세는 알아……? 아야노코지가, 그러니까──."

아야노코지에게 너무 가까이 다가가면 크게 데인다. 그걸 가르쳐 주고 싶었다.

그런데 카루이자와가 뒷말을 어떻게 이을지 머뭇거리는 사이에, 이치노세가 입술을 열었다.

"혹시 평범한 사람과는 다르다. 그런 말을 하고 싶은 거야?"

다음 말을 눈치채고 덮어씌우듯 대답했다.

"……으, 으응."

실제로 비슷한 말을 할 생각이었기 때문에 동요하면서도 고개를 끄덕일 수밖에 없었다.

옆에 서 있는 이치노세는 아야노코지의 이면을 적잖이 알고 있다. 그렇게 직감했다.

"조언 혹은 충고 고마워. 하지만 난 괜찮아."

"……어째서, 그렇게 단언할 수 있어?"

"왜일까. 나도 그건 잘 모르겠지만. 혹시 헤어진 거 후회해?"

"벼, 별로…… 그런 건…….."

"그래? 내 눈엔 도저히 그렇게 안 보여서. 뭔가가 좀 더 바뀌었더라면 소중한 관계성을 유지할 수 있지 않았을까, 그런 식으로 생각하거나 하는 건 아니야?"

어느 쪽이 찼건 결국, 사귀는 동안 이별의 원인이 생긴다. 그렇다면 그 과정에서 생기는 불온 분자를 제거했더라면 미래는 달라졌을지도 모른다.

"이건 내 개인적인 억측에 불과하지만 두 사람의 관계가 끝난 건 카루이자와가 보답을 바랐기 때문 아닐까?"

그 말투에 지금까지 겨우 억눌렀던 감정이 조금씩 올라오기 시작했다.

왜 제삼자인 이치노세가 멋대로 내뱉는 말을 듣고 있어야 하는 걸까.

"보답이라니. 난 딱히 그런 거——."

"내가 좋아하니까 너도 나를 좋아해 줘. 내가 사랑하니까 너도 나를 사랑해 줘. 기브 앤드 테이크. 그리고 보답받지 못하면 괴롭고 슬프고 상처받지. 아마 이건 연애만 그런 게 아니라 친구, 가족과도 상관있는——."

"그게 무슨 말이야…… 그건 당연한 감정 아니야……?"

"보통은 그렇지. 하지만 난 다르달까."

"말도 안 돼. 이치노세도…… 누, 누군가와 사귀면 바라게 되잖아?"

좋아한다고 말하면 상대도 좋아한다고 말해준다. 쓸데없는 것 같기도 한 이런 대화야말로 애틋하다.

"누군가? 그 대상을 아야노코지로 받아들여도 돼?"

"무슨——."

"카루이자와라면 알고 있겠지? 내가 아야노코지를 좋아했던 거 말이야."

이치노세는 부끄러워하지도, 주눅 들지도 않고 딱 잘라

말했다.

　그리고 한 번 쉰 후 카루이자와의 말이 나오기 전에 다시 말을 이었다.

　"난 뭐랄까, 보답을 바라기보다는 주는 쪽이 성격에 맞는 것 같아. 반 애들 상담은 자진해서 들어주고 싶은데, 그렇다고 해서 그 대가로 뭔가를 바라지는 않아. 그 연장선상에 아야노코지가 있다고 생각해. 상대가 꼭 날 좋아할 필요는 없다고. 내가 좋아하면 그걸로 충분하다고."

　"……참아질 리가 없잖아……."

　"그럴 수 있어. 아까 비슷한 얘기를 했었는데 이건 연애에만 국한된 게 아니야. 난 곁에 있는 누군가에게 도움이 되고 싶어. 곁에서 힘겨워하는 사람이 있으면 도와주고 싶어. 그것뿐이야."

　이건 틀림없는 이치노세의 진심.

　대가 없는 봉사.

　"그런……."

　이 시간은 카루이자와에게는 그저 잔혹하고 숨만 막히는 시간.

　그래도 카루이자와는 이치노세가 보내는 시선을 보면서 어떤 것을 확신했다.

　같은 이성을 좋아하게 된 사람이기에 알 수 있는 것.

　다른 사람도 아니고, 처음부터 그 이성의 옆에 섰던 사람으로서.

그래서 묻지 않을 수 없었다.

"만약에——."

"응?"

"만약에 내가…… 도와달라고……, 이치노세한테 부탁하면…… 도와줄 수 있어?"

누군가, 라는 범위에는 당연히 카루이자와도 포함된다.

그럴 터다.

연적인 이치노세에게 카루이자와가 부탁할 리 없다고.

그렇게 생각한 이치노세의 입장에서는 아닌 밤중에 홍두깨 같은 말이었음이 틀림없다.

잠시 침묵한 뒤 이치노세가 살짝 웃었다.

"미안해, 앞에 한 말 취소할게. 못 도울 것 같아."

선의.

위선.

그런 부분과는 다른, 이치노세의 새로운 사고방식.

"모든 사람을 도울 능력 같은 거, 나한테는 없으니까."

선택해야만 하는 일도 있다.

지금까지 이치노세는 백 명 있으면 백 명을 도우려고 했었다.

오십 명밖에 도울 능력이 안 되는데도 터무니없이 큰 욕심을 품고 있었다.

그래서는 구할 수 있는 오십 명도 구하지 못할 가능성이 있다.

그렇다면 헛된 기대는 버리고 처음부터 최선을 다해 오십 명을 구하자.

새롭게 생겨난 이치노세의 가치관. '우선순위'.

그리고 그 오십 명 안에 카루이자와 케이는 들어 있지 않을 뿐.

"아, 그렇지. 말 안 했는데, 아야노코지가 벤치에 앉아 있는 이유는——."

이치노세가 고개 숙인 카루이자와의 눈을 밑에서 올려다보면서 미소 지었다.

"이 시간에 나랑 만나기로 했기 때문이야."

그 말에 대한 대답을 갖고 있지 않은 카루이자와는 시선을 더 떨굴 수밖에 없었다.

"그리고 또 하나 말해두고 싶은 게 있어. 만약 나와 아야노코지 사이에—— 뭔가 남에게 말할 수 없는 중요한 일, 깊은 관계가 생겼다고 해도 그날, 그 일은 카루이자와와 이미 헤어진 후에 일어난 거니까. 나랑 카루이자와가 다툴 건 하나도 없다는 얘기야. 응, 그러니까 계속 친구 해도 문제는 없겠지?"

말을 다 마친 이치노세는 걸음을 떼면서 아야노코지를 불렀다.

부르는 목소리에 아야노코지는 스마트폰을 넣고 일어나 이치노세 옆에 나란히 서서 걷기 시작했다.

순간 뒤에 우두커니 서 있는 카루이자와를 알아차린 듯

했지만 그것뿐.

눈을 마주치거나 표정을 바꾸지도 않았다.

아야노코지를 바라보는 이치노세의 행복해 보이는 옆얼굴.

카루이자와는 속에서 치밀어 오르는 구역질을 느끼고 통학로에서 벗어나 덤불 속에 몸을 숨겼다.

그 모습을 본 사람은 아무도 없었다.

1

점심시간이 끝나고 특별시험이 시작되기 직전, 류엔이 이끄는 3학년 B반 교실은 과열된 긴장감에 휩싸여 있었다.

학생 대부분은 자기 자신을 위해, 그리고 류엔의 질책을 받지 않도록 특별시험 전까지 대부분의 일정을 공부에만 투자했다. 당연히 1점이라도 더 많이 받기 위해서다.

그래도 바라는 것은 오직 한 가지, 자신이 다섯 명 안에 들지 않는 것.

만약 뽑혔는데 진다면 류엔에게 무슨 꼴을 당할지 모른다.

소수전에 누가 나가게 될지는 적어도 미리 당사자들에게 전달하는 법.

그러나 류엔은 완전히 입을 닫고 누구를 지명할지 전혀 밝히지 않았다.

시험 시작 전까지 모두가 후보자.

이보다 더할 수 없는 강경한 수법에 아무도 대충할 수 없다고 느꼈으리라.

카츠라기는 반 전체의 학력을 파악하고 있었던 만큼, 2주도 채 되지 않은 시간 동안 다들 향상했다는 것을 실감했다. 물론 카네다, 카츠라기, 시이나 같은 학생들은 그 엄격한 대응에도 불안해하지 않고, 그저 소수전 출전 여부와 상관없이 반을 위해 1점이라도 더 많이 받을 생각밖에 없었다. 그럼에도 시종일관 표정이 험악한 까닭은, 대전 상대인 C반에는 한참 미치지 못한다는 사실을 동시에 잘 알고 있기 때문이다.

"그럼 지금부터 소수전에 나갈 다섯 명의 이름을 발표하겠습니다."

담임 사카가미는 어제 류엔으로부터 다섯 명의 이름을 전달받은 유일한 사람이다.

"1번 주자 『이시자키 다이치』. 2번 주자 『야부 나나미』. 3번 주자 『이부키 미오』. 4번 주자 『콘도 레온』. 5번 주자 『키노시타 미노리』. 이상이 소수전 대표자 다섯 명입니다."

모두의 이름이 발표되자 학생들은 감정을 억누르는 것도 잊고 서로 얼굴을 마주 보았다.

아무리 누가 뽑힐지 몰랐다지만, 절대 없을 줄 알았던 엉망진창 조합이었기 때문이다.

반에서도 꽤 하위에 속하는, 말하자면 공부 못하고 향상심 낮은 학생들이 여러 명 섞여 있었다. 특히 이부키는 2학년 초반까지는 그래도 어느 정도 공부에 따라왔지만, 이후부터는 거의 이해하지 못해 지금은 이시자키와 비등할 만큼 학력이 떨어진 상태다. 그런 주자 선택. 게다가 우선해서 참가시켜야 할 학생의 이름이 하나도 올라와 있지 않았다.

의자를 밀고 일어난 토키토는 지난 2주간의 노력을 되돌아보면서 류엔에게 짜증을 감추지 않았다.

"이 장난치는 것 같은 멤버는 뭐냐, 류엔. 소수전을 버린 거냐?"

가뜩이나 승산 없는 단체전.

결과를 뒤집으려면 소수전에서 기적의 4승을 거두는 것밖에 방법이 없었다.

반의 모두가 그 기적을 어렴풋이 가슴에 담고 있었다.

그러나 류엔은 망설임 없이 대답했다.

"그래, 버렸어. 어떤 방책을 짜도 애초에 이길 수 있는 대결이 아니니까. 불만 있냐?"

"불만? 불만 엄청 많지. 네 말대로 나도 이번 특별시험에서 제대로 싸워 이길 수 있다고는 생각하지 않아. 그렇다고 프라이빗 포인트를 펑펑 써가며 페널티 부여권을 사는 짓을 했다면 그것에도 불만을 느꼈겠지. 하지만 말이야, 아무리 그래도 시작도 하기 전부터 대결을 포기할 필요는 없잖아. 우리가 뭣 때문에 죽기 살기로 공부했다고 생각하냐?"

"뭣 때문에? 그야 네놈 자신을 위해서겠지."

"웃기지 말라고!"

이제는 흔히 볼 수 있게 된 류엔과 토키토의 다툼. 사카가미는 한 귀로 흘리면서 안경을 벗어 정성껏 렌즈를 닦기 시작했다.

"핫, 그럼 물어보자, 정말로 포기하지 않았다면 달라졌을 것 같냐?"

"가능성은 있지 않냐는 얘기야. 저쪽에도 똑똑한 놈들만 있는 건 아니야. 페널티가 무서워서 60점 정도밖에 못 받는 녀석들을 뽑을 수도 있지. 그러니까 우리가 카네다나 카츠라기를 내보내면 승산도——."

"꼬맹이의 망상이라고도 부르지 못할 너무 비현실적인 이야기는 아무런 의미도 없다고."

"그건…… 하지만, 그래도 처음부터 버리는 것도 의미 따위 없잖아!"

"의미 따위 없어? 아닌데? 확실하게 있는데? 사카가미, 내가 지명한 다섯 명 중에 페널티를 받은 녀석 있어?"

"——없습니다. 0명입니다."

그 보고에 자신의 전략이 옳았음을 확신한 류엔이 대담하게 웃었다.

"그래서 뭐가 어쨌다는 건데. 이시자키 무리한테 부여할 이유가 없잖아."

"그렇지도 않지. 내가 지명한 다섯 명을 저쪽은 아무도 알아맞히지 못했어. 다시 말해서 내 생각을 전혀 못 읽었다는 거지."

아야노코지를 만나 노래방에서 작전 회의를 했던 날.

마지막으로 카츠라기를 불러 세운 류엔은 앞에서 말했던 전략, 그 의향을 전부 철회했다.

지금까지의 자신이었다면 승부의 장에 억지로 뛰어들어 아야노코지를 쓰러트리려고 온 힘을 다했을 것이다.

그러다가 아야노코지의 한 수 위 전략에 말려 역공을 맞았을 거라고 예상했다.

한 번 멈추고 상황을 유심히 관찰하는 것의 중요성.

순수하게 불리하기만 한 특별시험인 데다 현재까지는 아야노코지를 어떻게 상대할지 타개책도 떠올리지 못했다.

그렇다면 여기서 아무 생각 없이 액셀을 밟는 것은 단순 폭거에 불과하다.

상황에 따라 이성적으로 브레이크도 밟아가며 컨트롤하는 게 중요하다고 판단했다.

바꿔 말하면 그런 새로운 싸움 방식의 패턴을 아야노코지는 예상하지 못하고 있다.

저쪽은 늘 류엔이 승리하기 위해 수를 쓴다고 생각한다. 각오하기에 따라서는 모아둔 자금을 쏟아부어서라도 공격할 거라며. 아야노코지는 이기기 위해 정말 진지하게 머리를 굴렸다. 하지만 그 필사적인 고민 끝에 기다리고 있었던 것은 한 명도 알아맞히지 못했다는 사실뿐.

싸우지 않고 피하겠다는 류엔의 의도를 읽지 못하고 후보자 때문에 고민하는 바보 같은 모습을 드러냈다.

빗나간 예상. 다섯 명 다 못 맞혔다는 사실. 현실에서 그 일이 정말로 일어났다.

"류엔. 아무래도 일단은 상대의 허를 찌른 것 같네. 저쪽도 놀랐을 거야."

"크큭, 결국 놈도 뭐든지 잘하는 건 아니라는 얘기지."

계획대로 됐다는 듯한 류엔의 태도에 토키토가 또 짜증을 냈다.

"허를 찔러서 작전을 짠 놈한테 굴욕감을 줬어도, 그런 건 결국엔 아무 문제도 아니잖아. 이런 멍청한 애들을 쭉 늘어세우면 저쪽은 대부분 고맙기만 할걸."

"다른 사람이 아닌 아야노코지만 빼고 말이지."

"무모하게 반을 옮겨서 화제가 되긴 했지만, 아야노코지가 뭐 어쨌다고 그러는 거야? 사카야나기를 대신할 리더라도 될 수 있다고 생각하나?"

자세한 사정을 모르는 토키토의 발언에 카츠라기가 말을 보탰다.

"적어도 류엔은 그렇게 생각하고 있어. 나도 그렇고. 하지만 여기서 그 의논을 해봐야 아무 진전도 없을 테니까 생략하겠는데, 어쨌든 아야노코지는 지금 리더가 되기 위한 소질과 자질을 평가받는 중이야. 이번에 아야노코지가 류엔의 의도를 파악하느냐 못하느냐가 장차 중요한 비중을 차지할 요소였을 거다."

"아야노코지가 예상을 틀리는 게 네 노림수였다…… 그 말이야?"

"그래."

"그게 앞으로 효과를 본다고 쳐도 이건 너무 심했어. 이대로 가면 7연패 하고 반 포인트도 잃는 처지가 될지도 모른다고."

"그럴 일은 없어."

웃으면서 부정하는 류엔이었는데, 토키토는 이해되지 않아 혀를 찼다.

"단체전은 패배 기색이 농후하고. 소수전 멤버는 죄다 차마 눈 뜨고 봐줄 수 없는 녀석들뿐이고. 아무리 생각해도 완패인데……."

"아니? 내가 상대, 아야노코지의 의도를 다 읽었으니까. 짐작대로 간다면 놈은 멍청하게도 소수전에 참가하고 싶어 하지 않을까?"

"정답입니다. 저쪽의 참가자 다섯 명은 1번 주자 『아야노코지 키요타카』 2번 주자 『시마자키 잇케이』 3번 주자 『후쿠야마 시노부』 4번 주자 『사나다 코세이』 5번 주자 『사와다 야스미』로 되어 있어요. 그리고—— 류엔 군이 지정한 페널티 부여는 예정대로 아야노코지 키요타카에게 전부, 그러니까 100개가 반영되었죠. 즉, 그가 몇 점을 받아도 0점.

상대의 완승을, 대전 상대인 이시자키 군이 0점을 받지 않는 한, 미연에 방지했다는 뜻입니다."

"뭐—— 100개를 다 아야노코지한테 먹였다고……?"

"내가 말했잖아? 놈의 생각을 다 읽었다고."

아무리 학력이 낮은 이시자키라도 백지라도 내지 않는 이상에는 0점 받을 일이 없다.

당연히 이시자키도 절대 그런 짓을 하지 않을 것이고.

요컨대 이 시점에서 아무리 져도 1승은 100% 확정이라는 뜻.

"내가 그 아야노코지와 붙어서 이겼다는 얘기야?! 지, 진짜냐! 기분 째지네!"

결과만 놓고 보면 1승 6패로 거의 진다고 봐야 하므로 천금 같은 1승인 셈이다.

"처음 들었을 때는 당황스럽기도 했는데, 이게 리스크를 피하면서 할 수 있는 최선이겠지. 상대방의 포진은 반전 없이 무난하게 학력 높은 애들뿐. 우리 중 누구한테 페널티를 부여했는지는 몰라도 십중팔구 상위 학생들한테 나눠 먹였다고 보면 돼. 그렇다면 역시 이건 지는 싸움이었어."

실력이 엇비슷한 학생끼리 붙으면 조합과 전개에 따라서는 한두 번쯤 승리를 가져올 수 있을지도 모르지만, 단체전에서 한 2패를 생각하면 승률은 여전히 낮다.

토키토도 상대가 내보낸 멤버를 보고, 마음에 들지 않아도 삼킬 수밖에 없었다.

"놈들한테 승리의 미주를 실컷 맛보게 해 주는 거야. 하지만 아야노코지의 의도는 완전히 무위로 돌아갔어. 다른 사람도 아니고 그 녀석이니, 시험 전부터 당당하게 자기 의도를 들려주고 예고했어도 이상하지 않아."

C반으로 옮겨서 지휘권을 빼앗으려면, 그 정도 실력은 요구된다.

"너한테 아주 보기 좋게 망신당했구나."

"이제 C반 녀석들도 쉽사리 아야노코지를 인정할 수는 없을 거다."

언젠가는 아야노코지가 리더 자리에 오르겠지만, 최대한 늦추는 것이 관건이다.

머지않아 완벽한 준비를 마친 무대에서 쓰러트리기 위해, 우선은 결과까지 포함해 자신이 변했다는 것 그리고 이제는 유연하게 싸울 수 있다는 것도 보여주었다. 이러한 전개는 전부 류엔에게 있어서 이상적인 흐름이었다.

2

한편 그 무렵. 호리키타의 A반도 같은 순간을 보내고 있었다.

3학년 A반 대 3학년 D반. 확률을 따지면 반 인원 차이로 이치노세 반이 조금 우위에 있지만, 단체전에서 승리할 가

능성도 아직 충분히 남아 있었고 소수전에서의 수 싸움과
페널티 부여에 따라서는 어느 쪽이 승리할지 알 수 없었다.

그야말로 근소한 차이의 접전이 되어야 할 터였다.

긴장감이 감도는 공기는 다음 차바시라의 말 때문에 단
숨에 묵직하게 바뀌게 된다.

"유감이지만…… 너희가 선택한 다섯 명 중 세 명이 상
대의 페널티 부여 대상이었어. 2번 주자 『왕 메이유』 3번
주자 『유키무라 테루히코』 5번 주자 『코엔지 로쿠스케』는
시험 점수에서 각각 25점씩 깎이게 되었어. 반대로 우리가
부여한 학생 중 소수전에 출전한 학생은 2번 주자 『칸자키
류지』와 3번 주자 『츠베 히토미』이 두 사람이다. 그래서
두 사람에게 부여한 10점씩 깎이게 됐다."

"세 명이 25점씩……?! 그렇게 많이……?!"

희망이 없다는 건 이런 상황을 가리키겠지. 25점이라는
차이가 좁아지는 것은 학력 A에 해당하는 학생과 학력 D에
해당하는 학생의 득점이 거의 비슷해질 수도 있다는 뜻이다.

"프라이빗 포인트를 써서 대량으로 부여했다…… 그런
뜻이에요?"

"유감이지만 상대가 얼마나 추가로 샀는지는 비공개야.
알 수 있는 건 세 명이 부여 대상이 됐다는 사실뿐이다."

만약 반에서 10명에게 25점씩 부여한다면 부여권은 총

250개가 필요하다.

처음에 받은 100개를 빼고 자신들이 150개를 준비한다고 치면 750만.

고작 10명에게 부여해도 조금 비현실적으로 큰돈이다.

그만큼의 액수를 쏟아붓는 것이 상상하기 어렵다면 다음으로는——.

"야, 히라타. 그렇게 생각하고 싶진 않지만 말이야, 혹시 정보가 유출된 건 아닐까?"

직면한 현실을 스도는 그렇게 해석했다.

"……절대 아니라고는 못 하겠지만……. 하지만 내가 말한 사람은 누구를 보낼지 결정하기 위해 의논했던 몇 명이랑 실제로 출전한 다섯 명. 그리고 호리키타뿐인데."

이번 소수전에 출전할 다섯 명을 고르는 일에, 호리키타는 자신이 이성적인 결정을 내릴 수 없다고 판단하고 히라타에게 지휘를 맡겼다. 히라타는 혼자 판단하는 성격이 아니었기 때문에 자신을 중심으로 몇 명과 의논해서 다섯 명을 뽑았다. 말할 것도 없이 그 다섯 명의 존재는 가장 중요한 비밀이어서 함구령을 내렸던 정보. 유출되지 않도록 철저히 했다.

"그럼 그 누군가겠네."

"아니…… 하지만 그렇게 생각할 수는 없어."

"하지만 말이야, 페널티를 받은 상대를 좀 봐라. 보통 코엔지 같은 애는 안 고르잖아. 말한다고 해서 진지하게 출전할 녀석도 아니고, 저쪽도 그걸 잘——.”

그렇게 말하던 스도가 한 가지 가능성을 찾았다.

“그러면 설마 코엔지, 너냐? 출전할 녀석한테는 미리 알려줬잖아?”

그 질문에 아무런 반응을 보이지 않는 코엔지였는데, 히라타가 바로 부정했다.

“그건 아니야. 난 코엔지한테는 골랐다고 미리 알려주지 않았거든. 어디까지나 출전자로 뽑을지도 모른다고만 알려줬었어.”

의논하던 중에, 처음부터 코엔지를 제외하고 생각하는 것은 상대편만 기쁘게 할 뿐.

이케에서 코엔지까지 모두를 대상으로 삼아 숙고 끝에 고르는 게 중요하다고 판단했다.

그리고 최종적으로 코엔지를 뽑는 것이 상대의 허를 찌른다고 결론 내렸다. 코엔지는 아무의 지시도 듣지 않지만, 과거 필기시험 자체는 비교적 성실하게 임했었다.

소수전은 어디까지나 단체전의 연장이고, 개별적으로 불필요한 추가 작업이 늘어나는 것도 아니다.

그래서 그냥 둬도 어느 정도의 고득점은 받을 거라는 심산이었다.

코엔지가 어떻게 행동할지 이전에, 지명 대상이 되었다는 것은 그야말로 예상 밖.

“그러면 어째서? 아무리 생각해도 이런 거——.”

"내 생각인데, 정보가 샌 건 아니지 않을까? 왜냐하면 나머지 두 사람은 못 맞혔잖아. 만약에 다 알았으면 전부 맞혔어도 이상하지 않은데. 굳이 두 명을 뺄 필요도 없고."

의심을 품은 채 대결하고 싶지는 않다는 스도에게 쿠시다가 그렇게 지적했다.

"……듣고 보니 그것도 그런가……."

"그럼 이치노세는 자기 짐작으로 세 명이나 정확하게 맞혔다는 거야? 굉장해……."

그리고 25개 부여라는 대담함.

일반적으로 할 수 없는 방식에 그렇게 중얼거린 시노하라를 비롯해서 많은 애들이 놀라움을 드러냈다.

딱 한 사람만 빼고.

"……그것도…… 아닐 것 같아."

마치 독백처럼 불쑥 그 말을 내뱉은 카루이자와.

"아니라니 케이 짱, 무슨 말이야?"

멀리 떨어진 자리에서 사토가 물었다.

"아마도…… 꿰뚫어 본 건 이치노세가 아니라……."

잠깐 숨을 골랐다.

그의 이름을 입에 담으려니 아무리 해도 마음이 무거워졌기 때문이다.

오늘 아침 두 사람의 그 행복해 보이는 광경이 머릿속에서 떠나지 않았다.

"아야노코지……가 아닐까?"

조금 전까지만 해도 같은 반이었던 아이.

그 이름을 듣고 이케가 약간 짜증 내며 언성을 높였다.

"뭐라고——? 어, 어째서 아야노코지인데. 그 녀석은 C
반으로 갔으니까, 상관없잖아."

"우리 A반은 C반 입장에서도 적이잖아?"

감정이 별로 실리지 않은 눈동자로 카루이자와가 케이
를 쳐다보았다.

그 눈빛에서 묘한 박력을 느낀 이케가 숨을 삼켰다.

"그거야…… 뭐……."

히라타는 카루이자와의 말을 듣고 얽힌 실타래가 풀리
는 것을 느꼈다.

"말이 되긴 해……. 그 애는 2년간 우리랑 같은 반이었
어. 반 상태가 어떤지, 누구를 고를 것 같은지 누구보다도
잘 떠올릴 수 있어. 코엔지가 필기시험에서는 긍정적인 자
세를 보인다는 것도 그는 알고 있으니까. 맞힌 게 이상하지
않을지도 몰라."

"만일 그게 사실이라면 진짜 최악 아니냐, 아야노코지
녀석……."

"단정은 지어선 안 돼. 정보가 유출됐다는 생각도, 아야
노코지가 연루되어 있다는 생각도 전부 억측이야. 우리는
우리가 가진 패로 싸울 수밖에 없으니까."

시험이 시작되기 전부터 절망에 빠졌다.

그래도 이 핸디캡을 무사히 극복하고 이겨야만 한다.

"모두, 미안해…… 내가, 아무것도 못 하는 바람에……."

호리키타가 후회하며 사과했다.

그리고 극심한 자기혐오에 빠졌다.

자신이 좀 더 똑바로 했더라면 상황도 조금은 달라졌을지 모른다.

"우린 아직 진 게 아니야. 현재까지는 불리하지만 포기하지 말고 싸우면 반드시 기회가 있을 거야."

히라타가 당황하지 않고 차분하게 말했다. 여기서 의욕이 떨어지면 백해무익하기만 할 뿐. 딸 수 있는 점수가 떨어지면 떨어졌지 올라갈 일은 없으니까――.

그리고 잠시 후 차바시라가 특별시험의 시작을 알렸다.

3

오후의 첫 특별시험이 끝나고 3학년 D반은 이윽고 홈룸 시간이 되었다. 결과는 다음 날 이후까지 끌지 않고 오늘 중으로 발표된다고 했기 때문에, 반에서는 안절부절못하는 학생도 많이 볼 수 있었다.

이치노세는 반을 천천히 둘러보면서 각 학생의 표정 등을 통해 종합적으로 판단해서, 이후 결과에 기대를 모았다. 단체전이 어떻게 될지는 아직 모르지만, 적어도 소수전은 상상했던 것 이상으로 페널티를 잘 부여하는 데 성공했다.

50% 전후였던 승률이 70% 이상까지 올라갔을 것이다. 그러한 예측.

물론 결과가 발표될 마지막 순간까지 방심할 수는 없다.

호리키타 반이 25점이라는 핸디캡에도 눈 하나 깜빡하지 않고 연속으로 높은 점수를 받을 가능성, 단체전에서 예상보다 더 큰 성과를 거둘 가능성도 있기 때문이다.

높은 기대와 일말의 불안.

그러나 호시노미야가 교실에 모습을 드러낸 순간 반 아이들 모두 후자의 감정은 다 날아갔다.

호시노미야의 장점이면서 단점이기도 한 구석이 여실히 드러났다.

결과를 발표하기도 전부터 표정이 환했고 기쁨을 주체하지 못했기 때문에 누가 봐도 승패의 향방이 분명했다.

"다들 많이 기다렸죠. 특별시험 집계 결과가 나와서 발표할게요!"

"예스! 해냈다!"

펄쩍 뛰며 승리의 브이를 만드는 시바타.

"아직 아무 말도 안 했는데~?"

"하지만 훤히 들여다보이는데요! 해냈다, 오예!"

시바타가 그렇게 지적하면서 기뻐서 폴짝폴짝 뛰기 시작했고, 호시노미야의 얼굴에서는 미소가 떠나지 않았다.

"요즘 시바타, 많이 밝아졌어. 아니, 너무 과하게 밝은 것 아니야? 캐릭터 이상해."

코바시 그리고 코바시 앞에 앉아 있는 이이즈카가 그런 시바타를 보며 쑥덕거렸다.

"그 왜, 실연하기도 했고…… 자기 자신을 버린 건 아니겠지만, 밝게 행동하지 않으면 마음이 못 버텨서 그러는 것 아니야?"

"아~. 게다가 그거, 시바타만 그런 게 아니니까, 어쩔 수 없긴 해~."

"설마 공개 고백을 하다니…… 호나미 짱도 많이 변했달까……. 음, 혹시 아야노코지랑 이미 사귀나?"

"모르지. 하지만 최근에 와서는 자주 둘이 같이 등교하기도 하고, 사귀는 것 아닐까?"

"으음…… 아니, 아야노코지, 뭐 멋있긴 한데, 그래도 천하의 호나미 짱이 빠져버리다니. 무슨 접점이 있었던 거야."

이이즈카가 이치노세를 보며 감탄했다는 듯 고개를 끄덕였다.

"쉿, 너무 빤히 쳐다보다간 들킨다고. 남자들은 이번 일로 신경이 잔뜩 곤두서 있으니까. 괜히 소란 일으키지 않는 게 좋아."

"하지만 궁금한걸. 카루이자와의 일이라든지…… 물어보면 안 되려나?"

"안 돼, 안 돼. 그런 건 응? 촌스러운 짓이잖아."

"자자, 다들, 결과에 주목하도록~."

시끄러워지기 시작한 학생들에게 가벼운 주의를 준 후 호시노미야가 한 번 헛기침했다.

그리고 태블릿을 건드리자, 승패가 발표되었다.

[A반 대 D반]

단체전

A반 2,633점

◎ D반 2,712점

소수전

1번 주자

스도 켄　　　　　　　　　66점

◎히메노 유키　　　　　　　69점

2번 주자

왕 메이유　　　　　　　　82점(페널티 25)

◎칸자키 류지　　　　　　75점(페널티 10)

3번 주자

유키무라 테루히코　　　　84점(페널티 25)

◎츠베 히토미　　　　　　77점(페널티 10)

4번 주자

◎모리 네네　　　　　　　69점

코바시 유메　　　　　　　68점

5번 주자

코엔지 로쿠스케　　　　　72점(페널티 25)

◎벳푸 료타　　　　　　　71점

[B반 대 C반]
단체전
　B반　2,327점
　◎C반　2,880점
소수전
1번 주자
　◎이시자키 다이치　　　　40점
　　아야노코지 키요타카　　100점(페널티 100)
2번 주자
　　야부 나나미　　　　　　47점
　◎시마자키 잇케이　　　　81점
3번 주자
　　이부키 미오　　　　　　43점
　◎후쿠야마 시노부　　　　79점
4번 주자
　　콘도 레온　　　　　　　47점
　◎사나다 코세이　　　　　83점
5번 주자
　　키노시타 미노리　　　　50점
　◎사와다 야스미　　　　　80점

각 반의 리더 격인 호리키타와 이치노세는 페널티 부여를 우려하여 출전하지 않았다. A반의 전략은 성적 상위자와 중간층을 섞으면서 스도와 코엔지 같은 학생으로 허를 찌르는 조합.

반면 D반은 중간보다 조금 높은 멤버를 중심으로 골랐다.

결과만 놓고 보면 둘 다 상위 반이 진 결과였지만, D반은 압승했다고 절대 말할 수 없었다. 여유로웠다고 느끼는 사람은 별로 없으리라.

"무서웠는데 페널티 사길 잘한 느낌이야."

기쁜 투로 말하는 아미쿠라에게 이치노세가 고개를 한 번 끄덕였다.

이치노세와 아이들은 소수전에서 적중한 세 명 이외에 히라타 요스케와 쿠시다 키쿄에게도 25개의 페널티를 부여했었다. 총 125만 프라이빗 포인트를 자비로 추가 구매한 것이다. 적지 않은 지출이었지만, 40명으로 나누면 각자가 부담하는 금액은 3만 1,250 프라이빗 포인트로 궁핍해질 정도까지는 아니었고, 승리함으로써 매달 수입이 1만 프라이빗 포인트 늘어나기 때문에 4개월이면 본전을 찾고도 돈이 남는다는 계산이 나온다.

"다들 축하해. 반드시 잡아야 했던 A반에 멋지게 승리했어!"

미리 알고 있었던 결과라도 그것이 확정됨과 동시에 반이 환희에 젖었다.

"해냈구나, 호나미 짱! 이겼어, 이겼어!"

근처에 있던 여학생들도 선생님의 말이 끝나자마자 기쁨을 터뜨렸다.

"후우. 일단은 안심할 수 있겠어. 한시름 덜었네."

이치노세도 옆자리에 앉아 있는 시라나미와 기쁨을 나누며 하이파이브 했다.

학생들이 좋아하는 모습을 지켜보면서 담임 호시노미야도 기쁜 듯 고개를 끄덕였다.

"응응. 담임인 나도 이번 결과에는 대만족이야. 물론 아직 한참 차이가 나는 이상 앞으로도 긴장 단단히 하고 열심히 해야 해~."

"그나저나…… 아야노코지만 졌다고 생각했는데, 그 시험에서 만점이라니 실화야?!"

"진짜 어려운 문제도 꽤 있었잖아? 문제부터 무슨 말인지 이해 안 되는 것도 있었고……."

교실에서 놀라워하는 소리가 일어나자마자 코바시와 이이즈카가 서로 얼굴을 마주 보았다.

『이거였어?!』하는 생각이 불현듯 떠올랐기 때문이다.

"지금까지 실력을 숨겨온 조용한 훈남…… 와아, 이거네, 코바시……."

"이거야, 이이즈카…… 분명 이게 맞아……. 호나미 짱은 알고 있었던 거야……."

두 사람은 손을 붙잡으며 자기들 마음대로 해석하고는

눈을 반짝이며 몇 번이나 고개를 끄덕였다. 그런 이야기를 하는 줄은 꿈에도 모르는 이치노세는 스마트폰을 꺼내 아야노코지에게 메시지를 보냈다.

『만점이라니 대단해. 페널티는 유감이지만, C반이 이겨서 다행이야. 우리 반도 아야노코지 덕분에 이길 수 있었어. 예상한 대로 코엔지는 나오고 호리키타는 안 나왔어. 정말 고마워.』

그렇게 보내자 이내 읽음 표시가 뜨더니 답장이 왔다.

『내 조언을 믿고 선택한 이치노세의 용기 덕에 얻은 승리지.』

그런 겸손한 말에 이치노세는 웃지 않을 수 없었다.

하지만 일단은 아직 수업 중이었기 때문에 더는 대화를 이어가지 않고 바로 스마트폰 화면을 끄기로 했다.

4

C반의 승리를 알린 마시마 선생님이 교실에서 나갔다. 평소 같으면 학생들 저마다 자리에서 일어나 하교 준비에 들어갈 타이밍이지만 아무도 교실을 떠나려고 하지 않았다.

가장 먼저 자리에서 일어난 사람은 시마자키였다.

아니, 정확하게 말하면 시마자키자 움직이기를 기다렸다고 표현하는 편이 맞겠지.

아무 말 없이 일어나더니 곧장 내 자리 앞까지 걸어왔다.

몇 명쯤 되는 학생도 가까운 거리에서 그 모습을 구경하려고 움직였다.

가까이 온 시마자키의 얼굴은 자세히 볼 것도 없이 몹시 험악했다.

"아야노코지. 내가 무슨 말이 하고 싶을지 잘 알겠지?"

그렇게 말하고는 특별시험 결과가 여전히 떠 있는 모니터를 손가락으로 가리켰다.

"페널티 먹인 애들 다 틀렸네. 엄청난 데뷔전을 치렀군."

"진정해, 시마자키. 시험은 이겼으니까 괜찮잖아."

당황하며 달려온 하시모토가 나와 시마자키 사이에 끼어들었는데, 그가 강하게 뿌리쳤다.

"내가 시험 전에 말했지? 이번에는 반의 승패로 판단하지 않을 거라고."

"페널티 부여의 정확성을 중시한다고 했었지."

"못해도 두 명, 은근히 세 명은 맞히길 기대했는데——."

"이기면 충신, 지면 역적이라잖아. 그러니까 이번에는 이 정도로 끝내자. 응?"

결과를 확인한 뒤 초조해하던 하시모토가 어떻게든 감싸주려고 했다.

"미안한데 그렇게는 안 되겠다. 지금 여기서 똑똑히 말할 생각이야."

"그럼 적어도 우리 셋이 얘기할까? 듣는 사람 많은 데서 불평불만을 얘기하는 건 별로야."

그런 새로운 제안을 거절하려고 시마자키가 주먹을 움켜쥔 직후, 교실 문이 거칠게 열렸다. 모두 그 느닷없는 소리에 시선과 말을 빼앗겼다.

"여어, 실례 좀 하자."

허락도 구하지 않고 멋대로 교실에 들어온 것은 선두가 류엔, 이어서 이시자키와 이부키 그리고 알베르트였다. 늘 보는 멤버라고도 할 수 있겠지.

"야, 갑자기 무슨——!"

난데없이 쳐들어온 험상궂은 얼굴들에 교실 입구 제일 앞자리에 앉은 시미즈가 겁먹고 뒤로 물러나면서도 용기 내 일어서려고 했는데, 거구가 바로 앞으로 다가와 류엔에게 닿지 못하게 막았다.

앉아, 하는 압박에 굴한 시미즈는 바로 다시 앉았다.

그런 광경이 입구 근처에서 펼쳐졌는데, 어쩌다 내 근처까지 와서 시마자키와의 대화를 구경했던 여학생 사와다가 류엔이 걸어오는 길을 자기도 모르게 막고 있었다. 피할 타이밍을 잃은 바람에 움직이지 못하고 그대로 굳어버리자, 류엔은 그런 사와다의 어깨를 붙잡아 억지로 길을 텄다.

"꺅?!"

작은 비명을 내지르며 비틀거리다가 그대로 책상 위로 넘어졌지만, 곧바로 손을 짚었다.

요란하게 넘어지지는 않아도 거침없는 그의 행동에 C반

전체가 얼어붙었다.

버젓이, 그것도 학교 교실에서 난투극이 일어나지 않을까 하는 분위기였다.

"우리 지금 바쁘거든? 진짜, 몸이 두 개라도 모자란다고."

주먹을 쥐고 내게 다가오려는 시마자키로부터 떨어질 수도 없었던 하시모토는 자기 몸이 하나임을 한탄했다. 믿을 만한 키토에게 도와달라는 눈빛을 보냈지만 넘어질 뻔한 사와다의 근처에 있었음에도 불구하고 한마디도 하지 않고, 움직이지 않고, 그냥 자기 자리에 앉아 이 상황을 지켜보고만 있었다.

"왜 이렇게 내 편이 없냐······."

할 수밖에 없다. 그런 결의와 함께 고군분투한 하시모토가 시마자키 그리고 류엔 사이에 가 섰다.

"승리자 인터뷰를 들어주려고 몸소 행차한 거야, 비켜."

입꼬리를 올리면서 류엔이 하시모토는 본척만척 내게 더 가까이 다가왔다.

"내가 책임질게요. 즉시 사살을."

그런 터무니없는 소리를 뒷자리의 주인이 속삭인 것 같았는데, 절대로 책임지지 않을 테니 그냥 무시하자.

"좀 봐주라, 류엔. 오늘은 바쁘다고."

"그게 뭐 어쨌는데."

"어쨌고가 아니라······ 이해해 줄 것 같지도 않지만······ 아아, 진짜 빌어먹을."

류엔이 하시모토의 바로 앞까지 다가가 사와다에게 했듯이, 길을 막고 있는 그의 어깨를 움켜쥐었다.

순간, 반격할지 말지 망설이는 듯한 하시모토였지만, 류엔은 그 어깨를 밀치고 강제로 내게 돌진했다.

하시모토가 겁을 먹었다기보다는, 아무리 그래도 먼저 주먹을 휘두르는 짓은 해선 안 된다고 판단했으리라.

"그래서? 앞으로 C반을 이끄는 건 정식으로 정해졌냐? 아야노코지."

"시마자키 말로는 승패와 상관없이 소수전 지명, 그 정확도에 따라 인정할지 말지 정한다는 모양이야. 공교롭게도 나는 네가 지명한 학생을 아무도 못 맞혔어."

다섯 명 중 0명이라는 지명 결과는 사실로서 지금도 모니터에 떠 있다.

"그거 얘기가 성가시네. 모처럼 이겼는데, 그래서 어쩐지 교실이 우중충했던 거구만. 그래도 설마 멍청이들을 늘어놓을 줄은 몰랐다, 같은 변명은 안 하겠지?"

"누가 멍청이야!"

"엥, 나랑 이부키 너잖아?"

당연하다는 듯 자신과 이부키를 번갈아 가리키는 이시자키.

"그걸 누가 몰라?! 당사자 앞에서 말하지 말라는 거지!"

"뭐야, 알고 있었네. 그리고 우리는 앞이 아니라 뒤에 있는데."

"그런 말이 아니잖아!"

이부키가 정색하고 이시자키의 엉덩이를 발로 찼는데, 류엔은 등 뒤에서 벌어지는 난리를 무시하고 말을 계속 이었다.

"그럼 이번에는 리더로 인정받지 못했다는 건가. 아쉽겠군."

하고 싶은 말을 마음껏 하는 류엔에게 밀렸던 하시모토가 재차 끼어들었다.

"네 멋대로 단정 짓지 마. 과정이 어떻든 우리는 특별시험에서 이겼어. 그러니까 시마자키와도 의논해서 앞으로의 방침을 정하던 중이었다고. 그렇지?"

부탁이니까 이 자리에서만이라도 그렇다고 인정해 주라. 그렇게 애원하는 눈빛을 보내는 하시모토.

하지만…… 시마자키는 고개를 끄덕이지 않았다.

"말했잖아, 이번 특별시험은 이기는 게 당연한 시험이라고. 필기시험은 우리 반이 잘하는 분야야. 승패는 아야노코지를 인정할 이유가 되지 않아. 상대가 지명할 학생을 다 맞힐 수 있는지, 또는 우리 패를 들키지 않는지를 따지겠다고 내가 말했을 텐데. 그리고 결과 자체는 변명의 여지가 없을 만큼 엉망이었지."

실제로 단체전 총점은 핸디캡을 가지고 있었는데도 네 반을 압도했다.

"그러니까 시마자키, 그건 말이야……"

어떻게든 해야 한다며 하시모토가 시마자키의 말을 끊
으려 했지만, 류엔이 방해했다.

"크크큭. 그렇군, 정말로 바빠 보이긴 하네. 아무래도 아
야노코지의 리더 탄생을 축하하는 자리는 당분간 없을 것
같구만."

상황을 확실하게 파악한 류엔은 만족스럽게 웃으며 등
을 돌렸다.

작게 혀를 찬 하시모토였는데, 일단은 저 방해꾼들이 빨
리 나가주기를 바라고 있으리라.

상황 확인을 다 마쳤다는 듯 돌아가려 하는 류엔을 불러
세우고 싶은 사람은 보통 없을 것이다.

단 한 사람, 나를 제외하고.

"류엔. 감각이 좀 마비된 거 아니야?"

"뭐? 감각?"

걸음을 멈추더니, 의미를 모르겠다며 고개만 돌려 뒤편
에 있는 나를 보았다.

"모르면 시마자키가 하는 얘기를 더 듣는 게 좋을걸."

류엔은 일단 웃음을 그치고 근처에 서 있는 시마자키에
게 날카로운 시선을 보냈다.

"야, 아야노코지. 그런 건 류엔이 간 다음에 해도 되잖아?"

이야기가 좋은 방향으로 흘러가리라고 생각하지 않는
하시모토가 조용히 제안했지만 나는 거절했다.

순간, 코앞에서 뱀이 노려봐 겁먹은 듯한 모습을 보인

시마자키는 숨을 한 번 토하더니 고개를 들었다.

"그럼 사양하지 않고 말하지, 아야노코지. 난 지금, 불만을 말하고 싶어서 이렇게까지 몰아붙이는 게 아니야. 솔직히 마음에 안 드는 부분이 많지만…… 그래도 일단은 너를 인정한다고 말하러 온 거다. 우리 반의 지휘봉을 잡는 것 말이야."

시마자키의 말은 거부가 아니라 인정이었다.

당연히 류엔과 하시모토는 왜 그런 말이 튀어나왔는지 이해하지 못했으리라.

"뭐? 그것참 이상한 이야기네. 이 녀석은 내 지명을 하나도 못 맞혔어. 넌 그 결과를 중시하는 것 아니었나? 게다가 아야노코지는 뻔뻔하게도 소수전에 나가 혼자 페널티를 먹었어. 그 결과는 0점. 그 바람에 귀중한 완승도 사라졌지."

아무도 못 맞히는 것도 모자라 완벽하게 들킨 최악의 전개.

그렇게 느꼈기에 옆에 서 있는 하시모토도 어떻게든 시마자키를 진정시키고 싶어 했다.

"물론 아야노코지가 소수전에 나가지 않았더라면, 우리는 완승을 거뒀을 가능성이 높지. 하지만…… 저런 결과를 보게 되면……."

쓴웃음 지으면서, 계속 떠 있는 모니터로 고개를 돌리는 시마자키.

뒤따르듯 류엔도 결과를 보았지만, 아무런 위화감도 느끼지 못했다.

C반의 6승 1패. 그것은 류엔이 일부러 갖다 바친 승리였다. 소수전에서 출전자의 정체를 아무도 못 맞히게 했고, 내가 출전한다는 것까지 간파해 모든 페널티를 부여했다. 그렇게 해서 막은 완승이다.

그야말로 스스로 머릿속에 그리고 의도한 대로 나온 결과.

하지만 실제로 봐야 하는 본질은 완전히 다르다.

"봐도 모르겠는데."

답을 요구하는 류엔에게 시마자키 대신 내가 일부만 설명했다.

"승패의 키를 쥔 소수전. 과연 상대 반에서 누굴 내보내는지 알아맞히는 것은 중요하지. 시마자키와 애들이 그걸 평가의 축으로 삼았던 건 지극히 당연했어. 하지만 대전 상대가 진지하게 시험에 임하지 않는다면, 간파하든 못하든 아무 의미도 없어. 사실 이부키와 이시자키 같은 학생이 나온다는 걸 알아차렸다고 하더라도, 페널티를 먹일 가치가 없으니까."

"핫, 뭐 보통은 그렇겠지. 하지만 이번 시험의 초점은 그 부분에 있잖아. 내가 지명한 학생을 알아맞혀야 비로소 의미가 있어. 지명을 틀려도 승리할 가능성이 높은 시험이니까 틀려도 상관없다는 식이라면, 애초부터 네놈이 리더 자리에 앉을 필요도 없이 얼마든지 자립할 수 있는 반이라는 거다."

"진짜 읽어내야 하는 건 그런 불합리한 사고 포기의 선택이 아니라 상대방의 본질, 그러니까 네가 노리는 의도 자체야. 적이 정면 승부를 거는지, 어떤 식으로 싸우는지 그리고 우리가 거기에 어떻게 맞서는지가 중요한 거야."

류엔은 나와 싸울 소중한 기회를 뻔히 알면서 날리지는 않는다.

그렇지만 학력 대결에서는 이길 가망이 별로 없다. 그렇다면 자금을 쏟아부어서라도 승리를 노리거나 아니면 단념하거나. 그런 부분들이 초점이 될 것이다. 그리고 나는 류엔이 승부를 포기하는 쪽을 선택하면서도 상대에게 타격을 주는 계책을 세울 것을 예측했다.

약한 분야를 일부러 버리는, 언뜻 보면 현명한 선택으로도 볼 수 있는 길.

진짜 승부는 1학기 4월이 아니라 더 나중, 2학기와 3학기.

그래서 내가 C반 리더가 되는 시기를 조금이라도 늦추고 싶었을 것이다.

결착을 짓는 순간은 나중이라면서, 결론을 뒤로 미루려고 했다.

그러나 그건 전부 잠재적 공포심에서 오는 수동적인 싸움 방식에 불과하다.

"시마자키. 이번 결과를 받고 넌 나라는 존재를 어떻게 느꼈어?"

"……솔직히, 상상했던 것보다 훨씬 더 굉장한 녀석이라고 생각했어. 하시모토가 의지하는 것도 이해가 가."

"뭐야?"

예상하지 못한 것을 비난하기는커녕 칭찬하는 시마자키의 말에 미간을 찌푸리는 류엔.

"생각해 봐, 류엔. 이번 필기시험, 아야노코지와 같은 학력 A인 학생도 겨우 80점 받을까 말까 했잖아? 나도 그중 하나고. 그런데 아야노코지는 한 수 위로 혼자만 만점을 받았어. 대체 무슨 소리인지 모를 어려운 문제도 몇 개나 있었는데…… 그러니 싫어도 인정할 수밖에 없잖아."

공부를 잘한다고 자부하는 학생이기에 피부로 느껴지는 것이 있다.

"논점은 그 부분이 아니잖아. 필기시험을 남들보다 잘 친 게 뭐 어쨌다는 거야."

"논점이 맞아. 결국은 내가, 우리가 알고 싶었던 건 소수전에 나오는 상대를 알아맞히느냐 못 알아맞히느냐 같은 게 아니야. 제일 알고 싶었던 건 실력이었어. 사카야나기가 자퇴하고 위기를 맞은 우리 반을 구원해 줄 남자인지 알고 싶었을 뿐이야. 그리고…… 내가 들이민 아무 의미도 없는 요구에도 전혀 당황하지 않고 반이 승리하기 위한 최고의 선택을 했다는 걸, 지금 설명을 듣고 다시 한번 느꼈어."

이 시마자키의 발언을 시작으로 류엔은 마비되었던 감각이 조금씩 녹기 시작했다.

"시험 점수가 100점이었던 것만을 말하는 게 아니야. 너처럼 위험한 녀석한테 완전히 마크당한다는 사실이 굉장해. 100점 마이너스라는 페널티를 한 사람한테 전부 먹이다니 보통은 그러지 않잖아? 많아 봐야 20점 또는 30점이면 거의 안정권인데."

내가 실력을 과시하기 위해 소수전에 나갈 것을 예측한 류엔.

프라이빗 포인트도 아끼고 리스크를 줄이는 한 수를 쓰기로 했다.

비록 반의 패배는 값싸지 않은 대가이지만, 내가 소수전에서 져서 완승을 놓친다면 C반에서 입지를 굳히기에 악영향을 미칠 거라고 봤다.

아야노코지를 확실히 못 이기게 하겠다. 아야노코지의 패배로써 완승을 멋지게 막아 주겠다.

그런 생각까지 더해지면서 최대치 100이라는 대량의 페널티를 먹였다.

이는 곧, 최대급『경계심』이 모두의 눈에 객관적으로 드러나는 일.

류엔의 예측은 옳았다.

옳았지만, 전부 다 읽힌다면 아무런 의미도 없다.

내가 패배를 전제로 소수전에 나간 것은 이 막대한 페널티 부여를 보여주기 위해서였다.

"넌 나라는 학생을 옛날에 학습해서 잘 이해하고 있어.

하지만 C반 학생들은 아직 대부분이 모르고 있었지. 이 특별시험에서 얼마나 높은 점수를 받을 수 있을지, 네가 얼마나 날 경계하는지조차도 몰랐어. 내가 선택한 건 C반의 학력 상위 다섯 명. 아주 무난하게, 바꿔 말하면 선택을 조금도 비틀지 않았지. 하지만 나는 네가 변칙적으로 학생을 뽑을 줄 예상했고, 페널티 부여권을 나한테 다 쓴다는 것도 예상했어. 그럼 나는 그 예상이 빗나갔을 때를 대비해 보험 하나만 들어놓으면 되는 거야. 카츠라기와 히요리, 카네다 같은 똑똑한 학생을 탄탄하게 마크하는 것. 그게 C반의 승률을 제일 높일 수 있는 방식이지. 그러니까 굳이 서로 기싸움 하면서 공방전을 펼칠 필요가 없어."

만약 지명하는 학생을 몇 명쯤 맞힌다고 하더라도 그걸로 정말 납득이 갔을까?

우연이겠지, 운이 좋았겠지, 하는 식으로 생각하는 사람도 나왔을 것이다.

당연하다. 던진 주사위의 숫자에 몸을 맡기는 것과 같은 전략을 완벽하게 읽어내기란 애초부터 불가능하니까.

그런 낮은 확률에 리스크를 무릅써가며 조준을 맞출 필요는 없다.

이렇게 누구도 반박할 수 없는 결과는 시마자키를 통해 반 아이들에게로 점차 전달되었다.

"류엔이, 아니 다른 학생 모두가 보는 것은 특별시험의 승패뿐. 그건 당연하겠지만, 난 또 한 가지 다른 성과를 얻는 것에도 비중을 두었어. 아야노코지 키요타카라는 학생이 보통이 아니라는 것. 우수한 결과를 낼 수 있다는 것. 그리고 류엔 같은 리더한테 철저하게 마크당하고 있다는 것. 전부 다는 아니어도 되지만, 그렇게 모두의 눈에 확실하게 보이는 걸 원했지. 모니터를 통해서 보면 개인전에서 1패 했다는 사실. 하지만 다들 내가 실력으로 졌다고 판단할 수 없어. 이 패배는 이상하게 두드러져 보이니까."

"하하, 틀림없어. 넌 확실하게 어마어마한 실력자란 걸 증명해 보였어."

가장 가까이에서 이번 특별시험을 지켜보았던 하시모토가 왠지 경직된 미소를 지었다.

만약 소수전에 나가지 않았다면 구체적으로 페널티를 얼마나 부여받았는지 주변에 알려질 일은 없었을 것이다. 그렇기에 참가하는 것에 의미가 있었다.

내 심정을 확인하려고 류엔 무리가 의기양양하게 여기 등장한 것.

그조차도 전부 내가 예상한 흐름에 포함되어 있었다.

류엔은 그야말로 대본대로 처음부터 끝까지 움직여 준 셈이다.

"류엔, 네가 바라던 전개가 되었어?"

남아 있던 모든 C반 학생들의 따가운 시선이 방해자 류엔에게 쏟아졌다.

나를 바깥으로 내몰 셈이었는데 전부 자신에게 돌아왔다.

"그런 거냐…… 훌륭하군."

류엔은 그 말을 남기고 걷기 시작해 C반을 뒤로했다.

마지막 알베르트까지 문을 닫자, 반 아이들이 환호성을 내질렀다.

공공의 적이 무참한 모습으로 퇴장하는 그 통쾌함에 기쁨을 감추지 않았다.

"이게 당신이 노렸던 결말인가요? 대체 어디서부터 계획한 거예요?"

"처음부터. 정보는 그냥 모으기만 해서 되는 게 아니야. 모았으면 잘 이용해서 일을 순조롭게 풀어나가려고 해야 해. 하시모토, 모리시타와 함께 카페에서 특별시험 이야기를 했었지. 그때 1학년 두 사람이 류엔의 지시로 대화 내용을 엿들었던 거 기억해?"

"물론. 정찰을 바로 꿰뚫어 본 거는 대단하다고 생각했어."

"하시모토와 모리시타는 소수전에서 두세 명은 알아맞히지 않으면 반에서 인정받지 못한다는 이야기를 진심으로 했었지. 그리고 그 발언은 류엔이 보낸 자객이라고도 할 수 있는 1학년들이 녹음해서 류엔의 손에 넘어갔을 거야. 그뿐만이 아니라 시마자키 일행의 상태도 감시했을걸."

그렇게 귀중한 정보를 그 남자가 활용하지 않을 리 없다.

"그걸 역이용했다는 건가. 하지만——."

"1학년 데이터가 전부 머릿속에 들어 있다고 내가 말했지만, 정말 류엔의 지시를 받은 학생이 맞는지 모리시타는 회의적이었지?"

"네, 근거가 빈약한 느낌이 들어서."

"그때 하나 밝히지 않았던 뒷얘기가 있어. 실은 개학식 날부터 특별시험 발표날 전까지, 어떤 인물한테 1학년들이 있는 곳을 바쁘게 뛰어다니도록 했거든."

"뛰어다녀? 그게 누군데."

"류엔은, 당연하지만 하시모토와 같이 C반에서 정보를 모으는 사람의 동향에 안테나를 곤두세우고 있어. 경솔하게 움직이게 했다간 의도를 쉽게 알아차리겠지. 하지만 여기 말고 다른 반에는 후배와 원활하게 소통하고 짧은 시간에 신뢰를 모으면서 정보를 자연스럽게 끌어낼 수 있는 학생이 있어."

"이치노세 호나미, 인가요."

"맞아. 그 1학년들이 류엔 반 학생한테 말 걸려서 돈 받고 협력하게 되었다는 얘기를 같은 1학년 반 아이가 들어 알고 있었지. 아직 서로 감쌀 만큼의 관계성도 없고. 하지만 원래라면 쉽게 구할 수는 없는 중요한 정보야."

"그래서 그 두 사람이 정찰하러 왔다고 바로 확신할 수 있었던 거군요."

하나하나의 요소가 얽히면서 그 정밀도가 높아진다.

"동맹에는 여러 이점이 있어. 그리고 이번에 이치노세가 A반을 이긴 것도 내 조언을 있는 그대로 받아들인 것을 승리 요인으로 들 수 있지. 손잡았기에 정보를 주고 받아들이고 실행으로 옮길 수 있어. 결과적으로 두 윗반을 쓰러트렸고 그 차이를 100포인트씩 메울 수 있었어."

감탄하는 두 사람을 앞에 두고, 친구들과 기쁨을 나누던 시마자키가 손을 내밀었다.

"아야노코지…… C반에 온 걸 환영한다."

"그래. 앞으로 잘 부탁한다."

내가 시마자키와 악수하자, 다른 아이들도 차례차례 악수를 청했다.

5

"저, 저기 류엔—— 으읍!"

교실에서 나온 뒤, 부르려고 하는 이시자키의 입을 이부키가 틀어막고는 걸음을 멈췄다.

혼자 계속 걸어가는 류엔은 그들이 선 줄도 몰랐다.

원래부터 힘든 대결이 될 것임을 류엔, 아니 반 아이들 모두 잘 알고 있었다.

약한 분야인 공부로 정면 승부를 펼치는 건 애초에 승산이 없었다.

그래서 규칙에 따른 승리와 다른 부분에서, 나중의 어드밴티지를 확보하는 쪽을 노렸다. 아야노코지에게 수모를 주고 리더 자리에 앉는 시기를 최대한 늦추는 것이다.

하지만 그 의도는 무참히 깨져버렸다. 생각을 전부 아야노코지에게 읽혔다.

완전한 헛발질. 놀아났다고 해도 되겠지.

자기 멋대로 적을 과도하게 키워서, 고도의 사고와 전략을 시험에 쓸 거라고 믿었다.

하지만 막상 뚜껑을 열어보니 아무것도 없었다.

아야노코지는 특별한 행동을 전혀 하지 않음으로써 자신의 이질감을 반, 나아가 학년 전체에 알리는 데 성공했다.

아무도 받지 못한 만점을 받고, 류엔이 최대급으로 경계하고 있다는 증거인 페널티 올인, 심지어 의기양양한 태도로 교실에 난입할 것까지 다 예측했다.

아니, 그거야말로 특별한 행동일까.

"진짜 끝까지—— 웃기는 놈이네."

결국, 아야노코지에게 행동 패턴과 심리를 다 읽혔다는 뜻.

생각에 유연성이 생겼다는 것조차 예상했다.

자기도 모르게 팔이 움직이더니 복도 벽을 힘껏 쳤다.

자신에게 고통을 주고 벌하지 않으면 감정을 주체할 수 없다고 몸이 신호를 보냈다.

반 포인트 차이는 줄어들었지만, 아직 리드하고 있다.

앞으로 학력을 겨루는 특별시험이 있지 않는 한 승산은 있다——.

아니, 정말 그럴까.

져도 다음에 이기면 된다.

또 지면 그다음에 이기면 된다.

지금까지 신조로 삼아왔던 최종 승리.

그것이 또다시 흔들리기 시작했다.

"쳇……."

자만, 과신, 오만.

그런 것들은 이미 버린 지 오래였다.

하지만 실제로는 별것 아닌 자충수로 패배하고 말았다.

"정말 나 혼자서는 이길 수가 없는 건가……."

불과 몇 주 전에 이 학교를 떠나간 사카야나기와 했던 대화가 떠올랐다.

류엔은 자기도 모르는 사이, 길고 어두운 터널에 한 발 들여놓기 시작했다.

○적과 아군

A반 패배의 책임, 그 소재는 어디에 있을까.

그런 건 처음부터 다 알고 있는 일이다.

반의 리더를 맡았으면서 아야노코지의 반 이동에 동요하는 바람에 이렇게까지 회복하지 못하고 전략 하나 세우지 못했던 나에게 있다.

만약 하나 또는 두 개. 유효한 전략을 세웠다면 승산은 충분히 있었을지도 모르는데…….

아니면 결과만 아쉬울 뿐 내용은 참패였을까.

방과 후 아무도 없는 A반 교실.

답을 내리지 못한 나는 혼자 이곳에 계속 남아 있다.

패배한 후, 드러내놓고 탓하는 사람은 아무도 없었다.

그러기는커녕 다음 기회가 있다며 다들 위로해 주었다.

하지만 스도와 다른 아이들의 그런 따뜻한 말은 대부분 내 귀에 남아 있지 않았다.

무슨 말을 들었는지 잘 기억나지 않는다, 떠올릴 수 없다.

그리고 정신을 차려 보니 그냥 의자에, 마지막으로 남을 때까지 멍하니 앉아 있었다.

저녁 어스름에 물드는 교실에서 문득 창밖을 바라보았다.

곧 해가 진다는 것을 그때 처음 인식했다.

"돌아가야 하는데……."

아무 생각 없이 일어나 문에 손을 댔다가 가방을 놓고 왔음을 깨닫고 다시 자리로 돌았다.

그리고 이제 아무도 없는 복도를 걸어 현관으로 향했다.

여기서 뭘 하는 걸까.

이런 데서, 무엇을 목표로 삼고 있는 걸까.

강한 고독을 느낀다.

어쩔 도리 없을 만큼 나는 형편없었다…….

내일이면 다시 일어설 수 있을까.

모레는 다시 앞으로 보고 걸을 수 있게 될까.

모르겠다.

아무것도 모르겠다.

계속 제자리걸음이다.

신발을 꿰어 신고 밖으로 나가 걷는다.

……돌아가자.

어쨌든 기숙사로 돌아가, 지금은 침대에 눕고 싶──.

생각이 끊기고, 눈앞이 크게 흔들렸다.

전혀 예상하지 못했던 충격.

등에 강한 충격을 느끼면서, 속수무책으로 몸이 앞으로 날아갔다.

반사적으로 손을 뻗긴 했지만, 낙법을 제대로 취하지 못

하고 땅에 미끄러졌다.

아무리 좋게 봐줘도 부드럽다고 할 수 없을 만큼 땅에 자갈이 많이 깔린 곳이었다.

가방이 굴러가고 모래바람이 일었다.

"으악……!"

뒤늦게 찾아오는 더 심한 통증. 몸을 지켜준 손과 무릎에 특히 자극이 심했다.

"뭐야……?!"

나중에야 내가 발에 걸어차였다는 황당한 사실을 겨우 알아차렸다.

그리고 범인이 누구인지 확인해야 한다는 생각이 곧바로 들었다.

"정신 어디 팔고 다녀, 호리키타. 발차기도 못 피하고."

찬 것에 대한 미안함 따위는 1%도 담겨 있지 않은 목소리.

팔짱 끼고 나를 내려다보면서 코웃음 친 사람은 이부키였다.

"너, 이게 뭐 하는 짓이야…… 제정신이 아니구나."

무방비 상태인 사람한테 진지하게 발차기를 날리면 어떻게 되는지 몰라?

그런 주의와 분노를 보내기도 전에 이부키가 모멸적인 눈빛으로 나를 내려다보았다.

"네 얼빠진 얼굴이 자꾸 눈에 거슬린다고. 보는 나까지 짜증 난단 말이야."

"네 멋대로…… 그럼, 나를 안 보면 되잖아."

이렇게 힘든 나날이 계속되고 있는데, 더구나 뼈아픈 패배까지 맛본 직후에 영문도 모르게 이런 야만인한테 왜 걸어차여야 한단 말인가.

진짜 엎친 데 덮친 격.

나는 손바닥에 조금씩 배어 나오는 피를 보며 한숨을 푹 내쉬었다.

"또 이런다. 그런 나약한 태도가 자꾸 눈에 들어오니까 참을 수가 없잖아. 발로 뻥 차는 선에서 그쳐주는 걸 고맙게 생각해야 할 정도라고."

"무슨 말인지, 모르겠어."

이럴 때는 이부키까지 상대하고 싶지 않다.

나는 흙을 털고 일어나, 떨어진 가방을 주웠다.

다행히 무릎은 깨지지 않은 듯했다.

"흠. 반격도 안 한다고? 뭐, 반격해도 카운터를 꽂을 거지만."

"그런 짓 할 리 없잖아……? 그리고 나는…… 그런……."

이런 순간조차도 머릿속에 떠오르는 것은 아야노코지의 모습이었다.

"우왓, 방금 또 아야노코지 생각했지?"

"……그러면 뭐? 너랑 무슨 상관이야."

"얘나 쟤나 하나같이 아야노코지, 아야노코지. 재수 없는 애가 반에서 사라져서 다행이라고 기뻐하지 않고?"

"조금, 아니 많이 모자라는 애라고 생각하고는 있었지만 정말 바보구나. 그 애가 없어져서 기쁠 리가 없잖아."

"나라면 좋아서 폴짝폴짝 뛸 텐데. 놈의 얼굴을 보면 얼마나 열받는지 모른다고⋯⋯. 아~ 떠올리기만 해도 열받네. 모처럼 한 방 먹일 수 있나 했더니, 류엔 녀석. 오히려 우리 반만 창피당했잖아."

정말로 짜증이 나는 건지 땅을 발로 차는 이부키.

"대체 왜 이러는 거야⋯⋯."

그렇게 중얼거리다가 오늘의 시험 결과를 떠올렸다.

아야노코지는 류엔 반을 순조롭게 이겼지⋯⋯.

그것도 평소와는 다르게 임팩트를 남기고, 화려한 방식으로.

그런 시험 결과조차도 조금 전까지, 나와 아무 상관 없는 먼 사건처럼 느끼고 있었다.

"이대로 계속 정신줄 놓고 있을 거면 민폐니까 너와는 여기까지인 걸로 할게. 앞으로 두 번 다시는 나한테 상관하지 마, 아니 아예 내 눈에 띄지도 마."

"너한테 한 번도 민폐 끼친 적 없는 것 같은데, 그리고 애초에 단절할 만큼의 사이는 처음부터 아니었던 것 같은데."

오히려 돈에 쪼들리는 이 애를 도와주려고 내 돈과 수고와 시간을 크게 할애한 쪽은 나인데.

고마워한다면 모를까 비난받을 일을 한 기억은 없다.

"아, 그래? 그럼 잘 있어라."

발로 걷어차고 하고 싶은 말도 다 해서 속이 시원해졌는
지 이부키는 이만 가버렸다.

나는 그 자리에 웅크리고 앉아 아직 등에 남아 있는 통
증을 느끼며 눈을 감았다.

"왜 이런 일만 자꾸……."

이제 막 시작한 3학년 학교생활.

A반 문패를 처음 올려다보았던 순간이 유일한 기쁨이
었다.

괴롭다.

누가…….

나 좀 도와줘…….

아야노코지——.

"……괜찮아?"

고개를 푹 숙이고 웅크린 나에게 누군가 말을 걸었다.

"완전 세게 등 맞던데 어디 다친 데는 없어? 선생님 부
르는 게 나을까?"

처음부터 끝까지 다 봤는지 걱정스럽게 나를 보고 있는
사람은 카루이자와였다.

교복 차림인 것을 보아 이 시간까지 하교하지 않고 있었
던 모양이다.

"아무렇지도 않아……. 겨우 통증이 가셨어. 그 애, 진짜
상식이라고는 없다니까……."

내밀어 준 손을 잡으려다가 손바닥에 피와 흙이 묻어 있는 것을 떠올리고는 다시 빼려고 했다. 하지만 카루이자와가 먼저 손목을 부드럽게 붙잡고 일으켜 주었다.

그런 다음 가지고 있던 손수건으로 교복에 묻은 흙을 털어주었다.

사양할 기운도 없었던 나는 몸을 내맡기고, 열심히 도와주는 그녀를 응시했다.

"미안하고 고마워. 이상한 모습을 보여 버렸네……. 대화 내용 혹시 들었니?"

"아니……. 벤치에 앉아 있었는데, 호리키타랑 이부키가 얘기하는 게 보여서."

그렇게 말하고는 하굣길 방향에 있는 벤치를 손가락으로 가리켰다.

원래라면 알아차렸어도 이상하지 않은데, 내 눈에는 카루이자와가 비치지 않았었다.

이러니 이부키의 기척을 못 알아차린 것도 당연하네.

그녀는 내 가방을 주워 든 후 벤치에 가서 앉자고 말해주었다.

센 척하긴 했지만, 아직 꽤 아팠기 때문에 그 말에 따랐다.

"미안해. 손수건. 더러워졌지?"

"괜찮아. 어차피 더러워졌을 때 쓰려고 있는 건데 뭐."

"지금은 정말 답이 안 나오네……."

한숨을 내쉰 나는 눈을 감았다.

한심하기 짝이 없는 내 모습을 보여주고 만다.

"오늘 시험도 미안해. 나 때문에 반이 졌어."

"호리키타 때문은 아닌 것 같은데. 우리가 좀 더 점수를 잘 받았으면 단체전에서도 이겼을 거고."

"……그래도 역시 내 책임이야."

앞으로는 정말로 정신 똑바로 차려야 한다…….

카루이자와까지 이렇게 걱정하고 있잖아.

"왠지 의외야."

옆에 앉은 카루이자와가 그렇게 말했다.

"……의외?"

"내가 생각하는 호리키타는 늘, 더 대단하고 야무진 이미지였거든."

"그렇지 않아. 나 따위는……."

부정하려고 했는데 이내 목소리가 나오지 않았다.

왜냐하면 그 부정이 거짓말이었으니까.

"……아니지. 나도 내가 야무진 사람이라고 생각했어. 그런데 아니었어. 야무졌던 건 내가 아니라……."

무릎 위에 올려둔 손을 움켜쥐었다.

다친 손바닥이 따끔거렸다.

"아야노코지가 우리 반에 있었기 때문에 그냥 똑바로 서 있을 수 있었던 것뿐이라는 걸 깨달았어."

단지 도움받고 있었다. 도움받고 있었을 뿐인데 그게 내 능력인 줄 알았다.

"약한 인간이야, 나는. 그러니까 비웃어도 돼."

위로받는 것보다는 그게 지금의 나에게는 따끔하게 혼날 수 있어서 좋다.

"안 비웃어. 약한 건 나도 마찬가지니까."

그런데 그녀는 나를 비난하려고 하지 않았다.

"아니야. 넌 입학했을 때부터 한결같은 신념이 있었잖아. 네가 쓴 모든 방법을 칭찬할 수 있을지 없을지는 둘째 치더라도 말이야."

바로 동성 친구들과 허물없이 지내면서 순식간에 반에 친구를 만들었다.

악평도 조금 있긴 했지만, 그래도 무리의 중심에 있었던 것은 틀림없으리라.

나로서는 그런 부분을 흉내 내고 싶어도 절대 불가능하다.

카루이자와의 입장에서는 아야노코지가 반을 이동하는 편이 나았을까…….

찬 쪽으로서 역시 반에서 나가줘서 다행이었다고 느끼고 있을까.

하지만 그날 이후로 카루이자와에게서도 미소는 사라진 느낌이다.

그건 단순히 앞으로 반의 향방에 불안을 느끼니까?

"너한테 아야노코지는 어떤 사람이었어……?"

깊게 물으면 안 된다고 느끼면서도 입에서 저절로 그런 말이 튀어나왔다.

"어떤 사람, 이라. 음…… 한마디로 표현하기는 어려운데……."

기억을 떠올리듯 저녁놀에 물든 하늘을 올려다본 카루이자와.

"나한테는 없어서는 안 되는 사람. 소중한 사람…… 정말 좋아하는 사람……."

그 옆얼굴과 말은 아무리 봐도 아야노코지를 찬 사람으로 보이지 않았다.

"……그 애가 먼저? 설마……."

"──너는……."

나란 사람은 얼마나 얕고 어리석은가…….

나의 고통은 카루이자와에게 비할 바가 못 되었다.

그걸 이 자리에서야 겨우 이해할 수 있었다.

"앞으로 나아갈 수가 없지. 힘든 일이 여러 가지로 겹쳐버려서."

"……정말, 정말로 그래……."

줄곧 가슴 속 깊이 걸려 있던 것이 카루이자와의 앞에서 점점 사라졌다.

흐릿하던 나의 시야가 조금씩 맑아지는 것을 느꼈다.

"아야……. 진짜 그 애 때문에 난감하다니까. 아무리 생각해도 단순한 폭력이잖아, 이건."

조금 진정하자 손바닥 통증이 다시 살아났다.

"그럴지도. 하지만…… 이부키 나름대로 호리키타를 걱

정해서 그랬던 게 아닐까?"

"그 애가? 그럴 리가."

"나 오늘 계속 이 벤치에 앉아 있었는데, 이부키가 이 근처에서 어슬렁거리면서 돌아가지 않더라. 누가 오길 기다렸던 느낌?"

"다른 사람 기다렸겠지, 분명."

만약 이부키한테까지 걱정 끼쳤다면 그건 정말로 중병이었다는 얘기다.

아, 아니지. 그 애의 진짜 의도는 차치하고 내가 심각한 상태였던 것은 틀림없는 사실이다.

"있지, 호리키타. 촌스러운 질문 하나만 해도 돼?"

"촌스러운? 뭔데?"

"혹시 호리키타도…… 아야노코지를 좋아했어?"

"뭐――?"

나를 응시하는 카루이자와의 눈을 보니 농담은 아닌 듯했다.

진심이 담긴 눈빛.

"무, 무슨 그런 바보 같은 소리를."

내가 그 애를 좋아했다니…… 그럴 리가 있냐고…….

그렇게 생각하면서도 봄방학 때의 기억이 자연스레 되살아났다.

그때 느꼈던 가슴 두근거림.

말로 표현할 수 없이 좋으면서 동시에 창피했던 느낌.

지금까지 경험해 본 적 없는 감정.

"그랬을 리, 없잖아——."

그렇게 간신히 쥐어 짜내는 것이 최선이었다.

"나는 누군가를, 가족 말고 다른 사람을 좋아해 본 경험이 이제껏 한 번도 없는걸……."

"하지만 바로 대답 못 한 게 그 답이 아닐까? 만약 조금이라도 좋아한 게 아니라면 제일 먼저 부정하는 사람이 호리키타 아니야? 그 애와는 단순히 비즈니스 파트너였거든, 같은? ……이런 비유가 맞는지는 모르겠지만."

그렇게 말한 카루이자와는 화내지 않고 오히려 작게 웃었다.

슬픔과 분노가 나 따위와는 비교도 안 될 텐데.

"너는…… 생각했던 것보다 훨씬 좋은 사람이구나."

"와, 그걸 이제 알았어?"

"응. 좀 더 비호감인 애인 줄 알았는데."

"나한테 실례잖아~."

자조한 카루이자와가 다시 말을 이었다.

"정말로 나는 꼴 보기 싫은 학생이었던 것 같아. 오만하고 제멋대로에, 남한테 빌린 돈도 갚을 필요 없다고—— 내 마음대로 하겠다고 생각했었으니까. 적어도 입학 직후의 나는 그랬어."

"아, 미안해. 아까 내가 괜히 뭐라고 하는 바람에…… 칭찬받을 만했는지 모르겠다고 했던 거 말이야."

"아니야. 그게 사실인데 어쩌겠어. 나도 그런 내가 싫었고. 변한 지금이니까 할 수 있는 말이기도 하지만."

"……어떻게 변할 수 있었어?"

"키요타카가—— 아아, 아니다, 아야노코지가…… 나를 어둠 속에서 구원해줬기 때문이야."

"어둠……?"

카루이자와는 나를 보며 어딘지 공허한 표정을 지었다.

"마야쨩도 모르는 아야노코지와의 비밀, 호리키타한테만 알려줄게."

내 손을 살짝 잡는 카루이자와.

그 손은 차가웠지만, 왠지 무척 마음이 놓이는 묘한 온기가 있었다.

아팠던 손이 그때만은 통증을 잊었다.

그리고 그녀가 들려준 것은 카루이자와 케이라는 여자가 걸어온 인생.

상상도 하지 못했던 과거.

중학교 시절에 당한 학교 폭력. 인생을 바꾸려고 입학한 이 학교에서, 미움받을 각오로 카스트 상위에 오르기로 결심했던 일. 히라타와의 가짜 연애.

그리고—— 그 사실을 안 일부 학생으로 인한 새로운 학교 폭력의 불씨가 생겼다가 아야노코지의 개입으로 사라진 일. 그것은 짜놓은 각본이기도 했다는 사실.

1학년 때의 사건. 옥상에서 벌어진 류엔과의 다툼. 이 일은 여름에 이부키한테 들어서 이미 알고 있긴 했지만, 그녀의 기억력은 도통 믿을 수 없다고 할까 상세한 내막까지는 정확하지 않고 군데군데 공백이 있었다. 카루이자와가 류엔에게 심하게 괴롭힘당한 건 알았지만, 그 배경까지는 몰랐다.

그것이 그녀의 기억과 맞물리면서 전부 채워졌다.

나는 나도 모르게 뺨을 타고 흘러내리는 한줄기 눈물을 알아차렸다.

그녀의 처절한 과거에 동정한 부분도 있었다.

강해지기 위해, 비호감인 사람을 연기하는 것이 얼마나 힘들고 험난한 길인가.

하지만 눈물이 났던 것은 그 이유 때문이 아니다.

그때, 이부키에게 들었을 때 좀 더 깊이 이해했어야 했다.

"나는…… 그 애한테 아무것도 들은 게 없구나……."

계속 옆에 있었는데.

곁에서 그에 대해 잘 알고 있다고 생각했었다.

그런데 아니었다.

어쩌면 나는 그 누구보다도 그 애를 몰랐던 건지도 모른다.

내게 보여주었던 건 늘 등뿐.

절대 뒤돌아보지도, 기다리지도 않았다고.

"——한심하네."

나 자신이 한심하다.

제일 무관했던 내가 그 누구보다도 상처받고 우울해하고 내가 피해자라고만 생각했었다.

"한심해, 내가……."

"나도 똑같아."

그렇게 말하며 웃는 카루이자와.

그 자연스러운 미소를 보고 나도 저절로 표정이 풀어졌다.

"오랜만에 제대로 웃어보는 것 같아."

"나도."

나와 카루이자와.

접점 따위는 생기지 않을 줄 알았다.

하지만 지금, 반에서 그 누구보다도 잘 연결되어 있다는 느낌이 든다.

그녀의 손을 붙잡았다.

그러자 카루이자와도 속에 쌓아두었던 감정이 터져 나왔는지 모르겠다.

뺨 위에 반짝 빛나는 눈물.

"너나 나나, 너무너무 어려운 사람이랑 얽혀버렸다."

"맞아, 정말 그래…… 정말로 그래."

분명 그에게 깊이 관여하지 않는 편이 좋다.

지금 확실하게 이해한 느낌이 들었다.

하지만——.

여기서 물러설 수는 없다.

"이렇게 된 이상 오기로라도 그 애가 우리를 보게 만들 수밖에 없어. 그리고 난 반드시 다 함께 A반으로 졸업할 거야. 약속해."

쉽지는 않겠지.

그가 적으로 돌아선 이상, A반 졸업은 과거에 전례가 없을 만큼 힘들어졌다.

그래도 더는 멈출 수 없다.

"역시 강하구나, 호리키타."

"그렇지 않아. 나는 약한 인간이야. 그래도 혼자가 아니라는 걸 깨달았어."

내 편이 있어 준다면 그것도 불가능은 아닐 것이다.

"좋았어…… 그러면 나도…… 슬슬 정신을 다잡아야겠어."

눈물을 닦고 쭉 기지개를 켠 후 벤치에서 일어나는 카루이자와.

그러더니 다시 웃으면서 뒤돌아보았다.

"같이 후회하게 만들어 주자. 우리 반에서 나간 거."

"그래―― 꼭 후회하게 만들어 주자."

이제야 겨우 한 발 내디딘다.

현실과 마음, 그 양쪽으로.

1

특별시험은 C반과 D반의 승리로 무사히 끝났다.

그 후 시마자키 무리와 케야키 몰에서 조촐한 환영회를 열어 승리를 축하받고 돌아오는 길. 해가 이미 저물고 있었기에 머지않아 밤이 찾아올 황혼 무렵.

반 아이들을 먼저 돌려보낸 나는 돌아서 가려고 기숙사로 향하는 길에서 벗어났다.

그리고 하늘을 올려다보면서 앞날에 대해 생각했다.

학교에서 다음 특별시험이 발표될 때까지 적어도 몇 주 넘게 비겠지.

원래라면 이 공백 기간에 학생들은 충전도 겸해 평범한 학생으로 생활한다.

그러나 하루하루는 틀림없이 흘러가고 있고, 남은 시간은 계속 줄어든다.

3학년쯤 되면 진로 문제도 늘 따라다닌다.

아직 4월이 아니라 벌써 4월, 쫓아갈 반에 쉴 여유는 없다.

그래서 지금 쓸 수 있는 수를 써둬야 한다.

온갖 가능성을 고려해 미리 준비해 둘 필요가 있다.

재난에 대비해 비상식량과 생존키트 등을 마련하는 것처럼 말이다.

쓰지 않고 끝난다면 그보다 더 좋은 일은 없겠지.

저물녘. 내 호출을 받은 A반 학생 쿠시다가 난간에 손을 얹은 채 내가 오기만을 혼자 조용히 기다리고 있었다.

"왜 이런 데를 약속 장소로 정했어?"

다가가면서 내가 묻자, 쿠시다는 뒤돌아보지도 않고 대답했다.

"입학하고 얼마 안 됐을 때, 뜻하지 않게 아야노코지한테 이것저것 보이고 말았었지."

질문에 대한 답은 얼렁뚱땅 넘어갔지만, 딱히 더 캐물을 일도 아니니 그냥 넘어간다.

"그런 일도 있었지."

우연히 같은 중학교였던 호리키타와 재회한 쿠시다는 과도하게 받은 스트레스를 계속 쌓아두고 있었다. 좀 더 온화한 성격인 줄 알았던 반 아이들도 본성을 알고 진심으로 놀랐으리라.

당시 쿠시다는 입막음하려고 순간적으로 자기 몸을 이용하는 것도 서슴지 않았다.

불과 2년 전의 일인데 아주 먼 옛날처럼 느껴지니 참 신기하다.

"일종의 사고였지만, 협박받았을 때는 정말 어떻게 해야 할지 몰라서 불안했다고."

"글쎄. 그때부터 나를 함정에 빠트리려는 생각을 늘 염두에 두고 있겠지?"

"그럴 생각은 전혀 없었어. 정말이야."

그렇게 대답했지만, 순간 나를 본 쿠시다는 전혀 믿지 않는 눈치였다.

입학 초기의 나는 아직 모르는 게 너무 많았다.

또래들의 여러 사정에 관한 것이 가장 대표적이겠지.

화이트 룸에서는 동갑 아이들이 하나둘 탈락해 사라져 갔다.

혼자뿐인 환경에 오랜 기간 놓였었다.

내 또래 이성과 가까워지는 일은 화이트 룸에서 나와 입학하기 전까지 단 한 번도 없었으니까.

아니…….

입학 전에 딱 한 번, 화이트 룸에서 탈출한 소녀와 만났던 적은 있었던가.

뇌가 필요 없다고 느꼈는지 그 소녀에 관한 기억은 거의 사라지고 없었다.

원래라면 필요 없는 과거, 어린 시절의 모습을 순간 문득 떠올려 본다.

그 소녀의 이름이 뭐였는지.

무슨 대화를 나누었는지.

또는 대화 같은 것은 하지 않았는지.

99%는 떠올릴 수 없었다.

학습에 뇌의 자원을 전부 바친 폐해라고도 말할 수 있을지 모른다.

만약 화이트 룸 밖으로 나가지 않았더라면 기울이지 않았을 의식.

이 학교에서 다양한 인간군상을 학습한 탓인지, 조금은 과거에 흥미가 생긴다.

그 소녀는, 그리고 다른 사람들은 지금 무엇을 하고 있을까. 어떻게 지내고 있을까.

일부는 야가미처럼 재교육에 들어갔다거나, 그럴 가능성도 있을까.

"나를 부른 이유는?"

과거를 회상하느라 계속 입을 닫고 있어서인지 쿠시다가 그렇게 재촉했다.

"반이 좀 어떤지 궁금해서. 조금 걱정되네."

"정말? 그런 게 궁금할 정도면 반을 안 바꿨겠지."

"하긴."

"본론이 따로 있지?"

나는 쿠시다의 옆에 나란히 선 다음, 눈치 빠른 쿠시다에게 본론을 꺼내기로 했다.

"A반과의 차이를 좁히려면 앞으로 내통자가 있는 게 여러 가지로 수월하지."

"뭐? 설마 나더러 반을 배신하라고?"

"그 설마가 맞아. 상응하는 결과를 내주면 프라이빗 포인트를 줄게."

내가 인정하자 쿠시다가 피식 웃는 것 같았다.

"그 프라이빗 포인트 거래 때문에 내가 얼마나 크게 당했는데. 그런 내가 적이 된 아야노코지한테 협력할 것 같아?"

쿠시다는 내내 나를 쳐다보지 않고, 그렇게 말하면서 거부 의사를 밝혔다.

"협력하지 않는 거야 당연히 자유지만, 그럼 비밀 보장은 못 해 줘."

이미 A반에는 들통나고 만 본성.

하지만 다른 반까지는 아직 그리 퍼지지 않았다.

"그게 협박이 된다고 생각해? 천하의 류엔마저 알고 있는 사실인데?"

"그 류엔이니까 말이야. 쿠시다의 나쁜 소문을 퍼트리고 다녀봐야 신빙성이 부족하지."

앞으로 쿠시다의 이중성을 류엔이 막 말하고 다닌다고 해도 자기는 모르는 일이라며 딱 잡아뗄 수 있다. A반 학생들도 굳이 류엔 편을 들지는 않을 테고.

"그럼 아야노코지도 비슷하지 않아? 멋대로 반을 옮겼으니까 폭로해도 믿어준다는 보장이 전혀 없지."

"하기에 따라 다르지."

"……자신 있다, 그 말이야?"

"부정은 안 할게."

내 대답에 놀라지도 않고, 다 예상했다는 듯이 쿠시다가 눈을 가늘게 떴다.

풍경을 바라보는 그 눈은 달리 무엇을 비추고 있을까.

"내 힘 같은 거 없어도 얼빠진 호리키타의 반 따위 얼마든지 때려 부술 수 있잖아."

"그렇게 만만하게 볼 일이 아니야. 조만간 호리키타는 틀림없이 재기할 테니까."

"호오. 의외로 그 애를 높이 평가하네?"

호리키타 혼자는 어려울지 몰라도 반 아이들의 힘이 있으면 이야기는 달라진다.

늦든 빠르든 C반과 D반 앞에 큰 걸림돌이 되어 가로막을 것이다.

"그리고 앞으로 퇴학자를 강제로 만들 필요가 생긴다면, 이야기도 달라지니까."

그렇게 말하자 쿠시다는 진의를 확인하기 위해 처음으로 나를 쳐다보았다.

"퇴학자를 만든다……. 우리 반에서?"

"특별히 피할 이유가 떠오르지 않는데."

쿠시다의 정보를 바탕으로 A반에서 퇴학자를 낸다.

그 말을 들으면 떠오르는 생각은 한 가지.

"그거 말이야, 리스크가 너무 큰걸? 푼돈 좀 받고 억지로 반의 발목을 잡는다고 해도 내가 A반으로 졸업 못 하면 아무 의미 없잖아. 만에 하나라도 아야노코지와 연결되어 있다는 게 알려지면 입지도 완전히 잃고."

"그럼 반을 이동할 수 있을 만큼의 프라이빗 포인트를 남은 1년 동안 모을 수밖에 없지."

"어디까지가 진심으로 하는 말인지 모르겠네."

겉으로만 회의적일 뿐. 내 말에서 뭐가 진실인지 알아내려고도 하지 않았다.

애초부터 거짓말이라고 단정 짓고 있을까, 아니면 다른

이유가 있는 걸까.

또 내가 진의를 읽어내지 못하도록 얼버무리고 있다.

자신의 감정이 어떤 위치에 머물러 있는지 알려주고 싶지 않은 듯하다.

"딱히 지금 당장 대답해 달라고는 말하지 않을게. 배신 제안을 받았다는 걸 호리키타나 다른 사람한테 말하는 것도 네 자유야. 스마트폰 녹음을 하고 있다면 뿌리든지 말든지 마음대로 하고. 그건 그것대로 호리키타 반의 결속으로 이어질 테니까."

"이건 또 무슨 소리래? 그럼 아야노코지는 뭐가 하고 싶은 건데? A반을 끌어내리고 싶잖아?"

"유감이지만 내가 하고 싶은 일은 하나뿐이야."

자세한 설명은 피했지만, 쿠시다도 더 캐물을 생각은 없어 보였다.

"잘 모르겠지만, 네가 독단적으로 밀어붙일 건 틀림없어 보이네. 특별시험에서도 아주 화려하게 혼자만 만점을 받았고, 이젠 감출 생각이 없나 봐?"

"바로 그거야."

나는 오늘 여기서 전해야 할 말을 다 전했으니, 이것으로 충분하다고 판단했다.

쿠시다의 대답은 다음에 다시 들으면 되겠지.

"······이번에 이치노세 반에 조언해 줬니? 세 명 맞혔던데."

"살짝만. 호리키타의 정신 상태를 생각하면 높은 확률로 히라타가 중심이 되어 움직일 거라고. 유키무라는 페널티를 조금 받더라도 자신이라면 이길 확률이 높다고 말했을 거라고. 그에 따라 왕 메이유이가 히라타의 기대에 부응하려고 동조할 거라고. 리더로 눈에 띄는 호리키타는 쉬게 한다는 의미까지 포함해서 이번에 나오지 않을 거라고. 공부 분야에는 비교적 진지하게 임하는 코엔지를 내보내면 허점을 찌를 수 있다고 생각할 가능성이 있다고. 뭐, 그런 식이었지."

"예상이 빗나가면 책임을 떠넘길 수도 있었는데, 무섭지는 않았어?"

"그야 어차피 다 짐작 범위 내에 있을 뿐이지, 절대적인 보장은 불가능한 법이니까. 그래도 아무 생각 없이 다섯 명을 고를 바에는, 도박을 걸어볼 가치가 충분하지 않나?"

예측의 이면에는 히라타가 누구를 소집해서 작전을 세웠는지 등, 내 능력뿐 아니라 이치노세가 직접 움직여서 모은 정보도 확실히 들어 있었다는 것을 잊어서는 안 된다.

그렇기에 이치노세도 그 조언을 받아들일 수 있었다.

어느 한쪽만 일방적으로 의지하는 것만으로는 성립할 수 없는 관계성.

내 스마트폰이 진동해서 꺼내 화면을 확인했다.

"누구야?"

"하시모토. 기숙사에서 환영회를 계속 이어가자고 하네."

"이번 특별시험에서 결과도 냈고, C반에도 확실하게 인정받았구나."

"그런 참이야."

"저기."

이만 가려고 등을 돌렸을 때, 쿠시다가 다시 불렀다.

"왜?"

"정말로 프라이빗 포인트, 줄 거야?"

"당연하지. 배신하기 전에 금액도 말해줄게. 납득이 안 가면 언제든 거절하면 그만이야. 단, 지금 당장은 그럴 필요 없어. 나도 반도 주머니 사정이 많이 안 좋아서."

쿠시다가 만족할 만큼의 금액은 아쉽게도 당장 마련할 수 없다.

"잠깐 고민 좀 할게."

"그렇게 해. 딱히 마감 기한도 정하지 않았어."

몇 발짝 걸어갔다가, 등 뒤에서 지켜보는 듯한 느낌이 들어 뒤돌아보았다.

쿠시다가 난간을 쥔 채 나를 응시하고 있었다.

"나 말이야— 본의는 아니지만 나름대로 아야노코지를 높이 평가하고 있어."

그 말에 대답하기도 전에 쿠시다가 눈을 피했다.

"그것뿐이야. 일단은 알려주고 싶어서."

"그렇구나. 그럼 또 보자."

의미심장한 말투였지만 지금은 굳이 신경 쓸 필요도 없다.

이제 남은 것은 쿠시다가 자기 처지를 우선할지, 아니면 반을 우선할지다.

선택지와 함께 장차 기다리고 있을 즐거움도 하나 더 늘어났다고 말할 수 있겠다.

○앞에서 기다리는 것

쿠시다와의 접선 그리고 환영회가 끝난 다음 날 방과 후.

빨리 정리하고 싶은 반 내부 문제가 한 가지 남아 있어서 조만간 한 인물을 포함해 대응하려고 생각 중이었는데, 뜻밖에도 그가 먼저 내게 말을 걸었다.

당장 만나고 싶다며 뜨거운 러브콜을 보내왔기에 응하려고 교실을 빠져나왔다.

복도에는 하교할 채비를 마친 학생들이 속속 보이기 시작하고 있었다.

예전에 같은 반이었던 혼도와 오키야와 타이밍이 겹쳤지만, 그들이 자연스레 시선을 피했다. 그런 모습은 반 이동뿐만 아니라 이번 시험 결과에 따른 반응도 포함된 듯했다. 조금씩 나에 대한 인상이 바뀌기 시작하는 듯하다.

그 두 사람을 아랑곳하지 않고, 나는 현관으로 나가 그대로 교정을 빠져나왔다.

그리고 곧장 기숙사로 돌아가기로 했다.

"아──."

가던 도중에 이리로 걸어오는 우토미야와 츠바키를 발견했다.

"……안녕하세요."

성가시다는 태도를 숨기려고도 하지 않고 고개를 까딱

하며 인사하는 우토미야.

"이 두 조합은 오랜만에 보는 느낌이네."

"24시간 같이 있는 건 아니라서요."

담담하게 대답하는 츠바키.

특별히 할 말은 없었기에 걸음을 멈추지 않고 스쳐 지나가려고 했다.

"소문이 돌던데요. 반 이동."

츠바키는 크게 관심 없어 보였지만, 일상 이야기 수준으로 그렇게 말하며 나를 쳐다보았다.

"모처럼 A반으로 올라갔는데 다시 C반으로 내려오다니, 정상이 아니야."

"뭐, 선배가 정상이 아니라는 거겠죠. 안 그런가?"

"그럴지도 모르지."

츠바키와는 합숙 때 아침 일찍 우연히 마주쳐, 서서 이야기를 나누었던 게 마지막이었던가.

졸업하면 누구를 만나고 싶은지, 하는 대화였다.

결국 도중에 호리키타와 이부키가 일어나 이야기가 끊기면서 마무리 짓지 못한 상태로 헤어지게 됐지만 그 이후로는 대화할 기회가 없었다.

다만 이렇게 만났다고 해서 그 이야기를 다시 꺼내기도 그렇고, 그렇게까지 중요하지는 않겠지.

"저희는 갈 데가 있어서 이만."

"그래."

나도 약속이 있어서, 너무 오래 서서 대화할 수는 없었다.

각자 걸음을 옮겨 스쳐 지나간다.

그 순간, 곁눈질로 나를 빤히 쳐다보는 츠바키.

무슨 하고 싶은 말이 있는 듯한 츠바키와 엇갈린 후 나는 어딘지 익숙하면서 그리운 느낌을 받았다.

"츠바키 사쿠라코——인가."

잊고 있던 기억.

필요 없는 기억.

하지만 인간이란 참으로 신기한 생물.

기억하지 않으려고 해도 의외로 다시 떠올릴 수 있군.

"왜 그러시죠? 갑자기 그렇게 풀네임으로 부르니까 무서운데요."

내 목소리를 들었는지, 걸음을 멈추고 뒤돌아본 츠바키는 살짝 불만스러운 얼굴이었다.

무섭다니 말이 지나친 느낌도 들지만, 과연 풀네임으로 부르면 마음에 걸려도 무리는 아니다.

지금이야 개의치 않게 되었지만, 나도 처음에 모리시타가 그렇게 부를 때 위화감만 들었었다.

"합숙 때 대화했던 게 생각나서."

"아하. 대화 내용도 기억하세요? 선배한테는 아무래도 상관없는 내용이었을 텐데."

"저 사람이랑 무슨 얘기를 했어?"

"아, 우토미야 군이랑은 별로 상관없어요."

따끔한 대답에 우토미야가 심기 불편한 투로 시선을 피했다.

"그때는 이야기 도중에 끊겼으니까."

"뭐, 그러긴 했죠. 선배한테는 중요한 이야기가 아니니까 딱히——."

"얼마 전에 갑자기 가족 말고 만나고 싶은 사람이 생겼어. 아마도 합숙 때 츠바키가 해 준 이야기 덕분이겠지. 그래서 일단 고맙다고 말해주려고."

"……가족 이외에? 누군데요?"

이런 보고를 장황하게 늘어놔 봐야 츠바키는 곤란하기만 할 뿐. 그렇게 생각했지만 무슨 영문인지 되물어왔다.

"뭐라고 말하는 게 좋을까. 제일 비슷하게 표현하자면 아마도 어린 시절의 친구……겠지."

그렇다. 나는 다시금 떠올렸다.

대부분 이름도 잊어버리고 만, 화이트 룸에서 함께 배웠던 또래 아이들.

거기 있었던 한 소녀.

이름은, 유키.

그런 이름이었다. 확신은 없지만, 유키츠바키*가 떠오르기도 하고 츠바키와 어딘지 분위기가 비슷해서 떠올랐는

---

*동백나무의 한 품종.

지도 모른다.

　그것이 어렴풋한 기억을 불러일으킨, 우연한 트리거였을 것 같다고 가설을 세운다.

　아니── 이게 정말 단순한 우연일까?

『선배는 눈, 좋아해요?』

　합숙 때 츠바키가 물어보았던 말. 그때는 아무런 위화감도 없었지만, 지금은 다르다.

　"──만나면 어떻게 할 건데요?"

　더는 흥미를 잃었을 텐데도 츠바키가 계속 물었다.

　"실제로 만나겠다는 건 아니야. 그냥 갑자기 옛날 생각이 나서 만나보고 싶다고 생각했을 뿐이지."

　옛날과 지금. 만나면 뭔가가 달라 보일 것 같은 기분이었다.

　하지만 만나지 않는 게 좋겠지.

　어디까지나 달라 보일 것 같다는 기분만 들 뿐.

　분명 본질은 다르지 않을 것이다.

　새롭게 품을 감정은── 아무것도 없을 테니까.

　그 소녀와 츠바키가 무슨 연관이 있든 없든, 역시 그것도 아무 의미 없고 쓸데없는 이야기다.

1

그 인물이 불러낸 장소는 기숙사 뒤편, 쓰레기장 근처였다.

아직 방과 후로 접어든 지 얼마 지나지 않은 이 장소는 인기척 없는 곳 중 하나이기도 했다.

내가 도착했을 즈음에는 그 인물이 이미 와서 그림자 속에 녹아들 듯 기다리고 있었다.

"미안, 많이 기다렸어?"

조용히 말을 걸자, 깊은 그늘 속에서 한 발 앞으로 나왔다.

"잘도 도망 안 가고 왔군."

그렇게 중얼거린 것은 C반 키토 하야토였다.

반을 옮기고 지금까지 나는 키토와 단 한 번도 이야기를 나눈 적이 없었다.

"같은 반이 부르면 나오는 게 의무지."

"……벌써 반 리더가 다 된 것처럼 구는군."

"내가 잘못 인식한 건 아닐 텐데? 어느 정도, 일단은 키를 맡겨도 괜찮겠다고 반에서 판단을 내렸다고 보고 있어. 키토 너는 아닌가 보지만."

키토와의 관계성이 좋은 건 절대 아니지만 그렇다고 나쁘지도 않다고 생각하고 있다.

적어도 반을 옮기기 전에는 인사 정도는 문제없이 나누

는 사이였었다.

"나는 너를 리더로는 인정하지 않아."

"뭐, 지금까지 대화는커녕 나를 제대로 쳐다보지도 않았던 걸 봐서 그런 것 같네. 사카야나기가 아니면 인정해 줄 생각이 안 드는 건가."

"그런 건 아니야……. 사카야나기든 아니든 나와는 상관 없어."

"이상하네. 그럼 왜 사카야나기의 말에는 순순히 따랐지?"

"내가 반을 이끄는 사람이 아닌 이상, 누군가는 앞에 나설 필요가 있지. 카츠라기인지 사카야나기인지 물었을 때도 단순히 승률 높은 쪽을 선택했어……. 그게 A반 졸업에 가장 가까워지는 길이라고 여겼으니까."

그렇게 말한 키토의 얼굴에는 역시 짜증이 실려 있었다.

"하지만…… 사카야나기는 결국 끝까지 자기 입장만 생각했어. 본질적으로는 A반 따위 아무래도 좋았고, 그냥 자기가 즐거우면 그만이라고, 하고 싶은 대로 했지. 그래도 결과만 잘 나와준다면 상관없었는데……."

말주변 없는 키토의 입장에서는 A반으로 인도해 줄 존재라면 그게 사카야나기가 됐든, 카츠라기가 됐든, 제삼자가 됐든 상관없었고, 그냥 가능성이 가장 높은 사카야나기에게 베팅했을 뿐이라는 얘기다.

거기에 좋고 싫은 감정은 들어있지 않았으며, 오직 유리한지 불리한지라는 부분만으로 무미건조하게 판단했다고 말하고 싶겠지.

"남한테 맡긴 결과가 이 꼴이잖아."

"반 이동한 참에 남 말할 처지는 아니지만, 독단적으로 행동한 결과, 반 등급이 2단계나 떨어졌고. 최하위가 바로 코앞이니까. 불만이 나오는 것도 당연한가."

"너도 사카야나기랑 똑같아. A반 졸업 따위 사실은 아무래도 좋다고 생각하지."

"그야 나도 내 마음대로 하려고 하고 있지. 키토 너로서는 아주 골치 아프겠군. 하지만 적어도 A반으로 올라갈 기회를 잡을 수 있는 위치까지는 지금의 반을 끌어올릴 계획이긴 한데, 그걸로는 부족한가?"

"못 믿겠는데."

그래서 이번에는 그 유불리만 따져서 대충 판단하는 것이 아니라 직접 관여해 보기로 결심했다. 그런 뜻일까.

"믿을 만할지 어떨지, 내 나름대로 확인시켜 줄게……."

그렇게 말하자, 검은 가죽장갑을 쭉 잡아당기고는 두 주먹을 불끈 움켜쥐었다.

"네가 강하다는 건 이미 잘 알고 있어. ……내 불만을 한번 힘으로 눌러봐라."

특별시험에서의 전략이 어떻든, 상대의 생각이 어떻든, 그런 신경전을 키토는 바라는 게 아니라는 뜻이다. 어떤 재주를 부리든 계속 의심이 남아 있을 것이다.

순수한 역학관계를 보여준다면 불만을 삼키고 따르겠다

는 모양이다.

"발상은 류엔이랑 비슷하지만, 그건 그것대로 심플하고 나쁘지 않네. 그런 방법을 시험해 보고 싶다면 나도 따라 줄 수도 있지만——. 그 전에 한 가지 다른 사건에 주의를 주고 싶은데."

싸울 자세를 취한 키토는 무슨 소리인지 짐작 가는 바가 없었으리라.

"주의라니……? 무슨 말이야."

"비록 말은 잘 못해도 몸 쓰는 데는 어느 정도 자신 있다는 걸 알아. 그럼 적어도 류엔이 교실에 난입했을 때 네가 누구보다도 제일 먼저 움직였어야지."

"내가 류엔을 패길 바랐냐?"

"그런 게 아니야. 네가 신속하게 움직여 줬더라면 사와다가 위험해지는 걸 막을 수 있었다는 말이야. 그때 자칫 잘못했으면 크게 다칠 수도 있었어."

사와다의 가까이에 앉아 있던 키토는 일부러 구경만 하고 움직이려고 하지 않았었으니까.

"웃기지 마라. 나는 너를——."

"나를 반 리더로 인정하지 않아서, 라는 이유는 너무 치졸해. 천하의 코엔지조차 때로 반 애가 위험해지면 보호해 주려고 움직일 수 있는 사람인데. 남자가 여자를 보호해야 한다는 그런 고루한 가치관을 들이밀 생각은 눈곱만큼도 없지만, 같은 반 친구면 힘센 사람이 약한 사람을 지키는

데 이유 같은 건 필요하지 않아."

"같은 반 친구……? 그런 식으로 생각 안 하면 아무 문제 없는 거지."

"만약 진심으로 그렇게 생각하는 거라면 네 말대로 문제는 없어. 하지만 그렇다면 키토 하야토라는 존재는 C반에 필요 없다는 뜻이기도 해."

일방적으로 요구만 하고 반에 협력하지 않겠다. 그런 자세, 무법이 허용되는 것은 확실한 실력을 숨기고 있는 자뿐. 그렇지 않다면 제거될 뿐이다.

"좋아. ……네가 이기면 앞으로는 따라줄게……. 이기면 말이야――."

키토가 말을 끊고 긴 팔을 내게 뻗었다.

그 팔이 내 가슴팍에 닿기 전에 붙잡아 막았다.

하지만 그는 당황하지 않고 붙잡힌 팔째로 자신 쪽으로 끌어당기려고 했다. 어떤 흐름이든 한 방 먹여서 내 전의를 잃게 만들려 한다는 의도는 시작 전부터 이미 알고 있었다.

그동안 대부분의 인간은 겁을 주는 의도까지 들어 있는 그 일격에 입을 다물어왔겠지.

"윽……?!"

하지만 쉽게 끌려오지 않는다는 것을 알아차리자마자 내 팔을 뿌리쳤다.

무리하게 뛰어들어 공격을 이어가는 것이 아니라 상황

을 보는 키토.

역시 싸움을 많이 해봤는지 본능대로 위험을 감지할 수 있었던 듯하다.

다시 태세를 가다듬고, 도발하듯 가볍게 발을 굴렸다.

"웬만한 인간들은 내가 노려보면 크건 작건 혐오하면서 동시에 쫄아버리는데 말이지."

자신이 강하니까, 라는 뜻만 있는 것은 아니리라.

사람들이 무서워하게 생겼다는 자조도 포함되어 있다.

"유감이지만 그런 표면적인 데는 관심 없어서."

내가 무관심한 것이 오히려 불쾌했는지, 날카로운 눈빛으로 나를 응시했다. 그리고 갑자기 힘차게 앞으로 나오더니 오른 주먹을 들어 올려 날렸다.

바람을 가르는 소리가 귀에 들리는 듯한, 군더더기 없는 스트레이트.

당황하지 않고 가볍게 한 발 뒤로 물러나 그 주먹을 피했다.

그런 공격을 두 번 세 번 똑같이 피했더니 키토가 불만스럽게 다리를 멈췄다.

"……왜 공격 안 하냐……."

"글쎄. 왜일까."

대답하지 않고 얼버무리자, 키토가 작게 혀를 차더니 다시 주먹을 휘둘렀다.

이번에는 왼손을 주축으로. 하지만 그 주먹도 내게는 닿지 않았다.

원래 리치가 긴 키토 같은 상대한테는 풋워크를 구사하면서 안으로 파고들어 근접전으로 끌고 가는 것이 정석이다.

하지만 키토는 그걸 잘 안다. 그러니까 쉽게 뛰어들지 않는다.

키토는 자기 생각과 다른 적의 움직임에 짜증을 드러냈다. 심지어 반격조차 하지 않는다.

이번에는 다리를 쓸 생각인지 발차기를 날렸다.

그 발끝이 내 복부에 직격하려는 순간, 주먹 때 그랬듯 피하면서 큰 빈틈이 생겼다. 그때를 놓치지 않고 키토의 몸을 손바닥으로 살짝 밀었다.

"으……?!"

키토가 균형이 무너져 한 발 뒤로 물러나면서 자세가 살짝 흐트러졌다.

류엔을 비교 대상으로 삼아보면 류엔은 팔다리를 똑같이 쓸 뿐만 아니라 변칙 공격에도 능하다. 반면 키토는 다리 기술이 비교적 서툴다. 하지만 상반신의 놀림은 류엔보다 세련됐고 긴 팔의 리치가 싸움에 있어 얼마나 우위에 있는지 잘 이해하고 있다.

다시 자세를 가다듬으려고 의식을 다리에 보낸 순간——.

나는 키토의 배에 왼쪽 주먹을 꽂아 넣었다.

고통. 아연실색.

아직 공격하지 않을 거라고 제멋대로 자만한 것이 부른

방심.

반격에 사용하려던 키토의 두 팔은 방어 반응에 빼앗기면서 자기 복부로 향했다.

나는 몇 번씩 공격할 예정은 없었기 때문에 이 일격으로 끝낸다.

주로 쓰는 팔은 사용하지 않았지만, 이 공격 한 번이면 충분하다고 생각했다.

그러나 키토는 무릎을 굽히면서도 다시 싸움 자세를 취했다.

쉽게는 당하지 않겠다는 집념인가.

짧은 공방전으로 힘의 차이를 충분히 느꼈을 텐데도, 의지가 꺾이지 않았다. 뇌가 무리라고 깨닫기 전에 키토는 땅을 박차고 이번에는 두 팔을 뻗어 다시 거리를 좁혔다.

그 손을 처리하기란 쉬웠지만, 일부러 받아주었다.

크고 긴 열 손가락을 전부 써서 내 목덜미를 잡고 기세를 몰아, 내 등을 벽으로 밀어붙였다. 보통은 압박에서 벗어나려고 상대의 두 팔을 움켜쥐려고 하겠지.

하지만 그것은 잘못된 행동이다. 상대의 팔을 억지로 떼어내기란 그리 쉬운 일이 아니다.

빠르게 손을 펼친 나는 키토의 머리를 사이에 끼우고 손바닥으로 양쪽 귀를 때렸다.

예상하지 못했던, 게다가 내성 없는 부위에 들어오는 공격에 키토의 얼굴이 일그러지더니 팔을 풀고 뒤로 물러섰다.

그 순간 나는 앞발 차기를 날려서 또 한 번 키토의 무릎을 꺾었다.

"윽⋯⋯!"

강렬한 일격에 고통스러운 표정을 지으면서도 키토는 바로 무릎을 꿇었다.

넘어지지 않고, 아직 지지 않았다는 의사를 강하게 드러냈다.

"강하군⋯⋯ 차이가 이렇게까지⋯⋯ 난단 말인가⋯⋯."

"너도 충분히 강한 편이야. 그러니까 힘을 올바르게 쓰는 게 좋아. 평범한 학교생활을 보내는 데 있어서 폭력 같은 건 필요하지 않지. 다만 때로는 불가항력 속에서 위험에 처한 학생도 생겨. 키토는 그런 학생들을 지켜주면 좋겠다. 그 대신이라고 말하면 좀 그렇지만, 내가 A반을 노릴 수 있는 위치까지 C반을 데려가 주겠다고 약속할게."

"⋯⋯쉽게 믿지는 않을 거다."

"그거면 돼. 결과는 가까운 미래에, 시간과 함께 따라올 테니."

나를 두려워하지 않고 강렬한 시선을 보내는 키토에게 손을 내밀었다.

"내가 언젠가 그 손을 잡고 억지로 당겨 넘어뜨리는 게 겁나지 않냐?"

"그것도 한 가지 기대로 남겨둘게."

그렇게 대답하자 키토는 살짝 고개를 끄덕인 후 내 손을

잡았다.

C반의 새출발에 이렇게 거친 일면이 있어도 나쁘지는 않겠지.

대화를 요구하는 사람에게는 대화를.

힘을 요구하는 사람에게는 힘을.

각 학생에게 맞는 최적의 방법으로 거리를 좁히는 것이 바람직하다.

그러기 위해서라면 어떤 일이든 맞춰줄 것이다.

2

방과 후가 되자 아야노코지는 곧바로 교실을 나갔다. 그 모습을 지켜본 모리시타는 얼른 자리에서 일어나더니 자기 자리에서 스마트폰을 보고 있던 하시모토의 왼쪽 어깨를 태블릿용 펜으로 꾹 찔렀다. 찔렀다기보다도 거의 꽂았다. 아픈 표정을 지으며 뒤돌아본 하시모토에게, 따라오라는 눈빛을 날리고는 혼자 먼저 복도로 나갔다.

조금 뒤늦게 오른손으로 왼쪽 어깨를 누르면서 하시모토도 교실을 빠져나왔다.

"아프잖아, 모리시타. 이런 식으로 부르지 말라고——."

"단도직입적으로 말할게요. 나랑 만나요."

"……어?"

순간 통증도 잊힐 만큼 충격적인 한마디에 눈이 휘둥그
레졌다.

"야, 너도 진짜 대담하다……. 아니, 그런데 설마 나를
좋아했을 줄이야……."

"네? 무슨 착각을 하는 거예요? 이따가 학생회실 갈 건데
나랑 같이 가달라는 의미였어요."

"누가 들어도 오해할 단어 선택이었잖아……. 분명 고
의야."

"그쪽이 변태 같은 얼굴로 내가 여자친구가 됐을 때의
모습, 나아가 속옷 차림이라든지 실오라기 하나 걸치지 않
은 모습을 상상하고, 그뿐 아니라 만지거나 그걸 하려는
망상이라도 한다면, 저는 같은 반으로서 적절한 거리를 두
는 좋은 기회로 삼으려고 생각했거든요."

"따발총처럼 쏘면서 뭐라는 거야. 하아, 뭐, 안심해도 돼.
너는 절대 후보에도 못 끼니까."

"그렇게 말하지만 남자는 다 짐승이라고 하더라고요. 차
려진 밥상을 마다하는 건 남자의 수치라는 옛말을 억지로
현대에 가져와 적용할 꿍꿍이가 있었던 게 아닌지?"

"그런 꿍꿍이 없다고……. 아니, 그리고 내가 따라가 주
길 바란다면 따라갈 마음이 들게끔 태도를 보여주는 게 어
때? 아니, 애당초 왜 나를 골랐는데? 학생회에 나는 볼일
없는데?"

모리시타가 하시모토를 경계, 더 말하자면 싫어한다는

사실은 본인도 잘 아는 일.

"혼자 가기 외로우면 아야노코지한테 부탁해 보든지."

"오늘은 화장실이라도 급했는지 빨리 가버렸어요."

"뭐야, 그런 거였어? 그럼 내일——."

"그럴 수가 없는 용건이에요. 빨리 호리키타 스즈네의 상태를 보고 싶어서요."

"……호리키타? 걔는 왜 또."

그제야 처음으로, 모리시타의 행동에 살짝 관심을 가지는 하시모토.

통증이 겨우 가라앉아서 어깨에 둔 오른손을 내렸다.

"어제 치른 특별시험에서 이치노세 호나미 반에 졌으니까, 어떤 심경인지 확인하고 싶어요. 아야노코지 키요타카를 이 일에 끌어들이면 또 이래저래 귀찮아지지 않겠어요? 내가 보고 싶은 건 그녀의 동요하는 모습이 아니라서요."

"뭐, 하긴 아야노코지를 데려가면 반 이동 사건 때문에 마음이 딱딱하게 굳어버리겠지. 특별시험 결과 같은 건 그 이전의 문제인가."

"그런 부분에서 당신이라면 조금이나마 호리키타 스즈네와 접점도 있고 능수능란하게 정보를 빼내줄 것 같으니까요."

"그건 일단 칭찬으로 받아들여도 되겠지?"

"네, 물론이죠. 배신자가 잘하는 분야잖아요."

"또 그 얘기냐고—— 뭐, 딱히 이후에 특별한 일정도 없으니까 같이 가줘도 되긴 해."

"이 일을 계기로 나와 친목을 다지더라도 호감도의 파라미터는 1mm도 올라가지 않으니까, 그것만은 오해하지 말아요."

"아니 그럴 일이 없대도……."

얼른 가요, 하고 모리시타가 걸음을 떼려는데 두 사람의 등 뒤에서 목소리가 들렸다.

"저도 같이 가도 될까요?"

웃으면서 관심 있다는 듯 말을 건 사람은 시라이시였다.

"시라이시?! 어느 틈에……."

"두 사람이 몰래 나가는 모습을 보니까 호기심이 생기지 않겠어요?"

"유감이지만 안 불렀는데요, 시라이시 아스카."

"비밀을 만드는 건 상관없는데, 우리는 같은 반, 그러니까 한편 맞죠?"

모리시타의 밀쳐내는 듯한 말에도 시라이시는 눈 하나 깜빡하지 않고 여유롭게 대했다.

"친하지도 않은 사람과 동행하고 싶지는 않아요."

"어머, 그럼 하시모토 군과는 친한 사이예요?"

"물론 친하지 않지만, 정도의 차이죠. 변기 시트의 윗면과 아랫면 같은."

"내가 윗면인 걸로 해석해도 되지? 아니, 어느 쪽도 싫지만."

"저도 모리시타 씨도 지난 2년 동안 사카야나기 씨한테 모든 것을 맡기고 지켜보기만 한 사람들이죠. 이쯤 되면 반을 위해 행동하고 싶다고 생각해도 이상한 일은 아니지 않나요?"

변기 시트 아랫면으로 비유를 당했는데도 전혀 신경 쓰지 않는 시라이시가 그렇게 물었다.

"기분 나쁜 눈빛이네요. 정말로 건방져요."

"칭찬, 으로 받아들일게요."

"뭐, 좋아요. 아야노코지 키요타카와 마주치면 귀찮아지니까, 바로 따라와요."

초대하지 않은 손님인 시라이시까지 합류해, 모리시타를 선두로 이동을 시작했다.

"그러고 보니 시라이시, 저번에 요시다랑 니시카와를 데리고 아야노코지랑 노래방 갔다며?"

"네. 반의 친목을 도모하는 차원에서 유의미하지 않을까 하는 생각에."

"새삼스럽게 네가 남자애를 불러내는 거야 놀랍지도 않지만, 건드릴 생각은 아닌 거지?"

"안 돼요? 아야노코지 군이랑 놀면."

"나쁘다는 말은 아니지만 그만둬. 호되게 당하기만 할걸?"

"저는 호되게 당해도 상관없어요. 그것도 즐거울 것 같거든요."

진심으로 그렇게 대답한 후, 시라이시가 말을 이었다.

"그나저나 그가 정말 멋지게 첫 승리를 장식했네요."

"뭐, 아주 훌륭한 출발이었지. 무난하게 이긴 것뿐만이 아니라, 류엔을 이용해서 반에서의 입지를 단번에 확립했어. 그야말로 최고의 용병이야."

기쁜 투로 웃는 하시모토였는데, 모리시타가 뒤돌아보며 중얼거렸다.

"난 좀 무서워요. 하시모토 마사요시."

"뭐? 무서워? 뭐가 말이야?"

"아야노코지 키요타카요. 우리와 같이 행동할 때도 늘 말과 행동에 조심하고 주변에 적이 있으면 일부러 증거로 삼을 말을 하고, 아무것도 모르는 우리까지 같이 이용하죠. 그리고 그는 이치노세 호나미에게 조언해서 호리키타 스즈네의 반이 지게 했었어요. 옛 친구에게도 가차 없이 이빨을 드러내요."

"그거야 좋은 일이잖아. 괜히 정 때문에 힘 빼면 곤란하다고."

"그건 그래요. 하지만 너무 과하게 냉정하다고 생각하지 않아요? 앞으로 C반에서 자기 하고 싶은 대로 하고 싶어서라지만, 그에게는 마치 마음이란 게 존재하지 않는 것만 같아요."

"로봇도 아니고, 아무리 그래도 생각이 지나치잖아. 희로애락도 조금이나마 가지고 있고."

"그것도 겉으로만 그런 것 아닌가요?"

"······뭐야, 하고 싶은 말이 뭔데."

"당신이 어떻게 되든 상관은 없지만, 그래도 충고는 해 둘게요. 그와는 어디까지나 이해의 일치. 어쩔 수 없이 전략으로 영입한 용병. 그리고 우리 역시 그에게는 도구 중 하나에 지나지 않는다는 걸 명심하는 게 좋을 거예요."

갑자기 보여주는 모리시타의 진지한 표정 그리고 의견.

아니, 고찰이라고도 부를 만한 그 말에 하시모토는 살짝 침을 삼켰다.

시라이시는 그런 두 사람의 대화에 끼지 않고 귀만 기울 였다.

"······나도 안다고. 난 상대가 누구든 그렇게 대해왔고, 그건 앞으로도 달라지지 않아."

"그렇다면 다행이지만요. 모쪼록 너무 깊이 관여하지 않 는 쪽을 추천할게요."

"너도 지금 남 말할 처지인가? 지금까지 쭉 혼자 있는 걸 좋아했으면서, 아야노코지한테는 아주 푹 빠져 있더만."

히죽 웃은 하시모토가 모리시타를 놀리자, 눈을 가늘게 뜨고 창가로 걸어갔다.

"설마······ 어쩌면······ 사랑?"

"정말, 저 연못에 있는 건 교감 선생님이 자주 먹이 주시 는 잉어*가 맞아요."

모리시타가 창밖으로 내려다보는 장소를 본 시라이시가

---

*'사랑'과 '잉어'의 일본어 발음은 '코이(こい)'로 똑같다.

차분한 목소리로 지적했다.

"훗, 훌륭하네요, 시라이시 아스카. 내 엇갈리는 상황극을 알아듣고 맞받아치다니."

"……좀 하네, 시라이시."

"아뇨, 그 정도는 아니에요."

"자, 멍청한 짓 하지 말고 얼른 학생회실에 가요."

혼자 중얼거린 모리시타가 아무 일도 없었다는 듯이 걷기 시작했고 하시모토와 시라이시도 그 뒤를 이었다.

"그나저나 시라이시 아스카. 당신 정말로 아야노코지 키요타카한테 관심 있나 보네요."

"없는 게 이상하지 않아요? 하위 반으로 자진해서 옮기는 괴짜. 하지만 실력은 보증. 무엇보다도 목소리가 멋있어요."

"목소리? 뭐, 뭐든 상관없는데 내가 말했듯이 위험한 사람이에요. 그러다 화상 입어요."

"그래서 좋아요."

"……그래서 좋다고요?"

늘 무심한 얼굴인 모리시타가 웬일로 의아해하는 표정을 지었다.

"아니에요, 마음에 담지 말아요. 그나저나 왜 굳이 학생회에 가는 거예요?"

"소거법이에요. 상대의 반으로 쳐들어가면 아무래도 눈에 띄고, 그건 카페나 하굣길도 마찬가지죠. 그렇다고 우리가 기숙사 방에 쳐들어가면 당연히 경계할 테고. 하지만 학생회 활동 중이라면 그곳에 드나드는 인물이 최소한이면서 본래의 모습을 관찰할 수 있으니까요."

세 사람은 이윽고 학생회실이 있는 층에 접근했다.

"직접 들어갈 거예요?"

"그건 상황에 따라 다른데요——."

"앗——."

학생회실이 있는 층에 갔을 때 때마침 문이 열리는 타이밍이었기 때문에 모리시타와 하시모토 그리고 시라이시는 반사적으로 가까운 모퉁이 뒤로 몸을 숨겼다.

숨을 필요가 있었는지 잘 모르겠지만, 뒤가 켕기는 행동을 하는 사람의 무의식적인 심리가 작용했다고 할 수 있겠다.

"너 정말 잘한다, 나나세."

숨어 있으면서도 몰래 고개를 내밀고 학생회장 호리키타와 2학년 서기를 맡은 나나세를 훔쳐보았다.

"아닙니다. 호리키타 학생회장의 적확한 지시 덕분입니다."

겸손하게 굴면서 호리키타를 높이 치켜세웠다.

그저 형식적인 행동일 뿐이라면 왠지 거부감이 느껴지게 들릴 법도 하지만, 호리키타는 그런 인상을 받지 않았다.

순수한 그녀의 시선, 말과 행동은 있는 그대로 높이 평가할 수 있었다.

입학했을 때 D반에 속했던 나나세는 1년 동안 싸워왔지만 지금도 여전히 D반.

다행히 아직 윗반과 절망적일 만큼 포인트에 차이가 나는 게 아니어서 희망은 있다.

하지만 호우센이 리더인 이상 나나세의 장점을 살릴 수 없을 거라고 호리키타는 생각했다. 오히려 그녀가 진두지휘하는 편이 위를 노릴 수 있을 것 같다고.

그러나 3학년 호리키타가 이 발언을 하는 것은 조금 문제가 된다.

그래도 공평한 관점과는 달리 조금 편들어주고 싶은 마음이 올라오는 것은 어쩔 수 없는 부분이기도 하다.

"나나세도 A반이 목표야?"

"그렇, 지요. A반으로 졸업하고 싶은 마음은 당연히 있어요. 하지만 저는 무사히 학교생활을 마칠 수만 있다면 그게 제일이라고 생각해요."

"진학이나 취업은 혼자 힘으로도 해낼 수 있으니까?"

나나세의 성적은 OAA만 봤을 때 상위권. 생활 태도도 더할 나위 없다.

목표를 너무 높게 잡지만 않는다면 어떤 선택을 하든 쉽게 거머쥘 수 있을 것처럼 보인다.

"그런 건 아니지만요……. 저기―― 아야노코지 선배에 관해 조금만 물어봐도 될까요?"

나나세의 그러한 말에 별로 놀라지 않았다.

아야노코지가 반을 바꾼 일은 아야노코지를 아는 사람 이라면 후배라도 궁금할 것이다.

"괜찮지만 내가 알려줄 수 있는 게 별로 없어. 그 애는 아무것도 말해주지 않고 반을 바꿔버렸으니까."

"호리키타 선배에게 아무 말도 안 했다고요? 그것참 마음이 힘드시겠어요."

"센 척이라도 아무렇지 않다고는 말 못 하겠어. 하지만 이미 일어나 버린 일은 어쩔 수 없지. 이제부터는 조금씩 이라도 앞으로 나아가야만 하는걸."

아야노코지가 반을 바꿨고 특별시험에서는 졌다. 하지만 호리키타의 표정은 상상 이상으로 밝았다.

"괜찮으면 지금 케야키 몰에 가서 차라도 같이 마실래?"

"그래도 될까요?"

"물론이야."

"조금 뒤에 합류해도 될까요? 친구한테 전할 말이 있어서 전화하고 싶어서요."

"그래. 먼저 가도 괜찮니? 금방 끝날 얘기면 여기서 기다릴게."

"이 시간이면 카페도 혼잡할 테니까 먼저 가 계시는 편이 나을 것 같아요."

"그것도 그러네. 그럼 나 먼저 가 있을게."

"네. 호리키타 선배. 이따 봬요."

그런 대화를 세 사람은 숨을 죽이고 엿들었다.

다행히 호리키타는 반대쪽 계단으로 내려가려는지, 하시모토 무리 쪽으로 걸어오지 않았기 때문에 일단 안심했다.

나나세는 그런 호리키타를 눈으로 배웅하면서 주머니에서 스마트폰을 꺼냈다.

"여보세요."

아무래도 이미 전화가 울리고 있었는지 바로 통화하는 나나세.

"불필요하고 급하지 않은 연락은 하지 않겠다. 그렇게 합의한 게 아니었던가요? 츠키시로 씨."

나나세의 전화에는 전혀 관심 없었던 세 사람이었는데, 귀에 익숙한 이름에 서로 얼굴을 마주 보았다.

"알아요. 예정대로 아야노코지 선배 감시는 1년 더 이어가겠어요. 하지만 신경 쓰이는 건 역시 이시가미 쿄 쪽이 아닐지. 당초에 예상했던 대로 그에게는 지적 호기심 이외에도, 저와 같은 역할을 맡은 측면이 있는 듯합니다. 그리고…… 1학년 중에 좀 신경 쓰이는 학생이 입학했어요. 설마 싶긴 한데…… 관련 있는 건 아니죠?"

거의 학생답지 않은 대화가 이어지고 있었다.

"그건, 네. 여차하면——."

그렇게 나나세는 놀고 있는 다른 손을 주머니에 넣더니 또 다른 스마트폰을 꺼냈다.

"잠시만요, 급한 일이 생겨서 일단 끊을게요."

이야기가 더 이어질 것 같은 흐름 속에서 나나세가 갑자기 통화를 끝냈다.

"호리키타 선배, 무슨 일이세요? ……아, 그렇구나. 알 겠어요. 그럼 10분 후에 갈게요. 네, 네. 그럼 이따 봬요."

왼손 오른손 다 스마트폰을 들고 있는 나나세.

이 학교에서는 원칙적으로 스마트폰을 한 대만 소지해 야 한다는 규칙이 있다.

뭔가 보면 안 될 것을 봐버린 세 사람은 감시를 중단하 고 뒤로 물러났다.

그런데 그 사소한 동작이 살짝 소리를 내고 말았다.

조용한 복도.

들켰을까, 들키지 않았을까.

미묘한 상황 속에서 세 사람은 완전히 얼어붙어 버렸다.

호리키타가 그랬듯 반대쪽으로 걸어가 준다면 아무런 문제 없다.

그렇게 되기를 기도한 불과 몇 초 후——.

"선배들, 이런 데서 뭐 하세요?"

모퉁이에 몸을 숨기고 있던 세 사람 쪽으로 나나세가 소 리도 없이 모습을 드러내면서 말을 걸었다.

"앗?! 아니, 우리는 호리키타한테 좀 볼일이 있어서, 그 렇지?"

"네, 이제 막 왔어요. 그런데 왜요?"

"그러세요? 호리키타 선배는 반대쪽으로 내려가셨어요. 1분 정도 전이었으니까, 지금이라면 따라잡을 수 있으실

거예요. 하시모토 선배, 모리시타 선배. 그리고 시라이시 선배."

나나세는 막힘없이 세 사람의 이름을 말하며 미소 지었다.

"저를 아시는군요."

"네. 이래 봬도 학생회 사람이니 선배분들에 관해서는 대략 파악하고 있답니다."

나나세는 마치 재보듯 시라이시를 보았다가 부자연스러워지기 전에 시선을 뗐다.

"그럼 선배들, 저는 이만 가볼게요."

깊이 머리 숙인 나나세는 그렇게 말하고 계단을 내려갔다.

"와, 완전 쫄았다. 식은땀이 다 나."

"안 들켰으면 됐죠. 그런데 스마트폰을 두 대 가지고 있네요."

"게다가 츠키시로라니? 설마 그 츠키시로? 대체 뭐냐, 저 2학년."

"아야노코지 키요타카의 이름도 나왔고, 구린 냄새가 솔솔 나네요. 명탐정 할아버지를 둔 내 피가 끓기 시작했어요."

"틀림없이 거짓말이지, 그거. 아무튼 어쩔래? 뭣하면 지금 나나세 뒤를 밟아볼까?"

"그건 그만두는 편이 좋지 않을까요. 눈치도 엄청 빠른 듯하고요."

시라이시는 그렇게 중얼거리고는 나나세가 사라지고 없는 복도를 바라보았다.

작가 후기

헬로우! 키누가사입니다. 건강히 잘 지내셨나요? 2025년에도 잘 부탁드립니다.

요즘의 고민은 좌우지간 베개. 목과 등의 부담을 생각한 이상적인 베개를 사고 싶은데요, 참 찾기가 어렵네요. 아마도 최근 1, 2년 동안 계속 바꿔 보는 중이랍니다.

한번 비싼 돈을 내고 주문 제작한 베개를 샀을 때는 바로 이거야! 했었는데요, 얼마 동안 써보니 역시 그것도 아니더라고요…….

높이도 중요하지만, 최근 들어 알게 된 것은 반발력이 있거나 딱딱한 베개는 좌우지간 저와 안 맞는 것 같습니다.

그렇다고 해서 너무 폭신하거나 너무 푹 꺼지는 베개도 왠지 마음에 안 들고…….

앞으로도 출구 없는 베개 찾기 탐구는 계속될 듯합니다.

이상적인 베개가 절실하게 필요해요…….

이번에도 잡담은 이 정도로 하고, 실지주 이야기도 조금 해볼까요.

마침내 이야기도 고등학교 마지막 1년이 되었습니다.

작중에서는 아직 2년밖에 지나지 않았지만 현실 세계에서는 곧 기념비적인 10주년이 되지 않습니까. 독자 여러분과 함께 저도 나이를 꽤 많이 먹은 느낌입니다.

　3학년 편도 1학년 편, 2학년 편과 비슷한 볼륨이 될 것으로 예상합니다만, 일단은 반쯤만 믿고 기다려주세요.

　마지막으로 올해 목표는!
　이래저래 생각해 봤습니다만, 역시———.

　더 열심히 작업하자, 입니다.

　그리고 여러 새로운 일에도 도전해 보고 싶네요.
　그런 이야기를 할 수 있는 날이 머지않은 장래에 오리라고 생각합니다.

　그럼 여러분, 다음 권에서 다시 만나요!

YOUKOSO JITSURYOKUSHIJOUSHUGI NO KYOUSHITSU E 3NENSEIHEN Vol.1
©Syougo Kinugasa 2025
First published in Japan in 2025 by KADOKAWA CORPORATION, Tokyo.
Korean translation rights arranged with KADOKAWA CORPORATION, Tokyo.

어서 오세요 실력지상주의 교실에 3학년 편 1

2025년 10월 15일 1판 1쇄 발행

저　　　자 키누가사 쇼고
일 러 스 트 토모세슌사쿠
옮 긴 이 조민정
발 행 인 유재옥
이　　　사 조병권
편 집 2 팀 정영길 박치우 조찬희
편 집 3 팀 오준영 권진영 이소의 정지원
디자인랩팀 김보라 전세연
디지털사업팀 김지연 윤희진 장혜원
라이츠사업팀 김정미 유아현 이지현
영업마케팅팀 최원석 윤아림
물 류 팀 백철기
경영지원팀 최정연
인쇄제작처 ㈜코리아피엔피
발 행 처 ㈜소미미디어
등　　　록 제2015-000008호
주　　　소 서울시 마포구 토정로222, 502호 (신수동, 한국출판콘텐츠센터)
판매 및 마케팅 (070) 8822-2301

ISBN 979-11-384-8816-7
ISBN 979-11-384-8815-0 (세트)